Sahar

뜨거웠던 봄

Khalifeh

뜨거웠던 봄

초판인쇄 2016년 7월 15일 **초판발행** 2016년 7월 20일
지은이 사하르 칼리파 **옮긴이** 김수진
펴낸이 공홍 **펴낸곳** 케포이북스 **출판등록** 제22-3210호
주소 서울시 서초구 반포대로 14길 71, 302호
전화 02-521-7840 **팩스** 02-6442-7840 **전자우편** kephoibooks@naver.com

값 16,000원 ⓒ 케포이북스, 2016
ISBN 978-89-94519-84-5 03890

THE END OF SPRING

뜨거웠던
봄

사하르 칼리파 지음 | **김수진** 옮김

케포이북스
KEPHOI BOOKS

CONTENTS

구 나블레스의 하우쉬 알아투트의 여인들을 위해,
기억과 온 세대의 의식에 기록을 남긴다.

1부

1

소년은 천부적인 예술가였다. 빨래 너는 여자, 놀고 있는 아이, 잠든 고양이, 종이비행기, 봄꽃과 풀밭 위를 날아다니는 나비, 시선이 향하는 모든 장면이 하나의 그림이 되었다.

"멋지구나." 미술교사가 소년에게 말했다. "그런데 말이지, 이건 뭘 그린 거니? 주변에 있는 것들을 그리지는 않니?"

소년의 관자놀이 근육이 움찔했고, 시선은 오른쪽으로 기울었다. 졸린 듯한 눈을 했지만, 그 눈빛에서 비밀이 드러났다. 섬세하고, 예민하고, 다정한 아이라는 것이. 미술교사가 책을 파는 아버지에게 아들에 대해 설명한 것도 바로 그런 것이었다. 하지만 아버지는 눈을 깜빡이고 머리를 긁적이며 "네, 알겠습니다. 그래서요?"라고 중얼거릴 뿐이었다. 선생이 말했다.

"자제분은 우수해요. 반에서 가장 뛰어난 학생이에요."

아버지는 다시 눈을 깜빡이고, 머리를 더 긁적이며 물었다.

"하지만 아들 녀석이 원체 공상에 빠져있어야지 말입니다."

교사가 들뜬 목소리로 말했다.

"그게 다 재능을 타고나서 그래요. 몽상가이기도 하지만 반에서는 가장 우등생인 걸요."

아버지는 집으로 가는 길에 시계를 하나 샀다. 전에 모스크 근처에서 시계와 안경을 파는 이웃의 가게에서 봐둔 시계였다. 그러나 아들은 당황스러워 말했다.

"시, 시, 시계요?"

아들은 시계를 이리저리 뒤집어보고, 찡그린 얼굴을 가까이 들이대 살펴보았다. 아버지가 말했다.

"귀한 스위스제 시계다. 디지털시계야."

아들이 말을 더듬으며 대답했다.

"저, 저, 저는 이미 시, 시, 시계 있어요."

몰아붙이듯 아버지가 말했다.

"오래된 거잖니. 이건 디지털시계야. 빨라지거나 느려지는 일이 절대 없단다."

아들은 대답하지 않았다. 두 손으로 시계를 뒤집고, 들릴 듯 말 듯 한 소리로 중얼거렸다.

아버지는 답답한 나머지 소리를 질렀다.

"대체 뭐가 문제인 거냐?"

여전히 졸린 눈을 하고 있는 아들의 관자놀이 근육이 실룩거렸다. 아들은 속삭이듯 말했다.

"선글라스요."

아버지가 놀란 눈으로 아들을 보았다. 왜 아들은 훌륭한 스위스제 시계를 마다하고 중국제 싸구려 선글라스를 가지고 싶어 할까. 이틀 전 아들이 넋을 놓고 선글라스를 보고 있던 것이 기억났다. 혹시 내 아들이……? 아니다. 담임선생이 말했듯이 아들은 가장 우수한 학생이었다. 모자라는 바보가 아니라, 모범생이라고. 졸업 후엔

해외로 유학도 갈 수 있는 수준. 그런데 도대체 왜? 아들을 보고 있노라면 그저 몽상에 빠져, 잡생각투성이고 언제나 졸려 보인다. 하지만 영리한 아이고 재능이 있다. 학교에서 우등생이기도 하니 시계에 선글라스까지 사주도록 하지.

그렇게 아버지는 아들에게 디지털시계와 선글라스를 모두 사줬다. 이후에도 아들은 변하지 않았다. 여전히 굼뜨고 안경 밑으로 시계를 힐끗 보았다. 졸리거나 눈이 안 보이는 사람처럼 보였다. 아들은 조용히 갈릴리 서점 카운터를 보며 잡지와 신문을 읽었고 책과 공책을 팔았다.

소년의 아버지는 서점 주인이었다. 아버지의 인생은 나크바의 날,[*] 즉 1947년 점령 이후부터 시작되었다. 자전거를 타고 신문을 배달했다. 나크사의 날[**]이 닥치며 팔레스타인에 대한 점령이 거세졌지만 벌이는 오히려 더 나아졌다. 아인 알미르잔으로 사람들이 대거 이주했기 때문이었다. 사원이 커졌고 기도하는 사람이 늘어났다. 와끄프성[***]은 여러 곳에 가게 터를 마련했다. 아버지는 가장 작은 가게 터와 계단에서 제일 가까운 자리를 헐값에 얻었다. 『알꾸드스 신문』에 특파원으로 이름이 실리면서, 아버지는 교양 있는 지식인으로 통했다. 알려지지도 않은 우리 마을의 소식을 용감한 특파원 알캇삼 덕분에 신

---

[*] 아랍어로 '재앙의 날'을 의미한다. 1948년 이스라엘이 독립을 선언하며 약 70만 명의 팔레스타인 사람이 추방당한 날로, 매년 6월 15일에 해당된다.
[**] 아랍어로 '패배의 날'을 의미한다. 1967년 제3차 중동전쟁(이스라엘 명칭은 '6일 전쟁')에서 이집트가 이스라엘에 패배했다.
[***] 종교와 자선 목적의 공공시설을 재정적으로 유지하는 부처.

문에서 접할 수 있었다. 그 예를 들어보자면 다음과 같았다.

"기자 파들 알캇삼이 전한 바에 따르면, 여름철 모기, 파리, 악취, 해충으로 인한 주민과 휴양객의 요청에 따라 아인 알미르잔 당국은 쓰레기장을 외곽으로 이전시키기로 결정했습니다."

또는,

"기자 파들 알캇삼이 전한 바에 따르면, 아인 알미르잔 난민촌 주민들이 키르얏 샤이바 정착촌을 공격해 상하수도를 파괴했습니다. 그로 인해 길거리와 아몬드 밭에 오물이 넘쳤고, 정착촌 주민과 무장군인 사이에 교전이 발생했습니다."

기자 파들 알캇삼은 원칙이 확고한 사람이었다. 그는 군대와 점령자를 두려워하지 않았고 진실만을 말했다. 그렇기에 아들 아흐마드에게 더 실망했다. 아들은 진실이든 거짓이든 말을 꺼내는 것 자체에 통 관심이 없다. 기본적으로 아들은 말없이 생각에만 빠져 있었고, 말을 더듬으며 경계를 잔뜩 세운 눈빛을 하고 있었다. 마치 무언가를 숨기고 있거나, 신이 허락하지 않은 장애를 가진 듯한 모습이었다. 하지만, 실제로 아들이 그런 것은 아니었다. 언제나 "감사합니다"라고 몇 번이고 말하는 아주 예의 바르고 멀쩡한 소년이었다.

2

아흐마드는 손목에 찬 시계와 카메라 시계를 비교해 보았다. 서로 가리키는 숫자가 달랐다. 카메라의 숫자는 사진을 찍은 횟수를 알려주고 시계의 숫자는 시간을 가리키는 거라고 아버지가 말했었다. 아버지는 카메라 조리개를 가리키며, 아들이 충분히 이해할 수 있도록 천천히 설명했다.

"이 숫자들이 보이니? 사진을 몇 장이나 찍었는지 알 수 있어. 가운데에 있는 건 렌즈 줌 버튼인데, 이 버튼을 누르면 줌이 멀어지고, 한 번 더 누르면 당겨진단다. 한 번 해봐. 아니, 왜 그러니? 무슨 문제라도 있는 거니?"

아들이 화들짝 놀라며 카메라를 얼굴에서 떼어냈다. 렌즈를 확대하면서 마침 카메라 앞을 지나가던 개의 모습이 눈앞에 있는 것처럼 거대하고 무서웠기 때문이었다. 아버지가 직접 렌즈 너머를 보니 이해할 수 있었다. 아들은 개를 무서워했다. 이는, 아들이 매우 여리고 예민한 아이라는 뜻. 아들은 좀 더 강해져야 한다. 이런 아이가 어떻게 세상에서 살아남을 수 있을까? 이곳은 이스라엘의 점령과 그들의 법원이 더 익숙한 곳. 대지의 아래 위로 사람이 있었고, 군사작전과 장례식이 동시에 거행되는 아인 알미르잔 난민촌이다. 아버지와 그의 가족은 여기서 반백 년 넘게 살았다. 아버지의 인생은 난민촌의 여느 아이들과 다를 바 없이 시궁창에서 시작했다. 껌 상자를 나르다가 할와*가 담긴 쟁반을 들었다가 신문을 팔았다. 거리를 종횡무진 뛰어다니며 차와 행인 앞에 서서 지친 기색 하나 없이 "호외요! 호외! 방금 나온 따끈따끈한 소식입니다!"라고 외쳤다. 여기서 몇 푼 저기서 몇 푼씩 받은 돈으로 노점을 차렸다. 노점은 나중에 사원 근처 작은 매점으로 바뀌었고, 이후 어엿한 가게가 되었다. 한 걸음 한 걸음을 디딜 때마다 아버지는 굶주렸고 목말랐으며 추위에 떨어야 했다. 동네의 개와 고양이를 보고 놀라야 했다. 악어가죽처럼 두꺼운 낯짝이 없었다면 지금도 노점 신세일 것이 분명했다. 두꺼운 낯짝과 굳은 심장, 흔들림 없이 또렷하게 뜬 눈이야말로 여기서 생존하기 위한 원동력이었다. 그런데 소녀 같은 심성을 지닌 데다 말까지 더듬고 남과 눈을 마주치지도 못하는 아들이 어떻게 제대로 살아나갈 수 있을까?

아버지가 큰 소리로 아들을 불렀다.

"안경 벗고 이리 오거라."

아버지는 쓰레기장과 아몬드 밭과 키르얏 샤이바 정착촌이 내려다보이는 바위 위에 있었다. 당황한 듯한 아들은 대답이 없었다. 아버지가 다시 외쳤다.

"오라고 했잖아!

느린 걸음으로 아들이 다가왔다. 시선을 떨구고 둔한 몸짓으로 어디에 발을 둘지 모르는 모습이었다. 아버지의 인내심이 한계에 이

---

* 아랍식 간식. 밀가루를 바탕으로 만든 단 과자.

르렀다. "어서!" 아들은 발끝만 바라보며 어쩔 줄을 모르다가 결국 발걸음을 힘겹게 떼었다. 가까이 다가온 아들을 확 잡고서, 지평선 과 아몬드 밭 쪽으로 아들의 몸을 돌렸다.

자신이 붙잡고 있는 아들의 머리를 바라보며 아버지가 말했다.

"보거라."

아버지는 아들을 약하게 만들 뿐인 선글라스를 낚아채 벗겼다. 아들이 겁에 질린 것을 알았기에 더 분노했고 더 인내했다. 손바닥 너머로 아들의 심장 박동이 느껴질 때마다 연민에 빠졌다. 목소리가 슬프게 떨렸다…….

"저길 봐라."

아버지가 쓰레기장, 키르얏 샤이바 정착촌, 엉망진창인 난민촌을 차례대로 가리켰다. 아버지는 아들의 손에 카메라를 쥐어주고 힘을 주며 말했다.

"카메라 너머를 쳐다본 뒤, 사진을 찍어. 사진을 찍는 일은 그림을 그리는 것과도 같단다. 어서 한 번 찍어 봐."

아이의 눈에 나무와 머나먼 지평선, 광활한 세상과 새들이 보였 다. 개화하는 아몬드꽃과 살구나무가 보였고, 그 아래엔 붉은 아네 모네와 접시꽃, 금어초가 피어있었다. 푸르른 풀밭과 강아지가 보였 다. 강아지는 키르얏 샤이바 정착촌 쪽으로 향하고 있었다. 울타리 너머 초원이었다. 마당에서 한 소녀가 그네를 타고 있었다. 인형 같 은 금발을 한 소녀는 머리를 하나로 묶고 있었고, 묶인 머리가 바람 에 따라 흔들렸다. 연의 꼬리처럼 올라갔다가 소녀의 어깨 위에 내려앉았다. 소녀는 나비나 날개 달린 작은 새 같았다.

아들이 카메라를 서쪽으로 향하고 있는 것을 본 아버지는 아들의 어깨를 반대 방향으로 돌렸다.

"여기서 찍어라."

아버지의 목소리가 화난 것처럼 들렸다.

그날 저녁, 아버지는 아흐마드를 낳은 자신의 아내에게 말을 꺼냈다. 아내는 뚱뚱하고 살결이 흰 여자로, 음식을 좋아했으며 거의 숭배하듯이 아들을 아꼈다.

"아흐마드 엄마, 내가 애를 망쳐놓았나 봐."

아내는 눈길도 주지 않고 실을 씹으며 뜨개질에 열중이었다. 잠시 뜸을 들이고 난 뒤, 아내가 대답했다.

"애를 망쳤다니, 무슨 소리에요? 신께서 당신 아들을 보호하셔요. 단정하고 우등생이고 언제나 깨끗한 셔츠를 입는 아이인 걸요."

"하지만 영 계집애 같아서 말이지. 너무 여리고 겁쟁이야. 네, 아니오 말고는 입을 열질 않잖아."

아내는 놀란 기색으로 남편을 쳐다보고 차분히 말했다.

"당신 아들에게서 배울 점이 있을 거예요."

당신 아들이란 아흐마드의 배다른 형인 마지드를 가리키는 것이었다. 남편은 아무 말 없이 텔레비전 채널을 이리저리 돌리다, 나지브 알리하니와 라일라 무라드가 노래를 부르며 나오는 〈소녀의 연애〉라는 옛 영화에 멈췄다. 남편은 미소를 지으며 한숨을 쉬었다. 마지드를 낳은 첫째 아내에게 신의 축복이 있길 빌며, 옛날의 향수에 빠졌다. 마지드의 모친은 호밀 빵처럼 피부가 까무잡잡했다. 눈은 일본인의 것처럼 작았지만, 진주 같은 치아를 내보이며 웃을 때면 다이아몬드처럼 눈이 반짝였다. 그녀의 웃음소리는 마리화나를 피우는 사람처럼 거칠게 뱃속에서부터 나왔다. 그녀는 숨을 깊게 한 번 들이쉬며 남편의 허벅지를 마구 쳐대며 웃었다. 그러고는 매혹적인 목소리로 노래를 불렀다.

"세월이 우리를 언제 가엾게 여기어 주려나요, 잘생긴 사람아?"

그러면 아버지는 "신이시여! 얼씨구!"라고 흥분과 즐거움의 환호성을 질렀다. 아버지가 처음 같이 잔 여자가 바로 그녀였고 둘 사이에서 첫째 아들이 태어났다. 난민촌의 닭장같이 비좁은 방에 살며 온갖 인간 군상과 세상만파 속 삶의 쓸쓸함을 알았다. 부족했지만 행복했다. 첫째 아내 샤히라와 장모는 집시처럼 결혼식이나 파티에서 탬버린과 북을 치며 노래를 불렀다. 기분이 좋을 때면 아내는 우드 연주에 맞춰 노래를 불렀다. 그런 아내와의 결혼은 마지드의 할아버지의 체면을 구기는 일이었다. 할아버지는 사람들 집에서 노래나 부르는 사람들을 근본 없는 떠돌이 집시라고 불렀다.

"어느 집안 사람이냐?"

할아버지가 아버지에게 말했다.

아버지가 할아버지에게 대답했다.

"아버지, 우린 난민촌에 살고 있거든요!"

하지만 할아버지는 아버지와 달리 하이파 와디 니스나스 출신이었다. 이란산 초호화 카펫을 늘어놨던 하이파의 카펫 전시대의 사진을 귀중히 간직하던 할아버지였다.

아버지는 알리하니를 보며 고개를 끄덕이며 미소 지었다. 과거와 현재를 돌이키며, 뜨개질을 하는 아내를 보았다. 미쉐린 타이어 같은 그녀의 지방과 살도 같이 보였다. 춤사위를 뽐내던 첫째 아내를 떠올렸다. 그녀가 어떻게 춤을 추고 노래했던가. 다이아몬드처럼 반짝이던 눈, 아래위로 흔들리던 엉덩이. 그런 그녀가 낳은 아들 마지드는 제 엄마의 쾌활한 영혼과 달콤한 목소리, 몸짓을 물려받았다. 반면에 둘째 아들은 제 엄마처럼 무거운 녀석이다. 존재감도, 입도, 발걸음도, 행동거지도 무겁다. 이런 아이가 어떻게 세상에서 성공할 수 있을까? 그런데도 선생은 이 아이가 반에서 가장 우등생이라고 했지.

3

목요일 오후, 수업이 끝나고 집에 온 마지드에게 아버지는 헬스클럽이나 당구장에 동생을 데리고 가라고 재촉했다. 동생이 튼튼해져서 샤히라의 아들인 형처럼 농담을 하고 사내들과 어울리고 싸우기도 해야 된다며.

"너는 이제 화강암처럼 단단한 어엿한 남자로 자랐다. 그런데 네 동생은 요구르트 같은 소녀 꼴을 하고 있잖아. 네가 신경을 좀 써서

몸이 좋아지게끔 도와줘라."

아버지를 실망시킨 적이 없는 장남은 동생을 데리고 헬스클럽으로 향했다. 동생을 벽에 딱 붙여 세워놓고, 자신은 이리저리 움직이며 거울에 비치는 자신의 근육을 감상했다.

아흐마드는 오 분, 십 분 넘게 멀뚱히 서 있다가 구석으로 가 몸을 수그린 채 의자에 놓여 있던 『알꾸드스 신문』을 읽었다. 신문에는 아버지의 이름과 아버지의 지도하에 찍었던 아인 알미르잔 쓰레기장 사진과 함께 쓰레기장에 대한 긴 칼럼과 사람들의 불평불만이 실려있었다. 아흐마드는 이런 글을 읽어본 적도, 사진을 본 적도 없었다. 아버지는 퇴근하면서 신문을 들고 오는 일이 없었고, 가게에 아들을 데리고 가지도 않았다. 대신 밖에 나가서 동네나 학교 아이들과 같이 놀라고만 하셨다. 책이니 독서니 다 좋지만, 인생에 열정이 없으면 무슨 소용이겠냐며. 그때 아버지의 눈에 비친 아들은 평소처럼 진지하게 생각에 잠겨서 아버지가 한 말을 곱씹고 있었다.

"인생에는 열정이 필요하고, 남들처럼 살려면 열정이 필요해. 힘들고 거친 이 마을에서 살아가려면 열정이 필요하고, 시위를 하고 돌멩이를 던지고 도망을 치는 데 열정이 없다면 그게 가능하겠니?"

아흐마드는 대답하지 않았다. 그는 시위에 가담하지도, 돌을 던지지도, 무언가에 뛰어오르거나, 어디론가 내달리지도 않았다. 그저 도망칠 줄만 알았다. 폭력 사태가 발생해 아이들이 거리에서 시위를 하는 경우가 있었다. 시위는 처음엔 함성으로 시작되었다가 나중엔 혼란과 투석, 최루가스로 변모했다. 그럴 때면 아흐마드는 어디든지 멀리 떨어진 곳에 파고 들어가 숨었다. 화장실, 계단 아래, 아인 알미르잔 묘지. 그런 곳에서 숨을 꾹 참고서 소란이 잠잠해지기만을 기다렸다가 아무도 눈치 채지 못하게 집으로 돌아갔다. 무덤의 흙, 컨테이너의 때, 계단에 쳐진 거미줄로 더러워진 아들을 발견한 엄마는 아들의 뺨을 감싸고 남편을 불렀다.

"당신 아들 좀 보세요!"

아버지는 못 들은 척하고 엄마는 꽥꽥 소리를 질렀다.

"대체 난 이해가 안돼요. 당신 아들이 총에 맞거나 체포를 당해도 그럴 거예요?"

아버지는 그저 신문을 읽고 담배를 피웠다. 그러고 나선 의미심장한 눈빛으로 아들을 쳐다보았는데, 그 눈빛이 마치 "이 사기꾼 같은 녀석"이라고 말하는 것 같았다. 아들은 욕실로 향했고, 엄마는 소리를 내지르며 신에게 자신을 데려가 달라고, 아들을 이 꼴로 만든 시위와 탄짐*과 학교도 다 없애달라고 빌었다. 아버지가 갑자기 자리를 박차고 일어나 코란의 수라를 읊었다.

"오직 신에게만 힘과 권능 있노라."

마지드의 눈에 비친 동생은 신문이나 읽으며 형과 운동기구와 근육에는 관심도 없어 보였고, 배우려는 의지가 없는 듯했다. 기운이 빠진 마지드가 혼잣말을 내뱉었다. "대체 어떡하라는 거야." 동생이 얼마나 허옇고 붉은지, 얼마나 졸린 눈을 하고 있는지, 얼마나 볼이

---

* 팔레스타인해방기구(PLO)의 최대정파인 파타(FATAH)운동에 소속된 무장단체.

빵빵한지 생각해보다 아버지의 걱정도 떠올랐다. 동생은 정말 근육이라고는 없었고, 제 엄마처럼 살찐 곰 같았다. 그나마 성장기에 갑자기 키가 크는 바람에 예전만큼 뚱뚱하진 않았다. 이전 방학이 훨씬 더 뚱뚱했다. 그동안 동생이 자랐나? 이젠 사춘기일까? 마지드로 말하자면, 그는 뒤늦게야 사춘기를 겪었다. 하지만 동생은 그 덩치 덕분에, 아들을 돼지처럼 먹이는 엄마 덕분에 금방 성숙해질 것이다. 목소리는 쉬고, 청년들과 비슷한 외양을 지닐 것이다. 그래도 아버지는 불평할 것이다. "이건 뭐 계집애들이랑 다름 없구나. 어서 움직어!" 하지만 아흐마드는 움직이기는커녕, 영화, 만화, MTV, 춤추는 마이클 잭슨이 나오는 텔레비전만 보았다.

동생 나이대의 자신이 어땠었나 떠올려 봤다. MTV를 봤었던가? 마지드가 어렸을 때엔 MTV고 MBC고 CNN이고 없었다. 물론 춤과 노래, 음악은 그때도 있었다. 하지만 마지드에겐 엄마를 잃고 홀로된 슬픔에 빠진 아버지만이 있었다. 집은 마구간 같았다. 이따금 할머니가 와서 손자를 보살폈고, 며칠 동안 자신의 집으로 데려가기도 했다. 다시 마지드를 집으로 데려올 때마다 숨이 찬 목소리로 아버지에게 말했었다.

"더 이상 애를 낳지 못하니 이 얼마나 축복이냐."

할머니의 몸으로는 자식들과 손주들이 필요하다는 것을 줄 수도, 그들을 책임질 수도 없었다. 할머니가 말했듯이, 그녀는 이미 '노파'여서, 지팡이 없이는 제대로 서 있기도 힘들었다. 하지만 잔칫날이나 결혼식에는 신의 도우심으로 기력을 되찾곤 했다. 어린 염소처럼 잔칫집에 갔고, 그때마다 반짝거리는 드레스를 입고 캐스터네츠를 치는 어린 무희도 함께 데려갔다. 할머니가 난민촌으로 돌아오는 건 동이 트기 직전이었다. 할머니가 싸온 보따리에는 결혼식 답례품, 무희를 위한 수고비, 푸짐한 음식들이 담겨 있었다. 할머니가 마지드를 결혼식에 데려간 적도 꽤 많았다.

할머니는 참 많이도 마지드를 결혼식에 데리고 갔었다. 마지드는 북을 들고, 달음박질을 하는 할머니 뒤를 따랐다. 무희가 마지드의 볼을 꼬집고 조명을 가리키며 "불 잘 들어오는지 봤어, 자기야?"라고 말할 때면, 그는 들떠서 전구를 확인하러 달려갔고, 뒤에서는 할머니가 소리쳤다.

"북 챙겨라!"

"걱정 마세요."

마지드가 고개도 돌리지 않고 대답했다. 그러고는 문간에 서서 결혼식 답례품과 요르단종 아몬드를 얻기만을 기다렸다.

이것이 바로 샤히라의 아들이 보낸 유년기다. 헝클어진 머리를 하고 손톱은 닭처럼 길고, 동네 아이들과 함께 놀며 시위를 하고, 시위를 하지 않을 때면 거리에서 '아랍인과 유대인' 놀이를 하는 고아였다. 시위가 시작되기라도 하면, 결혼식의 무희라도 된 것처럼 잔뜩 들떠서 시위에 가담했다. 유일한 차이점이라고는 결혼식에는 답례품이 있지만, 시위에는 가스와 폭력과 총탄과 체포가 있다는 것 정도다. 이것이 마지드의 유년시절과 동생의 유년시절 사이의 차이이자, 자신의 외할머니와, 집과 올리브 농장과 땅을 딸에게 물려준 동생의 외할머니 사이의 차이였다. 그런데도 아버지는 둘째 아들의 몸이 빈약하다고 불평불만을 하신다. 아버지 대체 무슨 생각을 하시는 거죠? 꿀과 치즈, 우유로 근육을 키우는 것이었나요? 근육이란 저처럼 거리에서 자란 아이들에게 있는 거지요. 버터 같은 그 아이에겐 요구르트 근육과 우유면 충분해요.

4

마지드가 아흐마드와 헬스클럽에 다녀온 뒤, 아버지가 물었다.

"그래, 뭘 배웠니?"

아흐마드는 이리저리 시선을 피하며, TV 뉴스만 쳐다보고 있었다. 아버지가 소리쳤다.

"제대로 앉아서 뭘 했는지 말해라!"

아흐마드의 엄마가 파투쉬*가 담긴 쟁반을 들고 나타나, 조심스럽게 말했다.

"괜찮아요, 괜찮아. 애 몰아붙이지 말아요!"

이에 아버지가 소리쳤다.

"시끄러워! 내가 알아서 해."

------
* 레바논 식 샐러드.

다시 아들에게 말했다.

"뭘 했는지 말해봐라, 어서!"

그러자 아흐마드는 더듬거리며 말했다.

"신, 신, 신문을 읽었어요."

눈을 번쩍 뜬 아버지는 놀란 듯했다.

"어떤 기사를 읽었는데?"

"쓰, 쓰……."

"어서 말하래도!"

"쓰, 쓰, 쓰레기장 기사요."

놀란 아버지가 큰 목소리로 장남을 불렀다.

"마지드, 이리 와라."

마지드가 자신을 부르는 소리를 듣지 못하자 다시 아버지는 소리쳤다.

"마지드! 당장 오라고 했지!"

그러자 목욕수건을 손에 들고 머리카락에선 물이 뚝뚝 떨어지는 채로 마지드가 달려왔다. "네, 아빠?" 보아하니 분위기가 심상치 않았다. "무슨 일이에요, 아빠?" 아버지가 화와 실망이 섞인 눈빛으로 아들을 흘겨보았다. "내가 말했잖니. 이 녀석을 데리고 가서 강하게 만들라고 했지, 신문이랑 잡지를 읽히라고 했더냐!" 마지드가 뭐라고 대꾸를 하려 했지만, 화가 단단히 난 아버지는 계속 소리쳤다. "이 녀석한텐 네가 필요하단 말이다. 어서 헬스클럽에 데리고 가라. 카페에도 데려가. 원한다면 지옥에라도 데려가! 하지만 확실히 하자.

여자애처럼 자리에 앉아 허송세월 보내는 건 정말 사양이다. 알아들었니?" "네." "네가 어딜 가든 동생도 같이 데려가라." "네." "그리고 여름에는 어디가 되었든 간에 꼭 같이 가."

마지드는 말대꾸 한 번 하지 않았다. 지금처럼 분위기가 살벌할 때에 대들기라도 했다간 얼마나 가혹한 결과를 맞이할지 분명했다. 밤에 놀러 나가기도 힘들어질 터. 가벼운 농담으로 분위기 전환을 시도했지만, 화가 단단히 난 아버지는 콧방귀도 뀌지 않았다. 마지드가 슬쩍 물어봤다. "그러면 밴드 모임이 있는 밤에 아흐마드를 데리고 나가는 건요?" 식사 중이었던 아버지가 입을 우물대며 대답했다. "안 된다." 음식을 한 입 삼키고는 넌더리가 난다는 식으로 말했다. "그 녀석에겐 근육과 힘이 필요하다고." 그러고는 아흐마드를 쳐다보고 화난 목소리로 말했다. "시계 가져와라." 아들의 대답이 없자, 아버지는 소리를 쳤다. "선글라스랑 시계 가져오래도." 아흐마드가 침실에서 선글라스와 시계를 챙겨 나오자, 아버지의 손에는 카메라가 들려 있었다. 선글라스와 시계를 빼앗은 아버지는 아흐마드에게 카메라를 건넸고, 마지드에게 신신당부했다. "내일 동네 쓰레기장에 네 동생을 데리고 가서 사진을 찍게끔 해라. 알겠니?" "네, 아빠." "그래, 그럼 됐어. 앉아라. 멀뚱히 서가지고 뭐 하는 거냐?" 아버지가 식탁을 가리켰고, 모두 얌전히 자리에 앉았다.

땅거미가 내려앉은 뒤, 마지드는 아흐마드를 데리고 아인 알미르잔 쓰레기장으로 향했다. 아흐마드는 아버지가 사진 찍는 방법을 알려줬던 그 바위 위로 마지드를 안내했다. 아흐마드는 아무 말도 없이 사진을 찍었고, 마지드는 지겨운 듯 주변을 둘러보고 말했다. "어서 가자, 뭐 볼 게 더 있어?" 정착촌이라면 마지드에겐 손바닥 보듯 훤히 아는 곳이었다. 외할머니는 아직 그곳에서 살고 계신다. 마지드는 유년시절 대부분을 난민촌에서 보냈고, 친구와 친척도 그곳에 있었기에 난민촌 풍경과 거기서 몇 마일 떨어진 정착촌에는 전혀 관심이 가지 않았다. 정착촌은 세워질 때부터 혼란, 폭력, 총탄, 체포를 수반했고 지금도 그랬다. 사람들은 좌절했고, 넌더리가 났고, 익숙해졌고, 조금씩 망각했고, 그러면서 진정을 되찾았다. 정착촌에서 건설잡부나 청소부 또는 농장 일꾼으로 일하는 청년들도 있었다. 재작년 여름, 마지드도 정착촌에서 일하며 아버지 몰래 돈을 조금 벌었다. 아버지 몰래 한 일은 많았다. 마지드네 밴드는 파티장, 식당, 축제에서 노래하고 드럼을 치며 악기를 연주했다. 밴드는 대학동기들로 구성되어, 각자 키보드, 플루트, 드럼을 맡았고 마지드는 기타 겸 보컬이었다. 그의 멋진 목소리와 훤칠한 키, 춤사위는 같은 학교 대학생들 사이에서나 베들레헴, 라말라에서도 유명했다. 아버지가 밴드에 대해 물어보았을 때, 마지드는 "학생 밴드예요. 축제에서 애국적인 노래들을 불러요."라고 대답했다. 비웃듯이 아버지가 말했다. "그거 참 대단하구나." 그래도 따지고 나무라며 밴드를 그만두라고 하진 않았다. 어떤 이들은 음흉한 눈빛으로 "피는 못 속이는 것 아냐?"라고 물었다. 그 말은 즉, 외할머니의 기질을 말하는 것이었다. 이에 아버지는 "우리 아들은 학교에서 아주 우수한 아이인 데다, 사내 녀석이 노래하고 춤을 춘다고 흠이 될 것은 없지"라고 대답했다.

사람들은 "애가 싸돌아다니던데"라고 말했다. 아버지는 "누구랑 그 런다는 말이지? 여자애들과? 그렇다고 한들 뭐가 어떻다는 거요? 아줌마처럼 집안에 박혀 있는 것보다야 낫지"라고 받아쳤다.

아버지의 대답에 마지드는 기뻤다. 프로 가수가 되어 이집트로 건너가 음반을 녹음하는 일을 생각해봤다. 하니 샤키르가 그보다 더 나았을까? 무스타파 아마르가 더 잘생겼을까? 카젬 알사헤르가 더 키가 클까? 그는 동네에서야 유명했지만, 작고 한정된 집단이었다. 서안지구의 전체 인구가 헬리오폴리스에 있는 거리 하나에 사는 인 구와 같았다. 비르제이트 대학은 하람 거리, 무함마드 알리 거리로 이어지는 작은 골목길에 근접할 것이다.

마지드가 아흐마드에게 말했다.

"내 사진을 찍어봐."

아흐마드는 고개를 돌려, 무슨 연유로 그러냐는 눈짓을 보냈다. 그런 동생의 모습을 보니 마지드는 웃음이 났다.

"내가 오디션에서 우승을 하면, 내 사진이 신문에 실리게 되겠지. 그러면 내가 너한테 큰 선물을 하는 셈이야."

아흐마드는 웃으며 형에게 쓰레기장에서 멀리 떨어진 곳에 서보 라고 말했다. 마지드는 서쪽을 등진 채 자리를 잡았다. 아흐마드는 줌을 조절하며 사진 속 배경이 되는 정착촌을 보았다. 나무 한 그루 와 붉은 기와와 그네와 한 소녀가 보였다. 금발의 포니테일 머리를 한 소녀는 마치 인형이나 그림과 같이 예쁘고 귀여웠다. 저 애는 아 랍어로 말할까? 아니면 히브리어를 쓸까? 말을 걸면 알아들을까?

아냐, 알아듣지 못하거나 아니면 웅얼대는 내 목소리를 이해하지 못할 걸. 저 소녀도 사람들 앞에서 나처럼 수줍어할까? 비슷한 또래거나 어릴 것 같았다. 몇 학년일까? 스위스제 시계를 가지고 있으려나? 디지털시계일까? 내가 말을 걸면 대답을 해줄까? 소녀는 유대인 정착민일 테고, 소녀의 아버지도 유대인 정착민일 것이다. 그렇다면 소녀의 아버지는 기관총을 가지고 있는 사람이고, 구레나룻을 기른 이 세상의 쓰레기다. 아흐마드의 아버지는 그들을 그렇게 불렀다. 정착민들은 가장 더러운 놈들이라고. 그러니 소녀의 아버지도 쓰레기인 것이다. 소녀도 마찬가지다. 하지만 소녀는 더럽지 않았다. 더럽고 추하기는커녕, 예쁘기만 했다. 그네를 탈 때 소녀는 앙 다문 입을 하고 미소를 지었다. 두 뺨은 붉은 빛이 도는 흰 살구 같았다. 이게 쓰레기일까? 이게 추함이란 말인가?

마지드가 아흐마드에게 소리를 쳤다. "무슨 일이야, 어서 사진 찍어." 아흐마드는 사진을 찍고 형과 헬스클럽으로 향했다. 눈으로는 형의 근육과 운동을 보았지만, 머리로는 그네와 붉게 물든 흰 살구 두 개, 하나로 묶은 포니테일을 향해 있었다.

5

아버지는 아흐마드에게 새 카메라를 사주면서 전자시계와 선글라스를 돌려줬다. 인상적이면서도 생명력이 느껴지는 사진에 대한 보상이었다. 아흐마드의 사진을 보고 있으면 일출과 나뭇잎의 바스락거리는 소리, 꽃향기가 나타나 렌즈 너머 그 현장에 있는 기분이 들었다. 사진 속 마지드는 하나의 예술작품이었다! 오마 샤리프의 청년 시절, 또는 그 이상이었다. 제 엄마와는 다른 눈을 지닌 마지드를 보며 아버지는 의아했다. 소의 눈처럼 쭉 뻗은 속눈썹과 번개처럼 번뜩이는 눈매를 지닌 아들이었다. 그림처럼 잘생겼고, 영화나 텔레비전에 나오면 제격이었다. 하지만 이곳은 서안지구의 아인 알미르잔이다. 아들이 카이로나 베이루트에 있다면 압둘 할림처럼 유명하고 존경받는 사람이었을 터. 압둘 할림은 이미 고인이니, 지금으로 따지자면 마르셀 칼리파 같은 사람일 것이다. 조국을 노래하며, 서안지구는 물론 카이로에서 암만에 이르기까지 알려진 그처럼. 하지만 마지드가 있는 이곳은 서안지구. 이 아름다움은 현실인가? 아버지는 아들이 이렇게 그림처럼 아름답다고 생각하지 않았다. 카메라나 사진을 찍는 데 비밀이 숨어있나? 이토록 활력과 생명력이 넘치는 눈은 카메라의 것인가, 아니면 카메라 너머에 서 있는 사람의 것인가? 아버지는 쓸쓸한 웃음을 지으며 생각했다. 저 느리고 뒤뚱거리는, 미쉐린 타이어 같은 몸에 걸음도 무게감도 육중한 아들에겐 활력이라곤 없었다. 현실을 촬영하는 것은 말 그대로 현실을 옮기는 것. 하지만, 아버지 본인이 사진을 찍을 때에는 이런 아름다움, 찬란함, 활력을 포착할 수 없었다. 그렇다면, 아흐마드에겐 재능이 있다는 것. 앞으로는 계속 사진을 찍게 될 것이다. 마지드는 자신의 사진이 확대되어 콘서트 포스터로 쓰일 것이라고 신나서 말했다. 마지드는 아흐마드의 머리를 쓰다듬으며 유쾌하게 말했다. "녀석, 좋으니?"

아흐마드는 수줍은 미소를 지으며, 무언가 생각하는 듯 망설이며 대답했다. "그, 그, 그러니까…… 그, 그게…… 제가 사진을 찍는다고요?" 아버지가 말했다. "그래, 사진을 찍어라. 원하는 건 다 찍으렴." 아흐마드가 믿기지 않는 듯 물었다 "뭐, 뭐, 뭐를 찍어요?" 아버지가 대답했다. "사람들이랑 네 엄마, 우리 집, 마을, 교차로를 찍으면 되지. 액자로 만들어 줄게. 너네 선생님이 말씀하시길 네가 총명하다고 하더라." 아흐마드가 놀라서 물었다. "제가 교, 교, 교차로를…… 찍, 찍어요?" 마지드의 포스터와 콘서트 광고, 크게 확대해서 온갖 곳에 갖다 놓은 예루살렘 사진에서 착안해낸 아버지의 생각이었다. "마을이랑 모스크 근처 교차로의 사진을 찍어라. 언덕에서부터 줌을 넓혀서 말이야. 예루살렘처럼 보이게 해봐라. 사진이 정말 괜찮게 나오면 확대해서 포스터로 만들어줄게. 예루살렘의 포스터처럼 말이다. 해 봐라, 아들아. 할 수 있어."

그 이후로 아흐마드는 거의 매일같이 마을 사진을 찍으러 언덕으로 향했다. 서쪽에서, 동쪽에서, 위에서도 사진을 찍었다. 바위 위에

도 올라가 들꽃과 아몬드꽃과 복숭아 사과꽃, 산의 바위와 암석, 그
리고 그네와 소녀와 포니테일을 카메라에 담았다.

6

봄날의 꽃들이 아흐마드의 마음을 간질였다. 붉은 아네모네, 캐
모마일, 벌노랑이, 회향, 백리향. 아흐마드는 잔디와 백향, 야생밀 줄
기로 엮인 카펫 위를 걸으며 노랗고 붉고 푸른 꽃들과 햇살 아래, 수
선화 흰 구름 한가운데를 지나갔다. 아흐마드의 엄마는 아들의 머리
를 빗기며 다정하게 노래를 불렀었다. "사랑스러운 머릿결이구나,
실크처럼 아름다운, 사랑스러운 아흐마드의 머릿결." 아흐마드는 노
래를 들으면 울음을 터트렸다. 어떤 노래든지 듣기만 하면 울었다.
엄마는 머리를 빗다가 아들의 머리카락이 잡아당겨진 줄 알고, 노래
를 멈추고 아주 조심스럽게 머리를 빗길 때는 아들이 울지 않았다.
하지만 엄마가 다시 노래를 부르면 아들은 엄마의 속이 상할 정도로
울어댔다. "당신 아들 좀 봐요." 엄마가 아빠에게 말했다. 라디오를
켜면 노래가 흘러나왔다. 이에 아들은 얼굴을 찡그리며 칭얼댔다.
아버지가 놀라서 말했다. "대단하네!" 기세등등해진 엄마는 아들의
재주를 사방팔방 보여주고 다녔고, 노래를 듣고 우는 아이를 본 사
람들은 모두들 놀랬다. 아이는 커서 더 이상 노래를 듣는다 해서 울

지 않았다. 대신 세상과 담을 쌓고 몽상과 공상에 빠졌다. 그의 내면은 노래를 듣거나 작은 감동에도 눈물을 흘렸다. 새와 고양이와 일출과 소녀에 울었다. 금색 섬광 같은 금발의 소녀. 아흐마드는 엄마가 빗질을 해주며 불렀던 노래를 떠올리며 꽃밭과 들판을 쏘다녔고, 콧노래를 부르며 사진을 찍었다. 줌을 확대해 소녀의 얼굴을 렌즈 안에 담았다. 예쁜 얼굴은 창백하고도 섬세했으며 코는 땅콩처럼 작았고 입은 아네모네처럼 붉었다. 어째서 소녀의 입술은 저리도 붉을까? 얼굴이 희고 머리가 금발이라서 그럴까?

양들의 울음과 양치기의 나무 피리 연주가 들리는 가운데, 울타리 너머에서 아흐마드를 부르는 소리가 들렸다. 아득하게 들리는 소리에 카메라를 돌려 소리가 나는 곳을 보니, 형 마지드의 사촌인 이사가 있었다. 이사는 그네를 탄 소녀가 있는 울타리 너머의 농장에서 일하고 있었다.

이사는 누런 손을 흔들며 큰 소리로 아흐마드를 불렀다. 메아리는 언덕을 타고 태양과 함께 사라졌다. 이사가 손을 입 주변에 둥그렇게 말고 더 길게 "아흐마아아아아아아아드" 하고 불렀다. 소녀가 고개를 놀려 카메라를 들고 있는 아흐마드를 발견했다. 렌즈 너머로 창공 같은 소녀의 눈이 보였다. 서쪽 지평선을 향해 열려 있어 꽃과 여름철의 구름이 보이는 창문 같은 눈. 아흐마드는 그네를 탄 듯 몸이 물결치고 새처럼 퍼덕거리는 것 같았다. 소녀가 시계추처럼 렌즈 앞으로 다가왔다. 심장 박동은 시계같이, 형의 기타 같이 뛰었다. 틱, 틱, 붐, 붐. 틱, 틱, 붐, 붐. 커튼 쳐지지 않은 여름날의 창문 같이 소녀의 눈이 그를 보았다. 아름답다! 정말 아름다워. 비단 같은 머리카락이 바람에 흩날렸다.

"이봐, 아흐마드. 거기서 뭐하고 있어?"

가까이서 들리는 목소리에 아흐마드가 고개를 돌렸다. 이사가 계단을 올라와 울타리 가까이에 있었다. 렌즈 시야에 잡힐 정도였지만, 아직 이사는 울타리 너머 먼 거리에 있었고, 철조망과 정착촌이 언덕을 가르고 있었다.

놀란 아흐마드는 아버지가 키르얏 샤이바 정착촌에서 일하는 사람들에 대해 한 말을 떠올렸다. 거기서 마지드 형이 여름에 일한 사실이 발각되었을 땐 난리도 아니었다. 소리를 고래고래 지르며 형을 때렸고 절연하겠다고 협박했었다. "너와의 연은 끝이다. 넌 내 아들이 아니고, 모르는 자식이라고 사람들에게 말하겠다. 네가 의절당했다고 온 세상이 알도록 신문에 일주일 동안 실어놓으마. 알아들었니?" 두 해 전에 있었던 일이다. 아흐마드는 겁에 질린 채 아버지가 했던 말을 똑똑히 들었고, 기억하고 있었다. 그런데도 마지드는 기타를 챙겨 가출한 뒤 난민촌에 계신 할머니에게로 향했다. 아버지가 형을 데려오려고 난민촌에 갔을 때, 이사가 형과 함께 문간에 앉아 담배를 피며, 손톱으로 찻잔을 두드리며 차를 마시고 있었다. 그의 손톱은 검고 얼굴은 햇볕에 그을린 모습이었다. 굉장히 지저분한 옷차림에, 겨드랑이에서는 쿠민* 냄새 같은 땀 냄새가 나서 멀리서도

---

* 미나리과의 향신료.

맡을 수 있을 정도였다. 아흐마드는 쿠민을 싫어했고, 쿠민 그 자체나 쿠민이 들어간 음식은 전혀 먹고 싶지 않았다. 쿠민이 이사와 그의 땀 냄새 같았으니까.

아버지가 말했다. "그놈들의 공장에서 일하는 건 이해해. 그런데 이 땅에서, 아인 알미르잔에서? 대단하군!" 마지드는 대답이 없었다. 그저 고개를 푹 숙인 채 땅만 바라보고 있을 뿐이었다. 반면 이사는 건방지게 고개를 치켜들고 말했다. "뭐가 다른데요?"

할머니가 나와 문간에 서서 분위기를 진정시키려 했다. "됐다, 어린애들이잖니!"

아버지는 손을 뻗어 마지드의 목 뒤를 내려치고는 버럭 소리를 질렀다. "애들이라고요? 이렇게 황소만한 놈들을 보고 어린애라고요? 일어나, 이 개자식아. 기타 내놔라. 네 아비가 누군지는 아냐? 이 빌어먹을 기타 같으니. 지옥에 떨어질 녀석아. 한 번만 더 이랬다가는 머리통을 깨트려주마!" 그러고는 아흐마드를 바라보며 작은 아들이 이번 일의 교훈을 제대로 배우도록 말을 이었다. "우리의 땅에서 유대인을 위해 일하고 있다니! 이 개자식아!" 기타를 뺏기고 풀 죽은 채 걷고 있는 마지드를 흘겨보았다. "내 말 알겠냐?" 형의 기타를 들고 휘청대고 있는 아들에게는 "너도 마찬가지다. 알아들었어?"라고 말했다. 두 아들 모두가 대답을 하지 않자, 아버지는 격분해 소리쳤다. "그리고 이사, 이 개자식아. 마지드랑 두 번 다시 말만 섞어봐, 머리통을 날려 버릴 테니! 알겠냐?"

그리고 지금 여기 이사가 있다. 알랑거리는 느낌으로 누런 손을 이마에 가져다 대고 햇살 아래 아흐마드를 바라보고 있다. "이봐, 아흐마드. 여기서 뭐해?"

이사가 울타리 쪽으로 꽤 다가왔다. 아흐마드도 엉겁결에 이사 쪽으로 다가가고 있었다. 두 발이 그네로 향했고 묘한 얼얼함이 온몸에 퍼졌다. 심장은 시계처럼, 형의 기타처럼 뛰었다.

아흐마드는 어색한 거부감에 말을 더듬었다.

"그, 그, 그냥……."

"와, 카메라 좋다!"라고 말하며, 이사는 아흐마드와 카메라를 번갈아 보았다.

"보여줘 봐."

울타리가 두 사람을 갈라놓고 있었고, 이사의 손가락이 철조망의 작은 구멍 사이로 나와 있었을 뿐인데도 아흐마드는 뒷걸음질을 쳤다.

"왜 그래? 뭐가 무서워?"

뒤로 슬쩍 고개를 돌려 소녀를 본 이사의 얼굴에 추한 미소가 번졌다.

"저 여자애가 신경 쓰여?"

이사는 그럴 필요 없다는 식으로 손을 한껏 내젓고는 속삭였다.

"상관없어. 내가 저들을 알지. 저들이 무서워?"

아흐마드는 대답 없이 카메라만 들고 있었다. 혼란스럽기도 흥분되기도 했다. 전신이 저릿하면서 심장이 요동을 쳤다. 무슨 말이든 꺼내고 싶었다. 소녀에게 가까이 다가가고 싶었다. 이사에게도 다가가 많은 것을 물어보고 싶었다. 소녀의 이름이 뭔지, 몇 학년인지, 소녀의 아버지의 이름은 무엇인지, 아버지가 정말 어깨에는 기관총을 매고 앞머리를 내리고 야물커*를 쓰고 있는지, 텔레비전 속 사람들이 그랬던 것처럼 벽 앞에서 도마뱀처럼 기도를 하는지, 아랍인들을 경멸하고 아랍인들에게 총을 쏘는지, 딸에게는 좋은 아빠인지, 소녀가 이사와 얘기해본 적이 있거나 이사를 부른 적이 있는지, 불렀다면 어떻게 부르는지, 알파벳 '아인'을 '알리프'처럼 발음했을지, 이름…… 소녀의 이름이 뭘까?

아흐마드가 겁에 질린 채 울타리에 가까이 다가갔고, 이사를 옆에서 바라보며 말을 꺼냈다.

"뭐, 뭐……."

이사가 웃으며 외쳤다.

"말 더듬지 마. 왜 그래? 겁먹은 거야?"

당연히 겁먹었다. 하지만 소녀가 아니라 이사와 아버지가 두려웠고, 그네를 탄 소녀를 향한 충동적인 감정에 말을 더 더듬는 거고, 울타리에 다가갈 마음도 생긴 것이었다.

"저 여자애…… 이, 이름이 뭐야?"

이사가 소녀가 있는 쪽을 쳐다보고는 비꼬듯 물어봤다.

"쟤가 신경 쓰여? 그저 어린 여자애야. 입김 한 번 불면 날아갈……."

그는 무언가를 짓누르듯 집게손가락을 엄지에 대고 말했다.

"벼룩 같아."

---

* 유대인 남자들이 머리 정수리 부분에 쓰는, 작고 동글납작한 모자.

이사는 손가락을 비비고 나서, 다시 카메라를 부러운 듯 바라봤다.

"가까이 와서 좀 보여줘. 더 가까이. 카메라 들어봐."

하지만 아흐마드는 미동도 없이 서 있었다. 도망가고 싶었지만 소녀가 마음에 걸렸다. 어떤 대가를 치르더라도 소녀의 이름을 알고 싶었다. 이사와 말을 섞고, 아버지 말씀을 어기고, 머리통이 깨져도 상관없었다. 이사는 소녀가 벼룩이나 다름없다며 손가락으로 소녀를 으깨는 듯한 행동을 했다. 아흐마드는 이사가 혐오스럽고 역겨웠다. 그럼에도 아흐마드는 그에게 더 가까이 다가가 속삭였다.

"이, 이름이 뭐야?"

"너네 둘이 무슨 사이인데? 지금 카메라나 보여 달라고 말하잖아. 어서."

아흐마드는 천천히 뒷걸음을 치며 보폭을 넓혔다. 그러고 나서는 고개를 돌린 채 내달리기 시작했다. 이사가 뒤에서 쫓는 것처럼 달렸다. 마치 이사가 그의 뒤꽁무니까지 따라와 손가락을 비벼대며 "벼룩 같아"라고 말하는 것 같았다.

7

아흐마드는 인화할 사진을 고르는 데 정신이 팔려있었다. 아버지가 "잘하고 있네. 현명하고 활력 있고 책임감 있는 사람이 되었으면 좋겠구나"라고 말하고는 사진 인화비를 건넸다.

　평소와 다르게 급히 사진관으로 향했다. 아흐마드는 숨을 헐떡대며 말을 꺼냈다. "사, 사, 사, 사……." 카운터 너머의 청년이 웃으며 되물었다. "사, 사, 사, 사?" 아흐마드의 얼굴은 홍당무처럼 붉어졌다. 그는 눈길을 피하며 손을 꽉 쥐고 침을 꿀꺽 삼켰다. 그때 사진사가 커튼 뒤에서 나타났다. "아부 마지드 씨네 아들이구나? 어서 와라. 아버지는 잘 지내시고?" 겨우 미소를 지으며 아흐마드가 대답했다. "자, 자, 잘 지내세요……." 안에 있던 손님이 "이봐요, 준비 다 됐어요"라고 부르는 소리에 사진사는 커튼 쪽으로 고개를 돌렸다. 그러고 나서는 다시 몸을 틀어 아흐마드에게 말했다. "아버지에게 안부 전해주렴. 커피 한잔 하러 들르시라고도 전해라." 아흐마드는 대답 없이 고개를 끄덕이고, 카운터의 청년을 쳐다보며 손을 내밀었다. "사, 사, 사, 사?" 피가 거꾸로 솟는 것 같았다. 귀는 멍멍했다. 한쪽 귀를 긁었고, 반대쪽 귀는 사진을 손에 넣는 대로 바로 긁고 싶었다. 하지만 청년은 간사한 사람이었고, 소녀처럼 여린 얼굴을 한 소년에게 장난을 치고 싶었다. 청년은 사진 봉투를 꽉 쥐고 흔들면서 "사, 사, 사, 사"라고 말했다. 아흐마드는 눈물이 앞을 가리는 것 같았다. 시선도 마주치지 못한 채 바닥만 쳐다보며 구걸하는 사람처럼 손만 내밀고 있었다. 청년은 카운터 위로 몸을 수그리고 아흐마드 쪽으로 몸을 숙였다. 거의 얼굴이 닿을 정도로 가까워진 상태에서 청년이 말했다. "사, 사, 사, 사, 사진 속에 찍힌 애는 누구지? 이 금발 여자애 누구야?" 아흐마드가 대답하지 않자 청년은 짓궂게 웃으며 말했다. "금발 머리는 누구냐고?" 울컥하는 마음이 가슴에서 목으로, 눈으로 치솟았다. 아흐마드는 사진을 낚아채 내달렸다. 달리고 달린 뒤, 멈춰 서서 눈물을 훔치고 귀도 닦고 코도 닦았다. 스웨터 속에 사진 꾸러미를 넣고, 그 위를 두 손으로 지그시 눌러보니 뭐라도 훔친 사람 같았다. 대문을 넘어 정원으로 뛰어가 올리브나무 뒤에 숨었다. 바닥에 앉아 사진을 넘겨보며 소녀의 모습을 찾았다. 달과 태양처럼 후광에 싸인 얼굴. 다 큰 여자아이의 아름답고 작은 옆모습. 어린 소녀도 아가씨도 아닌, 그 가운데 어딘가에 있을 소녀. 아흐마드처럼. 소녀도 아흐마드처럼 나이를 말하기 쑥스러울까? 몇 살이냐고 묻는 질문에 이따금은 한두 살 올려서 대답할까? 몸, 목소리, 겨드랑이, 이곳저곳에서 일어나는 변화가 부끄러울까? 엄마가 씻겨주겠다고 하면 대들까? 욕실에 알몸으로 있을 때 누군가 들어오려 하면 당황해서 "안 돼요!" 하고 소리를 지를까? 형이 동생의 목소리를 가지고 장난치듯 소녀도 그럴까? 하지만 여자애들에겐 변성기가 없다. 약간 변하는 정도지, 갈라지거나 목소리가 둘로 나뉘지도 않는다. 소녀는 숨겨 놓은 물건이 있을까? 유대인은 아랍인처럼 자신의 물건을 숨기지 않는다. 그들은 모든 것을 진열해서 남이 보게끔 하거나, 햇볕을 쪼이지. 심지어 자기네들의 피부까지 요상한 주근깨가 곁들여진 구운 감자 같은 갈색으로 만들기도 하고. 소녀에게도 주근깨가 있을까? 아흐마드는 사진 속 소녀를 들여다봤다. 소녀의 코에 주근깨가 조금 나 있었다. 붉은 입은 아네모네 같았고, 갸름한 얼굴에 비해 치아가 크고 희었다. 큰 치아를 작은 턱이 감당하지 못하는 것처럼 보였지만, 나중에 턱뼈가 자라고 얼굴도 같이 자라면 치아는 어련히 가지런해질 것이다. 아버지가 그렇게 말했었다. 소녀에 대해 말한 적은 없었지만, 소녀는 아흐마드와 비슷한 또래였다.

아흐마드는 자신의 치아와 어금니는 어떤지 궁금해졌고, "그 애도 아직 새 어금니가 안 자랐겠지"라고 혼잣말을 했다. 울대가 튀어나올 자리를 매만져보니 실소가 터졌다. 아직 울대는 나오지 않았다. 여자애들도 마찬가지지만, 대신 다른 곳이 튀어나왔다. 여자애들은 사과 두 알을 가지고 있는데, 그게 나중에 엄마 것처럼 수박만해진다. 절묘한 비유에 웃음이 나왔다. 소녀의 가슴에는 사과가 있을까? 사진을 뒤져봤지만, 꽃무늬 원피스가 납작하게 가슴 위를 덮고 있는 모습이 전부였다. 하지만 내일은 확인해볼 수 있다.

이튿날, 아흐마드는 사과를 확인하러 언덕을 올랐다. 연민과 동정심을 불러일으키는 올리브만한 작은 사과 두 알을 보았다. 소녀의 머리카락은 여전히 금빛으로 너울겼고, 봄의 햇살을 쬔 뺨은 노곤함에 달아올라 있었다. 친구 없이 혼자서 땅따먹기를 하고 있었다. 소녀가 한 발 뛰어 오르면, 꽃무늬 원피스도 같이 펄럭였고, 댕기머리는 가슴에 부드러이 내려앉았다가 등 위에 내려앉았다. 소녀는 폴짝거릴 때마다 "아하트, 슈타임, 샬로쉬, 아르바"*라고 되풀이하며 말했다. 아흐마드는 "와히드, 이쓰나인, 쌀라싸, 아르바아"**라고 되뇌었다. 소녀가 "아하트" 하고 뛰고, "이슈나임" 하고 뛰고, "살로쉬" 하고

---

* 아랍어로 '하나, 둘, 셋, 넷'이란 뜻.
** 히브리어로 '하나, 둘, 셋, 넷'이란 뜻.

뛰고, "아르바" 하고 멈췄을 때, 아흐마드는 울타리에 아주 가까워질 정도로 다가갔다. 소녀는 고개를 다시 돌려 숫자를 셌다. 이번에는 소녀가 뛰는 동안, 소녀에게 들릴 정도로 큰 목소리로 되풀이했다. "아하트, 슈타임, 샬로쉬, 아르바." 순간 소녀가 멈춰 서서 아흐마드를 위아래로 훑어보고는 카메라로 시선을 옮겼다. 이번에는 숫자를 세지 않고 폴짝대었고, 아흐마드는 더 큰 목소리로 "아하트, 슈타임, 샬로쉬, 아르바"라고 외쳤다. 소녀가 웃자, 아흐마드는 더욱 큰 소리로 외쳤다. 소녀는 못 들은 척, 그저 바닥을 바라보며 땅따먹기 놀이를 했다. 아흐마드는 카메라 초점을 소녀에게 맞춰 사진을 찍으려 했다. 그러자 소녀는 얼굴을 두 손으로 가리고 고개를 저으며 말했다. "로, 로." 아흐마드는 손가락이 철조망 사이로 빠져나갈 정도로 가까이 다가갔다. 그 틈으로 소녀는 아흐마드를 바라보며 그가 메고 있는 카메라에 시선을 빼앗겼다. "디지털카메라!" 아흐마드는 카메라를 들어 보이며 뽐내듯 말했다. "디지털카메라!" 소녀는 대답 없이 카메라를 바라보았다. 아흐마드가 손목을 뻗어 소매를 걷고서 손목에 찬 시계를 가리키며 뽐내듯 말했다. "디지털시계." 소녀는 흥미롭게 시계를 쳐다보며 되풀이하듯 중얼거렸다. "디지털쉬계!" 아흐마드가 고쳐서 말했다. "시계, 시계." 소녀는 "쉬계, 쉬계"라고 우겼다. 아흐마드는 주머니 속 선글라스를 꺼내 쓰면서 웃으며 말했다. "그리고 디지털선글라스." 소녀가 잠깐 당황하다가 말했다. "디지털?!" 소녀가 깔깔대며 웃었고, 포니테일이 좌로 우로 뒤로 물결치듯 흔들렸다. 소녀는 손으로 자신의 큰 치아를 가리며 말했다. "디지털." 아흐마드가 말했다. "디지털, 디지털." 선글라스를 쓰고 벗으며 "디지털"이라고 반복해 말했고, 소녀의 웃음소리는 커지다 못해, 이사가 듣고 소리를 칠 정도였다. "야, 아흐마드, 너 거기서 뭐해?" 놀란 소녀는 소리가 난 쪽으로 고개를 돌렸다가, 다시 아흐마드와 카메라로 시선을 옮겼다. 그리고 아흐마드는 조금씩, 조금씩, 언덕을 향해 달렸다.

8

선글라스를 벗자 소녀가 아흐마드의 눈을 가리키며 말했다. "아이나임." 아흐마드는 "아이난"이라고 말을 고쳐줬다. 소녀는 미소를 지으며 자신의 귀를 가리켰고, 아흐마드에게 무언가 가르쳐주듯 또박또박 말했다. "우드나임." 아흐마드가 "우드난, 우드난"이라고 대답했다. 소녀는 울타리와 카메라를 향해 손을 뻗고 말했다. "야다임." 손으로는 카메라를 붙잡고 귀로는 소녀의 말을 낚아챈 아흐마드는 두 언어 사이의 공통점을 찾아낸 자신감이 들었다. 소녀와 이야기할 때는 더 이상 말을 더듬지 않았다. 어차피 소녀는 그가 하는 말을 이해하지 못하기도 했고, 대답을 천천히 해주다 보니 더 그랬을 수도 있었다. 설명이 능숙해지며 자신감이 차오른 아흐마드가 가슴 위에 손을 얹고 천천히 말했다. "나는 아흐마드." 아흐마드를 바라보며 웃던 소녀

가 말했다. "아크메드?" 아흐마드가 다시 말했다. "아흐마드야, 아흐
마드." 소녀가 더 활짝 웃으며 따라 했다. "아크메드, 아크메드." 그게
아니라고 고개를 저으며, 아흐마드는 가슴에 손을 얹고 힘주어 말했
다. "나는……." 자신이 하는 말을 소녀가 따라하길 바랐다. 그때 소녀
가 대답했다. "나 미라." 아흐마드는 웃으며 고개를 끄덕였고, 손가락
으로 자신을 가리켰다. "나 아흐마드, 너 미라." 아흐마드를 따라 미라
가 대답했다. "나 미라, 너 아크메드."

그렇게 둘은 친구가 되었다. 잘못될 것 없는 우정이지만 형과 엄
마에게도 들켜서는 안 될 비밀이었다. 미라는 무려 야물커를 쓰고
기관총을 가지고 있는 정착민의 딸이다. 자신의 아버지가 가장 추악
한 놈들이라고 한 사람의 딸이다. 실제로 미라가 추하지 않은 건 잘
알고 있다. 오히려 가장 아름다운 존재였다. 다정하고 활력이 넘치
며 고무줄놀이를 좋아하는 것이 아흐마드와는 정반대였다. 아흐마
드는 카메라, 미술 수업, 독서, MTV 시청 외엔 딱히 좋아하는 것이
없었다. 미라처럼 개를 좋아하지도 않았다. 미라는 서양 품종의 흰
색 개를 길렀고, 이름은 보보였다. 미라는 보보와 놀며 빵과 참치 캔
을 먹이로 줬다. 어두운 색의 참치가 담긴 캔을 줬는데, 그게 참치가
맞았나 싶다. 그가 아는 참치는 밝은 색을 띠고, 비싼 음식이었다. 엄
마는 형이 학교를 다녀왔을 때나 저녁 식사에 갑자기 손님이 방문했
을 때에나 참치를 식탁에 올렸다. 아흐마드는 참치를 좋아해서, 형
과 서로 참치를 더 먹겠다고 옥신각신했다. 결국 참치를 차지하는
사람은 아흐마드였다. 신나서 정신없이 참치를 먹는 동생을 흘겨보

다가 마지드는 식탁 밑으로 동생을 꼬집으며 말했다. "곰 같은 녀석."
이에 아버지는 형을 노려보며 "너는 언제 철이 드는 거냐?"라고 말
했다. 그러나 마지드는 철들지 않았고, 이따금은 오히려 동생 같은
적도 있었다.

9

아흐마드는 거울을 쳐다보며 여드름을 건드리고 머리를 매만지
며 울대가 튀어나올 자리와 치아를 확인하느라 정신이 없었다. 형의
머리모양을 따라해 보려 젤을 잔뜩 발라서 고슴도치 꼴이 되었다.
학교에서 돌아온 마지드가 푹 꺼져 있는 젤 튜브를 발견하고는 쥐꼬
리를 잡듯 동생의 머리카락을 쥐고 따졌다. "이건 젤이야, 아니면 라
드 기름이야? 마이클 잭슨이라도 따라 하는 거니, 뚱보야?" 아흐마
드는 전보다도 더 말을 더듬었다. "혀, 혀, 형……." 마지드는 됐다는
듯 손을 저으며 젤 튜브를 안 보이는 곳에 숨겼다. 몇 시간이 흐른 뒤,
마지드가 다정한 미소로 말했다. "젤 없어도 네 머리카락은 부드럽
고 멋져." 아흐마드는 그저 말없이 마이클 잭슨을 보면서, 듣고 있는
척했다. 마지드가 말했다. "마이클 잭슨은 너처럼 부드러운 머리카
락을 원했어." 아흐마드가 뾰루퉁하게 말했다. "그, 그, 그래……. 그
럼 형은 어떤데?" 동생이 형을 닮으려 한다는 것, 형을 우상으로 여

긴다는 것이 가상하고 자랑스러운 마음에 마지드는 미소를 지었다.
내일도 그럴 것이다. 마지드가 가수 오디션에서 우승을 하고 음반을
녹음하면 팬이 늘어나고 따라하는 사람들도 많을 것이다. 마지드가
자신 있게 말했다. "난 곱슬머리잖아. 젤은 나 같은 머리카락에 쓰는
거야." 동생은 풀이 죽은 듯한 눈빛이었다. "네 머리카락이 더 멋져."
마지드는 자신이 스포트라이트를 받고 스타가 된다는 생각에 들떠
생각 없이 말을 이었다. "젤 안 발라도 괜찮대도."

10

보보는 울타리 너머 아흐마드의 손가락을 핥고, 울타리 아래를
지나 그에게 오려 했다. 보보의 배 때문에 울타리와 땅 사이에 구멍
또는 그 비슷한 것이 생겼다. 미라가 철조망 끝을 손가락으로 들어
올리려 했지만, 철조망은 굉장히 튼튼했다. 도와달라는 미라의 눈
빛에도 아흐마드는 주변을 살피고 철조망을 향해 말했다. "로우, 로
우." 스스로에게, 그리고 미라에게 당부하듯이 "라, 라, 로우, 로우"*라
고 반복했다. 미라는 철조망 아래로 손을 뻗고 말했다. "킨, 킨."** 그러
고 나선 일어나 철조망에서 약간 떨어진 뒤 묘목용 지지대를 뽑아왔

---

* '라'는 아랍어로 '안 돼'라는 표현이며 '로우'는 히브리어의 같은 뜻 표현.
** 히브리어에서 '응', 또는 '된다'라는 의미의 표현.

다. 그걸 구멍 사이에 넣어 철조망을 들어올리기 시작했다. 조금씩 들리다 말았다 하는 철조망을 미라는 계속해서 잡아당겼고, 얼굴이 장미처럼 붉게 달아올랐다. 힘을 줄 때마다 입술을 꽉 깨물었고 이마 위에서 앞머리가 흔들렸으며 묶은 머리는 물결처럼 너울댔다. 미라가 아흐마드의 무릎 있는 곳까지 고개를 숙여 자신을 쳐다보자 아흐마드는 부끄럽고 두려웠다. 자신도 미라의 눈높이에 맞춰 몸을 숙이고서 말했다. "이리와." 아흐마드의 말을 이해하지 못한 미라는 앵무새처럼 따라 했다. "이리와, 이리와." 미라가 지지대를 건네서 아흐마드가 그걸로 철창을 들어올렸다. 미라는 "이리와, 이리와"라고 말했다. 철조망이 들어 올려졌고, 구멍은 어린아이가 지나갈 수 있을 정도로 넓어지자 미라가 기어왔다. 아흐마드는 한 걸음 뒤로 물러서, "로우, 로우, 라, 라"라고 손짓을 하며 말했다. 하지만 미라는 계속 기어와, 기어이 아흐마드에게 도달했다. 미라가 손을 뻗고, 아흐마드도 자연스럽게 손을 뻗어 미라를 자신 쪽으로 끌어당겼다. 보보는 그들 위에서 점프를 했고, 짖고, 야자나무 같은 꼬리를 앞뒤로 흔들며 미라의 다리를 핥았다. 미라는 보보를 집어, 들판을 달리기 시작했고, 바위 위로, 올리브나무와 자두나무 사이로 향했고 아흐마드도 달렸다. 미라는 "보보, 보보"라고 외치며 아흐마드를 바라봤다. 보보는 자신의 배로 마치 카멜레온처럼 미라의 팔을 빠져나갔다. 미라가 보보를 잡으려 하자, 보보는 도망갔다. 아흐마드는 놀란 채 바라보았다. 이윽고 미라는 보보를 잡았고, 아흐마드를 바라보았다. "카메라." 미라가 말했다. 하지만 아흐마드는 아무 말도 하지 않았다. 미라는 아흐마드를 가리키며 자신의 주먹을 손에 올려놓고 다시 말했다. "카메라." 아흐마드는 자신이 이렇게 귀한 카메라를 가지고 있고, 소녀가 그걸 원한다는 것에 매우 뿌듯했다. 아흐마드는 사진을 찍고, 수를 세었다. 미라가 아흐마드의 말을 따라 했다. "아하트, 슈타임, 샬로쉬, 아르바." 미라는 수를 셌고, 아흐마드는 미라가 10까지 세고 "아이사르!" 하고 기쁨에 소리치기 전까지 사진을 찍었다. 하지만 갑자기 아버지와 사진사와 카운터 너머의 짓궂은 남자와, 그가 장난스럽게 "누구 사, 사, 사, 사진인데?"라고 했던 말이 떠올랐다.

11

학교에서 돌아온 마지드가 중대 발표를 했다. 목요일에 가수 오디션이 있고, 그러니 새 청바지와 가죽겉옷, 번쩍이는 새 부츠가 필요하다고 했다.

"신이 우리를 도우시길. 왜 번쩍이는 부츠가 필요한 게냐?"

마지드가 대답했다.

"시장에 정신을 쏙 빼놓을 만큼 멋진 부츠가 있더라고요."

마지드는 사람들의 시선을 사로잡고 싶었다. 노래를 잘하는 것만으로는 부족하고, 심사위원들은 세부사항까지 면밀히 검토할 테니.

"부츠까지 심사 대상에 있니?"

아버지의 질문에도 마지드는 대답 없이 밥상만 물끄러미 쳐다보며 음식에 손을 대지 않았다. 그런 아들을 보고 아버지에게 든 생각이 있었다. 이 어린 녀석이 단식투쟁을 하며 대들겠다는 신호였다. 치미는 화를 억누르며 고개를 내저었다. 대단한 일이다! 단식을 한다고?! 우리 때 같았으면 아주 사소한 잘못에도 아버지가 애들 밥을 굶겼었다. 그때 음식은 보상이었지 협상의 수단이 아니었다. 기껏 사람구실 하게끔 길러났더니 양육에 대한 세금이라도 내라는 걸까? 언제나 집에 음식이 넉넉히 있고, 고기, 달걀, 치즈로 냉장고가 넘치니 음식이 공갈의 수단이 된 걸까? 굶주림을 모르기에, 쟁반을 들고 날라본 적이 없기에, 노상에서 껌팔이를 해본 적 없기에, 난민촌의 삶을 모르기에 아들은 단식이니 뭐니 하며 밥을 먹지 않고 있는 걸까? 이런 개자식을 다 봤나!

화가 치밀어서 아버지가 말했다.

"다 먹어라."

마지드가 말했다.

"배 안 고파요."

그럼 평생 굶든가! 아버지는 이렇게 소리치며 협박이라도 하고 싶었다. 다 엎어버리고 위협하고 싶었다. 거칠었던 과거, 뼈가 시리던 추위를 알려주고 싶었다. 쟁반을 나르다 길가 진창에 엎어졌던 날과, 그가 흘렸던 눈물. 하이파에서의 영광의 나날과 박물관처럼 카펫을 전시해놓고 팔던 과거. 노점에서 박하를 파는 현재. 영광의 날이여, 안녕과 존엄의 날이여, 이제는 끝이로다. 인간은 무가치해졌구나. 아버지는 조용히 울었다. 박하를 팔아선 가족을 먹여 살리기가 힘들었다. 입에 풀칠은 해야겠는데, 먹을 것이 귀했다. 아이들은 자라서 상점 직원이 되거나 껌을 팔고, 타이어를 고치고, 병아리콩을 까다가 하녀와 집시와 결혼했다. 아버지 당신도 샤히라와 결혼하는 바람에 부친에게 절연 당했다. 할아버지가 아버지에게 말하길, 남의 집에서 노래하는 사람은 근본이 부족한 집시이니 가문의 이름에 걸맞지 않다고 했다. 가문의 이름이라니! 가문에 이름이 남아있기는 한가! 아버지 정신차리세요! 아버지가 할아버지에게 한 말이었다. 우린 지금 난민촌에 있어요. 카르멜산과 와디 니스나스는 사라졌어요! 하이파도 사라졌다고요!

마지드가 따졌다.

"아빠. 다른 애들은 얼마나 난리도 아닌데요. 제 부탁은 대단한 것도 아니에요. 제가 언제 말도 안 되는 걸 바란 적 있나요?"

뭐라고? 아버지가 마지드를 매서운 눈으로 노려보았다. 아들의 젤을 발라 꼿꼿한 머리카락과 미국 느낌의 셔츠가 보였다. 운동화가 이십인가, 이십오, 아니 삼십 디나르 정도 했던 것이 떠올랐다. 베네통인가 칼튼인가 워싱턴인가 하는 신발이었다. 신발에도 이름이 다 있구나. 무슨 세대가 이렇게 어리광을 부릴까? 국민들은 또 뭐하는 걸까? 나라가 사라지고 침식당했다고, 국민의 사분의 삼이 껌을 팔았고, UNRWA* 앞 골목에서 거지처럼 구호품을 챙기며 쓰레기장의

---

* 유엔 팔레스타인난민구호기구.

개처럼 살았다는 걸 상기시키기 위해 일장 연설이라도 퍼붓고 싶었다. 목구멍까지 말이 치솟았지만 말문이 막혔다. 수백 번 반복된 그의 이야기는 지겨울 정도였다. 두 아들이 서로 시선을 교환하고 있는 것이 마치 "또 시작이셔"라고 말하는 듯했다. 자신이 겪은 유년의 비극과, 껌팔이 생활, 정착촌과 난민 구호품은 아들들이나 오늘날의 세대 수십, 수백 명에겐 비웃음거리다. 요요의 세대요, 서구음악의 세대이자 MTV의 세대. 개 같은 놈들이다! 이게 과연 희망과 미래의 세대인가? 어리광과 초콜릿으로 자란 '표류하고 무능한 상실의 세대'가? 읽지도 쓰지도 않으며, 움무 쿨쑴 대신 미미나 마돈나를 듣는다. 그런 것도 노래라고 한다. 고기에 낀, 국에 뜬 기름 덩어리가 더 어울리겠다. 대체 이 역겨움은 어디서 시작되었을까? 이들 세대로부터? 정말 대단하다. 인공위성접시 세대를 만나 뵙게 되어 실로 영광입니다.

아버지가 마지드에게 완강히 말했다.

"어디를 가든지 간에 아흐마드 데려가라."

"알겠어요, 부츠는요?"

마지드가 흥정하듯 말했다.

아버지는 쩌렁쩌렁하게 소리쳤다.

"부츠는 없다, 몰상식도 없고, 헛소리도 없다. 남자답게 바보 같은 짓은 그만둬라. 그게 우리가 네게 바라는 거고. 넌 기타를 원하지, 그래 좋다. 기타는 이해해. 가죽겉옷도, 좋아, 입혀주지. 그리고 새 부츠까지?"

아들은 마치 세상이 끝난 것처럼 시무룩해 보였다. 아버지가 비웃듯 말했다.

"네 노래는 부츠에서 나왔던 게냐?"

마지드는 고개를 돌렸다.

"심사위원단은 네 신발을 보고 노래를 채점한다니?"

아버지가 이어서 말했다.

"대단한 심사고, 심사위원단 났구나. 넌 목소리가 부츠에서 나오니? 그럼 맨발인 사람은 어떡하니?"

마지드는 테이블을 박차고 일어나 의자를 걷어찼다.

"제자리에 앉지 못해?"

아버지가 소리쳤다.

"다시 앉아."

그러나 마지드는 방으로 들어가 방문을 쾅 하고 닫았다.

이런 개자식들을 봤나. 대체 뭘 어쩌란 말이지? 뭘 말하고, 뭘 써야 된단 말인가? 이 세대와 그들의 시시함에 대해선 많이도 글을 썼다. 그들의 저열한 생각 수준, 학생들 사이까지 만연한 부패. 이스라엘이 이 세대와 학생들을 조종하고, 매춘과 협잡, 에이즈, 마약, 싸구려 무기로 어떻게 그들을 쥐락펴락하고 있는지 많은 글을 썼다. 그 짓거리는 우리네 시장에서 그치지 않고, 아랍세계에까지 마수를 뻗었다. 몇 세대에 걸친 수치와 패배였다. 그러니 어떻게 해방되어 안식을 취할까? 쓰레기인 우리가 어떻게 사람들 앞에서 고개를 들 수 있나? 우리는 쓰레기인데! 쓰레기인데!

아버지는 둘째 아들을 노려보다 갑작스럽게 소리쳤다.

"사진은 어디 있어?"

상기된 얼굴이 된 아흐마드는 어쩔 줄을 몰라 말을 더듬었다.

"사, 사, 사, 사……?"

아버지의 목소리가 더 커졌다.

"마을 사진 말이다. 쓰레기장 사진."

문득 아버지가 쓴웃음을 지으며 말했다.

"우리가 사는 곳이 쓰레기장과 뭐 다를 게 있을까?"

대답을 하는 대신, 아들은 안절부절하며 주변과 식탁으로 시선을 옮기다 엄마를 바라보았다. 엄마는 자신의 하나뿐인 아들이 겁에 질린 모습을 바라보며 말했다.

"적당히 해요."

아버지는 참견하지 말라는 손짓을 하며 어머니에게 눈길도 주지 않고 질책조로 말했다.

"조용히 하지 못해, 여편네야. 내가 내 아들이랑 얘기를 좀 하겠다는데!"

어머니가 대답했다.

"알았어요, 알겠다고요. 그래도 너무 나무라지는 말아요."

아버지는 대답 대신 고개를 몇 번 끄덕였다. 둘째는 제 어미의 사랑이자 어리광투성이에 응석받이다. 장남은 음악과 기타에 빠져 무스타파 까마르나 아므르 디압을 따라 하는 데 정신이 없다. 아버지는 나크바 세대의 사람으로, 가난, 혁명, 베트남전을 목격하며 자랐다. 나크바는 혁명을 일으켰고, 혁명은 곧 애국이었다. 베트남전은 아버지의 민족처럼 억압받는 모든 민족의 빛이요 등대였다. 모든 혁명의 구호이자 기치였던 전쟁이었다. 지금은 어떤가. 빛도, 혁명도, 등대도 없고, 베트남전도 없다. 우리를 송두리째 삼킨 혼란, 근심, 치욕의 수렁에서 어찌 벗어날 수 있는가? 우리가 만든 혼란이 화살이 되어 돌아왔다. 우리가 무슨 일을 한 걸까? 우리가 잉태하고 낳은 자식이 무엇인가? 이 아인 알미르잔의 자손이 어떤 아이들을 낳았는가? 어디에도 시선을 제대로 못 두고, 말까지 더듬는 아이를 낳았다. 다른 녀석은 가죽부츠로 노래를 하겠다는 판국에 혁명이니 뭐니 다 무슨 소용인가!

아들이 안타까운 나머지, 어머니가 아버지에게 말했다.

"애한테 너무 상처주지 말아요."

아버지가 어머니를 바라보며 소리쳤다.

"내가 애한테 상처를 준다고? 내가?"

어머니가 기가 죽어 대답했다.

"그게, 안쓰럽잖아요. 친구들이랑 콘서트에서 즐기게 내버려 둬요. 그렇게 해요."

아버지는 고개를 돌려 어머니를 바라보며 그녀가 어떤 여자인가 하는 생각에 빠졌다. 남자를 편하게 만들어주는 여자. 포근한 깃털 베개 같아서, 코를 골며 자게 만드는 여자. 남자의 손아귀에 쥐인 채 고분고분하면서도, 온몸에서 부드러움이 느껴지는 그런 여자. 부드러운 얼굴, 부드러운 목소리, 부드러운 피부, 깃털 베개처럼 푸근한 여

자. 고운 심성을 가진 그녀는 친자식도 아닌 첫째를 받아들였다. 그런데도 첫째는 그녀를 '아줌마'라고 불렀다. 그럴 때 그녀는 첫째에게 "엄마라고 불러야지, 엄마라고 해보렴"이라고 바로 대답했다. 그리고 그녀의 아들은 형을 마지드라고 불렀고, 그에게 형은 우주의 주인이자 램프 속의 지니였다. 아버지는 흡족했다. 굳어 있던 마음이 풀리고, 널뛰던 심장도 깃털 베개로 변하는 것 같았다. 심지어는 아버지 본인이 깃털이 되듯 가벼워지는 기분이었다. 반죽이나 푸딩이 되어버리는 것 같았다. 내일이면 잊을 말들을 이렇게 엄하게 내뱉을까? 왜 아내 앞에서 이런 모습을 보이고 아들이 우는 꼴을 봐야 하는 걸까? 아내의 기분이 바뀔 때마다 신문에 기고했던 글들을 망각하게 되는 이유는 뭘까? 첫째 부인과 있을 때도 그는 반죽이 되었다. 하쉬쉬를 하는 사람처럼 웃고, 캐스터네츠를 들고 춤추는 장난기 많았던 첫 번째 부인. 사랑이 있었기에 그도 부드러운 사람일 수 있었다. 하지만 지금은 안다. 그의 변화의 비밀은 둘째 부인인 라티파나, 자식들, 아버지의 눈물이 아닌 첫째 부인 샤히라였다는 것. 마음은 펜과 같지 않다. 마음은 너무나도 여리고 부드럽고 약하며, 집과 가족을 사랑했다. 그렇게 오롯이 있고 싶었다.

어머니가 "제발" 하고 다정하게 말했다. 그 달콤하고, 부드럽고 축축한 손을 뻗으며 남편을 바라보았다. 따뜻하고도 안락했다. 감정이 북받쳐 오르는 것 같았고, 이 세대와 이스라엘, 가난한 나라에서 책이나 파는 보잘것없는 언론인이라는 좌절감을 잊을 수 있었다. 혼잣말이 나왔다.

"혁명이란 부츠에서 나온단 말인가?!"
슬픈 모습을 하고 어머니를 바라보던 아버지가 말했다.
"좋아, 좋다고. 부츠를 사주도록 하지."

12

라말라는 영화 속 한 장면 같았다. 소녀들은 영화배우처럼 타이트한 바지와 민소매 옷을 입었다. 염색한 머리카락을 헝클어뜨린 채, 지프차와 자가용을 몰고서 레스토랑에서 밤을 새며 맥주를 마시고 담배를 피우고 노인처럼 비틀거리며 걸었다.

위생수준, 혼란, 도시화된 시골 같은 분위기, 질밥*이나 가운, 기도용 옷을 입은 여자들로 따지자면, 알마나라 광장과 라말라 시내는 아인 알미르잔과 크게 다르지 않았다. 하지만 비르제이트 대학교 등의 대학생들은 남녀 모두 하나같이 책과 노트, 잡지를 들고 있었고, 청바지와 티셔츠 차림이었으며, 머리는 유행 스타일로 정돈되어 텔레비전에서 나온 듯했고, 아므르 디압을 연상시켰다. 오슬로 협정 이후 세워진 웅장한 건물들 앞에서 아흐마드는 두 눈이 휘둥그레졌다. 꼬불꼬불한 시장 골목에서 미아가 될까 봐, 형의 팔을 꼭 붙잡았

---

* 이슬람 문화권에서 여자들이 옷 위에 걸쳐 입는 천.

다. 도시 속 시골 아이 꼴이었다. 아인 알미르잔이 어느 정도 도시 축에는 끼겠다만, 어떻게 따져봐도 이곳은 고향에서 익숙했던 것들과 비교하면 크고 이국적이었다. 아인 알미르잔은 짧은 시간 동안 시골 마을에서 소도시가 되면서 촌장이 하던 일을 지자체가 맡았다. 사원이 세워져 있고, 물길이 나있던 마을의 유일한 대로에는 교차로가 생겼고 그 안에는 꽃밭, 연못, 분수도 생겼다. 하지만 라말라의 대로변에는 음식점과 카페와 주점과 유흥시설이 있었고, 세련되고도 영화처럼 이국적인 분위기를 풍기는 진열대가 사람들의 시선을 사로잡았다. 오슬로 협정 이후, 알마나라 광장의 교차로는 위엄을 뽐내는 사자 머리 석상으로 장식되었다. 석상이 전한 메시지는 "우리를 지켜주소서, 우리의 권능과 주권과 유대인의 파멸을 의심하는 자들에게 철퇴를 날리소서"였다.

민소매의 타이트한 옷을 입은 여자를 눈짓으로 가리키고 웃던 마지드가 아흐마드에게 말했다.

"아흐마드, 라말라 어때?"

아흐마드는 안경 아래로 시선을 내리깐 채, 당황하여 대답했다.

"좋, 좋⋯⋯아."

형과 짧은 눈빛을 교환하고서 걱정스러움에 미소를 지었다. 아흐마드는 자신의 말투와 옷차림이 신경 쓰였다. 비르제이트 대학생들과 호스텔 앞에서 무슨 일이 벌어질지 걱정됐다. 형은 동생을 비르제이트와 호스텔로 데려가는 대신, 으리으리한 빌라에 딸려있는 방으로 데려갔다. 빌라는 화려한 마을에 위치하여 울창한 나무가 심어진 저택으로, 벽돌로 지어진 베란다가 달린 저택과 분수, 카펫처럼 깔린 풀밭이 있었다. 형이 명령조로 말했다.

"말하지 마."

아버지에게 말하지 말라는 뜻이었다. 아흐마드는 안경 밑으로 시선을 낮추고, 알겠다는 듯이 고개를 끄덕였다. 하지만 형은 단단히 강조했다.

"아빠한테 말했다간 재미없을 줄 알아……" 하고 말끝을 흐렸다. 하지만 설명할 필요는 없었다. 이사 때문에 일어났던 난리법석과 키르얏 샤이바 정착촌에서 일했던 것, 콘서트에서 노래하기 시작한 일, 그리고 그 비슷한 사건들을 여전히 기억하고 있던 아흐마드다. 욕설과 비난이 오가던 공포 속에 소동이 일어났고, 경고와 감시 속에 진정되었던 일이다. 다혈질에 경솔하고 소란스러운 마지드는 소녀들을 좋아했고, 카세트와 크림, 젤, 담배를 사는 데 돈을 흥청망청 썼다. 그런 마지드에게 아버지는 소리치며 말했다.

"이젠 담배도 피우는 거냐?"

마지드가 말했다.

"제 돈으로 사서 피는 거예요."

"네 돈이라고? 네 땀으로 네 손으로 일해서 번 돈이라는 뜻이냐? 아니지. 내 땀과 내 고난과 역경에서 나온 돈이다, 이 개자식아. 내가 뭐라고 말했냐? 내 말이 맞다. 내가 널 길렀어. 골백번을 얻어맞아도 할 말 없는 자식이."

마지드가 말했다.

"됐어요, 그만하세요!"

마지드는 이야기가 채 끝나기도 전에 방을 나왔다. 같은 이야기이고, 지겨운 레퍼토리, 필연적인 결말이 나올 텐데.

"요요나 가지고 노는 놈들, 이 개자식들아."

13

"럭키"라고 말하는 나긋나긋한 목소리가 들렸다. 아흐마드가 창문 밖을 내다보았고, 그곳엔 청바지에 타이트한 민소매 면 상의를 입은 소녀가 있었다. 예쁘고 어리고 흰 피부에 짧고 검은 곱슬머리에 귀걸이를 한 수선화처럼 긴 목을 지닌 소녀였다. 마지드가 말했다.

"이 방 주인 딸이야."

이 방이란 정원 뒷문부터 반지하에 이어진 방을 의미했다. 소녀는 자신의 애완견과 함께 정원에서 체리와 딸기를 따고 있었다.

소녀에게 실없는 소리나 건네려 마지드는 방을 나섰고, 아흐마드는 방에 남아 창문 밖을 바라보며 귀를 기울였다. 웃음소리, 나뭇가지가 흔들리는 소리, 개의 목청과 뜀박질과 목줄에서 나는 소리가 들렸다. 그때, 발걸음 소리가 들렸다. 어른의 발걸음 소리와 차 문이 여닫히는 소리와 웅성거리는 소리였다. 금속제 셔터 너머로 집주인 어린 딸이 달리는 소리와 개 목걸이의 소음이 들렸다. 마지드는 급히 방으로 돌아와 속삭였다.

"쟤 아빠야, 아빠!"

그는 숨을 헐떡이며 방문을 닫았다.

소녀의 아버지는 집시 출신이었다. 그들의 유랑은 지난 세기의 라말라로 거슬러 올라간다. 그들은 염소 몇 마리, 부젓가락, 고기 꼬챙이, 화로로 땅을 샀다. 춤을 추고 점을 보고 문신을 새겨주면서 땅을 샀던 것처럼. 집시 무리는 가문이 되었고, 부족이 되었고, 나중에는 지역의 유지가 되었다. 사람들이 하는 말에 따르면, 알와시미 집안은 형편없는 사람들이었다. 그 시작은 비밀스러우면서, 정체가 알려지고 난 뒤에도 언급하기가 쉽지 않은 그런 일들에 연루된 부도덕한 자들이었다. 그들은 만찬과 협력과 수수료를 대가로 트럭, 택시 면허와 신분증, 건물 허가를 얻었다. 군 장교들은 벚나무 아래 정원과 정자에서 먹고 마시며 밤을 보냈다. 소녀의 할아버지이자 그녀의 아버지의 아버지인 알와시미 할아버지는 낮에는 큰 수입을 거두면서 부와 특권을 불렀다. 시간이 흘러, 알와시미 가문은 유력 인사가 되었고 사실상 자신들의 정부를 가진 수준이었다. 하지만 그 견고한 무장과 엄호에도 불구하고 알와시미 할아버지는 살해되었다. 알려진 바로는 배신자의 총에 맞았다고 하며, 알려지지 않은 바로는 혁명의 총알을 맞고 죽었다. 당시 혁명이란 진실하고 진정되고 신뢰를 지닌 것으로, 사람들을 보호하기 위한 익숙한 대상이었다. 할아버지가 사망한 뒤, 서방 출신의 아름답고 젊은 미망인 할머니는 캐나다로 떠났다. 오슬로 협정이 체결되고, 혁명이 정권으로 이양될 때까지 자녀들과 그곳에서 살았다. 봉사를 대가로 허가증과 신분증을 발급받았다. 알와시미 집안은 더 이상 법 밖에 난 자들이 아니었다. 오히려 법의 한가운데에 있었다. 그리하여 더 이상 젊지도 아름답지도 않았던 미망인은 캐나다에서 돌아와 1970년대부터 방치된 저택의 빗장을 풀었다. 그녀는 예의바른 대학생 청년에게 정원과 장미를 관리하는 대가로 방을 빌려줬다. 청년의 기타 연주와 노래를 듣고 나서는 그의 급여를 올려주고 정자에서 열리는 만찬 자리에 불러 노래를 시켰다. 주요 유명인사인 손님들을 위해서였다. 정자에선 과거를 용서할 수 있었고, 현재는 물론 일어나지 않은 일들도 눈감아줄 수 있었다. 그렇게 미망인의 아들은 정부 고문이 되어 장관이 되는 길을 밟아나갔다.

이처럼 아름다운 소녀는 의문스러운 출신에 루머로 둘러싸여 있었고 으리으리한 저택은 의혹투성이였다. 소녀의 강력한 부친은 사실상 장관 대접을 받았으며 조부는 총에 맞아 살해된 알와시미 가문의 우두머리였다. 정자에서는 이 정도의 이야기가 오갔지만, 거리에서는 부친, 모친, 아들은 물론 소녀까지도 구설수에 올랐다.

그렇지만 소녀는 아름답고 매력적이었고 자신의 할머니처럼 음악을 사랑했다. 춤을 사랑했고 스포트라이트를 원했고 노래를 좋아했다. 하지만 목소리가 곱지 않았던 소녀는 마지드의 아름다운 목소리, 기타 연주, 아므르 디압을 연상시키는 분위기를 사랑했다. 장관이 될 알와시모로서는 자신의 딸이 배경도 지위도 없는 정원사와 정이 들었나 하는 의심이 들었다. 쥐도 새도 모르게 정원사를 없애버리려 할 정도였다. 하지만 소녀의 할머니는 무려 '장관'인 아들의 말에도 끄떡없었다. 할머니의 주장이 더 확고했다. 그 주장은 즉, 이스라엘인들이 일꾼들을 죄다 데려갔으니 경비원 겸 정원사로 일할 학생들에게 의지할 수밖에 없으며, 이 학생은 준수하고 청결하고 예의 바르며 잡음 없이 일을 한다는 것이었다. 게다가 학생이 연못 주변에서 열리는 만찬 자리에서 여흥을 돋우고, 초대받은 이들에게 듣기 좋은 노래를 불러주며, 분위기를 더욱 훈훈하게 만드는 등 얻는 것이 더 많았다. 그래서 미망인의 아들도 징자에서 얻은 혜택 덕에 정부의 현 고문이자 차기 장관직에 오를 몸이 아니었던가. 그러니 어떻게 불평을 할 수 있을까? 알와시미는 마지못해 침묵했고, 당분간 이 주제는 시간을 두고 생각하기로 했지만 아예 제쳐놓지는 않았다.

그날 밤도 파티가 한창이었다. 자연스럽게 한 무리의 유명인사가 정원과 정자에 자리를 잡았다. 어마하게 호화로운 만찬이 차려졌다. 메제,* 양의 고환, 야채샐러드에 위스키와 라말라산 아락**과 맥주가 곁들여졌다. 나비넥타이 차림으로 냅킨을 들고 있는 고급 레스토랑 요리사가 귀빈 한 명 한 명에게 다가가 정중하게 몸을 숙여 그들에게 무언가를 속삭이고 나면 모든 컵이 채워졌다. 차분함과 점령자를 위한 안위로 자욱해진 밤이었다.

민요는 다음과 같은 서곡으로 시작되었다.

"밤이여, 젊은 연인이 언제 떠날까요? 임께서 훗날의 만남을 약조

---

* 터키식 전채 요리.
** 아랍의 증류주.

하시려나요?"

고위급 장관이 미소를 지었다. 노래가 마음에 드는 듯 리듬을 타며 고개를 끄덕이던 그는 나지막하게 "저 청년은 누구요? 뭐 하는 청년이지?"라고 말했다. 사람들은 그가 비르제이트 대학생이며 노래와 연주가 취미인 청년이라고 말하며, 장관의 의견을 물었다. 장관은 말했다.

"대단해! 이건 재능이야! 재능이란 자고로 발전시켜야 하는 법."

이 말을 들은 할머니가 마지드를 칭찬하며 말했다.

"정말 그래요, 이건 재능이랍니다. 이탈리아 유학생으로 선발될 자격이 있어요."

할머니의 말을 듣고 알와시미는 할머니에게 달려가 그녀를 붙잡고 흥분하여 말했다.

"과연 옳습니다. 이탈리아로 갈 만합니다."

하지만 소녀는 무척 우울했다. 장관은 한 번 말하면 실행에 옮기는 사람이라는 걸 알고 있었다. 소녀는 마지드에게 자신의 마음을 털어놓기로 했다. 마지드가 이탈리아행을 거절하거나, 자신이 그와 함께 그곳으로 도망가거나. 물론 마지드는 두 가지 모두에 관심이 없었다. 첫 번째 생각으로 말하자면, 그는 이탈리아에 가서 오페라와 소네트, 협주곡, 베토벤을 배우는 것 따위엔 관심이 없었다. 청바지를 입고 기타를 들고 노래를 부르며 춤을 추면 소녀들이 자기를 둘러싸고 가슴과 엉덩이를 흔들어대고, 그러고 나선 여자들이 걸프의 석유만큼 끝없는 정열로 가득한 눈으로 텔레비전 속 자신을 바라보는 것, 이것이 마지드의 바람이었다. 두 번째로는 로라라는 이름의 소녀에 대해서였다. 어느 날 밤 마지드가 로라에게 노래를 불러줬을 때, 그 노래는 소녀에게 남다르게 다가왔다. 그때 아버지는 뉴욕에 있었고, 캐나다인 어머니는 캐나다에, 할머니는 신경안정제를 먹고 잠들어 있었다. 마지드가 낮은 목소리로 노래했다.

"로라, 나의 사랑, 너의 사랑이 마음을 고통스럽게 해."

로라는 눈물이 글썽글썽해서 말했다.

"널 좋아해."

그리고 재촉했다.

"널 사랑해, 라고 노래해줘, 널 사랑해, 라고."

그러자 마지드는 널 좋아한다고 노래했다. "널 잊고 싶어"라는 가사를 "하지만 난 널 잊지 않아"라고 개사해서 불렀다. 로라는 웃음을 터트리며 마지드와 함께 노래했고, 불멸의 영원한 사랑의 꿈을, 샬롯 브론테나 월터 스콧 경의 소설을 꿈꾸며 잠들었다. 안타깝지만, 마지드는 독서와는 거리가 멀었다. 대신 이 분위기를 타서 집시였던 외할머니로부터 물려받은 것으로 음반을 내고 뮤직비디오를 찍고 녹음을 이집트로, 레바논으로, LBC 방송국으로, 그리고 전 아랍 방송국으로 보내는 꿈을 꿨다.

로라는 손님들이 떠나고 밤이 평온해지기만을 기다릴 수 없었다. 살며시 마지드의 방으로 발걸음을 옮겼다. 그곳에선 아흐마드가 숨어서 창문 너머로 들리는 소리를 엿듣고 있었다. 로라가 낮은 목소리로 아흐마드를 불렀다.

"아흐마드, 아흐마드."

아흐마드는 처음엔 당황하고 우물쭈물하다가 나중에는 용기를 겨우 내서 조심스럽게 대답했다.

"으, 으, 응?"

로라는 아흐마드에게 굉장히 중요한 일이 있으니 연회장에서 형을 당장 불러오라고 했다. 밖은 어두웠고 나무 그림자가 로라에게 드리워져 있어 그녀의 얼굴 윤곽만이 보였다. 하지만 목소리는 매우 가까이서 들렸다. 형의 방은 낮은 위치였고 창문도 작았기 때문이었다. 그래서 둘은 서로의 얼굴은 볼 수 없었다. 아흐마드가 그나마 할 수 있는 것이라곤 머뭇거리고 침묵하고 로라가 자신의 숨소리를 듣지 않도록 창문에서 조금 거리를 두는 일 뿐이었다. 다시 로라가 부탁했다.

"아흐마드, 아흐마드, 나가서 형을 불러줘, 정말 중요한 일이야."

아흐마드는 대답하지 않고 창문에서 더 거리를 두었다. 그러자 로라는 걸음을 옮겼고 아흐마드는 방문 손잡이를 돌리는 소리를 들었다. 이어 방문이 열리고 로라가 재빨리 들어와 문을 잠갔다. 그러고는 침대 옆 전등 스위치로 빠르게 가서 불을 켰다. 로라의 눈에 벽에 달라붙은 채 겁을 먹은 아흐마드가 들어왔다. 지금 로라는 예고도 없이 방에 들어왔고, 이미 방을 속속들이 다 아는 듯 능숙하게 불을 켰다. 이상한 일이었다. 참으로 이상하다. 이런 일이 아흐마드의 마을, 아인 알미르잔에서 일어났다면 세상이 뒤집어졌을 일이다. 하지만 이곳은 라말라였다! 놀라운 일이다!

로라는 침대에 털썩 앉아서 옆 탁자 위에 놓인 담뱃갑으로 손을 뻗었다. 담배 한 개비를 입에 물고는 성냥을 찾기 시작했다. 서랍 속, 식탁 위, 방에 있는 유일한 소파 위에서도 성냥은 찾을 수 없었다. 여전히 얼이 빠져 멀뚱거리고 있는 아흐마드에게 로라가 웃으며 말했다.

"왜 그리 서 있어? 성냥 가지고 있니?"

아흐마드는 부엌으로 뛰어가 성냥을 가져와 로라에게 건넸다. 로라는 담배 연기를 뿜으며 방을 둘러보고는 아흐마드에게 시선을 옮겨 멀뚱거리고 있는 그에게 웃으며 신경질적으로 말했다.

"왜 계속 서 있는 거야? 편히 앉도록 해. 뭐가 무서워?"

아흐마드는 대답하지 않았지만, 소파로 다가가 앉아서 로라의 모습과 움직임과 그녀의 입에서 솟아오르는 담배연기와 다리를 꼬고 발을 까딱거리는 모습을 유심히 보았다.

샌들 너머로 로라의 작은 발과 흰색 매니큐어를 칠한 발가락이 보였다. 타이트한 바지를 입은 다리는 매끈하고 날씬했으며, 몸의 굴곡 및 곡선과 조화를 이루었다. 로라는 모든 것이 둥글었다. 얼굴이 둥글고, 머리카락, 입, 눈, 가슴, 심지어 앉아있을 때의 골반까지도. 상대적으로 날씬한 몸임에도 굴곡이 있었다. 그보다 더 놀라운 것은 외국인처럼 위로 향한 콧날이었다.

로라는 아흐마드에게 웃어 보이며 아이를 대하는 엄마처럼 말했다.

"라말라는 어때? 괜찮은 것 같아? 라말라는 처음 왔어?"

로라는 계속해서 아흐마드를 바라보았고 아흐마드는 소파 위에 웅크리고서 그녀를 힐끔힐끔 관찰하고 있었다. 다시 로라가 물었다.

"처음이야?"

아흐마드는 대답 없이 로라의 샌들만 바라보았다. 라말라에는 처음 왔어? 궁궐 같은 집에서는 처음 자니? 이런 건 처음 봤어? 이런 건 처음 들어? 아락과 담배 냄새를 맡고, 종소리 같은 웃음소리를 듣고, 형이 낯선 사람들 앞에서 노래하는 것을 듣고, 이렇게 아름다운 여자와 같이 단둘이 닫힌 방에 있고, 바닐라 푸딩처럼 희고도 터키쉬 딜라이트나 요르단 아몬드 같은 손가락을 지닌 아름다운 여자와 같이 있다. 처음이냐고? 모든 것이 처음이다. 살던 마을을 떠나 가족과 멀리 떨어져 상상보다 더 크고 향기롭고 멋진 꿈에서도 영화에서도 키르얏 샤이바 정착촌에도 어린 미라와 보보에게도 없을 세상을 보는 것이 처음이다. 미라는 매우 멀어진 것 같았다. 너무 어린 것 같았고, 만화나 동화처럼 유치했다. 미라의 좋았던 이미지는 아흐마드의 상상 속에서 멀어졌다. 이곳은 너무나도 멋지고 새로웠다.

로라가 담배를 피우며 다시 물었다.

"아흐마드, 라말라는 마음에 들어?"

아흐마드는 대답 없이 고개를 끄덕였다. 로라가 다정하게 말했다.

"그런데 왜 말이 없어? 입이 없니?"

아흐마드는 쑥스럽게 웃으며 갈라진 목소리로 대답했다.

"이, 이, 있어."

로라가 기운을 북돋아 주려는 듯 말했다.

"앞으로 익숙해질 거야."

정말 익숙해질 수 있을까? 아니, 그건 무리다. 이 어려운 환경은 아흐마드에게 어울리지 않았다. 용기 있고 모험을 즐기고 저항하며 아름다운 목소리와 멋진 외모를 겸비한 밴드 리더인 마지드에게나 어울리는 곳이다. 밤의 파티, 예루살렘과 라말라의 여자들, 오디션, 마리나, 카이로, 이 모두가 마지드를 비롯해 스타가 되겠다는 그의 꿈에 걸맞았다. 아흐마드로서는 절대 익숙해질 수 없었다. 감히 그럴 수 없었다.

마지드가 문을 박차고 들어와 얼른 말했다.

"이런 정신 나간 애를 봤나!"

마지드가 로라를 내쫓으려 손을 뻗었지만 로라는 피했다. 그는 미친 사람처럼 불안하고 격앙된 목소리로 외쳤다.

"우리가 죽었으면 좋겠어? 이게 무슨 짓이야!"

마지드가 로라를 끌어내리려는 동안 로라는 저항하며 간헐적으로 중얼댔다. "이탈리아는 안 돼!", "나도 너랑 같이 갈 거야", "안 돼." 결국 마지드의 고집을 꺾지 못한 로라는 어둠 속으로 나갔다. 마지드의 얼굴은 굳어있었으며, 머리는 헝클어져 있었고, 그의 심장은 마구 요동쳤다. 어안이 벙벙해진 눈을 휘둥그레 뜨고 있는 동생이 눈에 들어왔다. 동생의 얼굴을 가볍게 치고 머리를 쓰다듬었다. 주변을 둘러보고는 미안하면서도 이 일을 정당화하려 하는 마음을 담아 말했다.

"쟤 아빠가 알와시미야. 살인자라고!"

아흐마드가 대답이 없자, 마지드는 손가락을 들어 경고했다.

"문을 열지 마. 잠가놓도록 해. 열어선 안 돼."

마지드는 급히 열쇠를 가지고 돌아와 밖에서 방문을 잠갔다.

14

옷자락 소리와 낯선 움직임, 라말라의 얼음처럼 차가운 밤바람에
아흐마드는 잠에서 깼다. 게슴츠레 두 눈을 뜨자 흐릿한 전등 불빛이
보였다. 전등은 바깥, 집 뒤편 정원 통로에 있다. 그렇다면 방문이 열려
있고, 그 때문에 이런 추위와 전등 빛과 무언가 움직이는 소리를 느낀
것이었다. 소파 위 형의 잠자리를 보았다. 전등 불 너머로 형은 보이지
않고 자리는 헝클어져 있었다. 그렇다면 이렇게 방문을 열어둔 사
람은 바로 형이다. 하지만 소리, 정원에서 숨죽이고 낮게 우는 소리가
들렸다. 형이 이렇게 울었었나? 게다가 이 소리는 여자나 소녀의 소리
다. 아마 그 소녀, 로라 알와시미, 알와시미 집안의 딸이겠지. 정신 나
간 형은 살인자의 딸과 뭘 하고 있지? 두 사람이 방에서 싸우던 장면의
연장선상일까? 이 미친 형은 대체 뭐 하고 있냐고?

형에게 가서 형이 알와시미 가문의 딸에게 했듯이 팔을 잡아당기
고 싶었다. 그리고 형에게 "형, 완전히 미쳤어, 어서 도망가자"라고 말
하고 싶었다. 하지만 이미 형에겐 그런 방법이 통하지 않는다는 것을
알았다. 오히려 형이 성질을 내며 자신을 비웃을 것이란 것도. 더 정확
히 말하자면, 감히 그런 시도를 할 엄두도 내지 못했다. 사람들의 말처
럼 아흐마드 자신은 겁쟁이였고, 실제로도 부끄럼쟁이에 말더듬이였
다. 중간에 말이라도 더듬으면 어떡하려고? 소녀의 아버지가 와서 붙
잡히기라도 한다면? 자신은 전혀 개입하지 않았는데도 붙잡힌다? 소

녀는 울고 있지 않았다. 오히려 나지막하게 까르르 웃어넘기는 소리가 들렸다. 뭐하고 있는 걸까? 미친 형이 무슨 일을 저지르고 있는 걸까? 아흐마드는 텔레비전 속 러브신을 상상했다. 몸속이 풀어지고 심장이 쿵쾅댔다. 한 차례 폭풍이 그를 덮쳤다. 미라와, 미라의 주근깨 난 얼굴, 꽃무늬 원피스가 떠올랐다. 미라는 작고 귀엽고 여렸다. 미라의 순진한 모습을 보면 동정심이 솟아났다. 미라의 큰 치아와 자라나는 사과 같은 가슴, 미라의 개 보보가 떠올랐다. 하지만 로라는 터키쉬 딜라이트 같고 휘핑크림 같다. 그녀의 모든 것이 눈길을 사로잡고 식욕을 돋우고 그 원형 치즈 덩어리처럼 하얀 뺨과 터키 과자와 요르단종 아몬드 같은 발톱을 만져보고 싶은 마음을 부추겼다.

아흐마드는 잠든 사람처럼 맨발로 밖에 나갔다. 어둠 속에서 그림자와 포도나무와 재스민 덩굴에 몸을 숨겨 걸었다. 웃음소리가 더 커지고, 코웃음소리도 들리자 뜨거운 장면이 떠올랐다.

정자에 있는 형을 발견하고, 아흐마드는 실망했다. 형은 기타를 들고 음정 변화 없이 손가락을 퉁기고 있었다.

"나의 아가씨, 이건 C코드야. 나의 연인, 이건 D코드고. 나의 영혼, 이건 G코드야. 그럼 말해봐, 이건 무슨 코드지?"

로라는 손가락을 뺨에 가져다 대고는 골똘히 생각하는 것처럼 하더니 관자놀이를 두드리며 마지드의 말을 따라 했다.

"이건 무슨 코드지? 이 코드는 나의 아가씨 코드, 이 코드는 나의 연인 코드, 이 코드는 나의 영혼 코드. 어때?"

로라는 대답을 기다리기는커녕 손으로 입을 가리고 큭큭 대며 웃었다. 그때 마지드는 그런 로라를 웃으며 바라보며 별 반응을 보이지 않았다. 로라가 한바탕 웃고 나서 마지드는 기타를 옆에 내려 두고, 어울리지 않게 진지함을 담아 말했다.

"시간낭비야. 무리라고. 너한텐 재능도, 욕망도, 목소리도 없어."

마지드를 바라보는 로라의 얼굴에는 방금까지 띠고 있던 웃음은 사라져 있었다. 입을 꽉 다물고 눈썹을 찡그린 채 두 눈은 풀려 있다. 마지드에게서 시선을 거두고 침묵했다. 마지드는 이 모순투성이 상황을 어찌 해결할지 모르고 로라를 바라보았다. 이 소녀는 정말 예쁘고 괜찮은 데다 할머니도 다정하고 유쾌하신 분이다. 하지만 그녀의 아버지가 무시무시하다. 굉장히 강하고 굉장히 부유하고 굉장한 영향력을 지녔다. 그 사람에게 반하는 말을 한 마디라도 했다가는 앞날이 끝장이고 모든 것이 망가질 것이다. 이 예쁜 소녀는 디딤돌로나 쓸 만하다. 이 애를 통해 방을 얻었고, 할머니 덕에 일자리 비슷한 것을 얻어 매달 봉급도 받는다. 노래라는 취미를 즐기기란 녹록지 않았다. 밴드를 이끌며 단원들의 요구 사항을 해결하려면 단순한 자금뿐만 아니라 고정적인 수입이 필요했다. 계획과 리더십, 예산 없이는 밴드 멤버들을 통제할 수 없었다. 자신이 돋보이길 바라면서도 더 큰 기회를 원했던 마지드는 작은 밴드를 택했다. 밴드는 아직 대학가와 축제, 행사에서나 알려져 있기에 이 정도로는 입에 풀칠하기도 힘들었다. 호텔과 결혼식에서 노래를 하며 밴드의 예술적 수준은 추락했다. 마르셀 칼리파나 셰이크 이맘 대신 무스타파 까마르나 이합 타우피크의 노래를 부르게 되었다. 밴드의 퇴보는 사람들의 비웃음과 가족들의 화를 샀다. 타우피크 지야드와 마흐무드 다르위시의 놀라운 시, 젊은이들의 포효 가운데 자유와 존엄과 인권을 외치는 밴드가 되기보다는 구식 음악에 갇힌 스스로를 발견했다. 그리고 영광과 존엄은커녕 예술까지 결여된 숨 막히는 환경에 처했음을 깨달았다. 그리하여 밴드는 축제와 행사 무대로 돌아갔고, 결혼식에서는 노래하지 않았다. 그러면서 금전적인 부담이 커졌다. 마지드가 알와시미 가문의 정원에서 일하며 어리광쟁이에 성가신 이 집 딸의 비위를 맞추기도 벅찼다. 이 바보 같은 여자애가 노래의 기본을 이해할까? 제대로 즐길 줄은 알까? 이 시들이 무엇을 이야기하는지 알까? 마르셀 칼리파와 마흐무드 다르위시를 알까? 시의 언어를 이해할까? 로라는 알와시미의 혼혈인 딸이니 이해하지 못할 것이다. 팔레스타인과 이스라엘의 문제가 무엇인지, 가난이 무엇인지, 난민촌 생활이 무엇인지 모른다. 집시였던 외할머니와 키르얏 샤이바의 불쌍한 이사처럼 천대받는 일을 하며 사는 게 무슨 의미인 줄 알까? 마지드 본인조차도 키르얏 샤이바 정착촌에서 일하다가 아버지에게 뺨을 얻어맞고 코피를 흘리며 며칠을 난민촌에서 방황하지 않았던가? 로라가 이 뺨의 맛과 가난의 맛, 난민촌 삶의 맛을 알까? 그의 모친과 할머니가 결혼식장을 다니며 겨우겨우 살아나갔던 처지를 알아준다 한들 뭐가 달라질까? 만약 소녀의 아버지가 본인의 집에서도 가장 하찮은 곳에서 무슨 일이 벌어지는지 알게 되면 어떻게 반응할까? 하지만 이 응석받이 소녀가 화라도 났다가는 자신의 앞날을 보장할 수가 없다. 제대로 망신을 주며, 그를 완전히 파괴할 것이다.

로라가 말했다.

"나 밴드에 꼭 들어가야겠어. 내가 수아드보다 천 배는 나아."

마지드는 말없이 어떻게 하면 이 진드기를 떼어버리고, 곤경에서 빠져나올지 생각했다. 그는 로라를 원하면서도 원하지 않았다. 거처와 돈을 얻고 멋진 분위기에 편승해서 더 높은 곳에 오를, 또는 이미 오른 사람들과 섞이고 싶었다. 로라를 발판 삼아 로마에 가고 싶었다. 하지만 그러기 위해선 이 게임을 피할 수 없다. 더 높은 곳에 오르거나, 실패하고 추락하거나 둘 중 하나다.

로라가 지겹다는 듯 말했다.

"수아드는 나보다 별로래도."

마지드는 딱히 대답하지 않고, 혼란스러운 마음에 얼굴을 찌푸리고만 있었다. 어떻게 해야 이 여자애를 잘 속여서 멀리 떼어놓고, 서로 피해보는 일이 없을지 몰랐다. 불안한 듯한 마지드가 대답했다.

"네 아버지 소리가 들린 것 같은데."

재빨리 로라가 대답했다.

"아빠는 술에 취해서 주무시고 계셔."

마지드가 경고하며, 초조한 목소리로 말했다.

"무슨 소리가 들렸대도. 뭔가 움직였어."

아흐마드는 형이 자신이 엿듣고 있다는 걸 눈치챘나 싶어 뒷걸음질을 쳤다. 그러면서 머리가 덩굴 가지에 부딪치며 잎사귀가 흔들려 가벼운 소리가 났고, 가지가 흔들렸다. 아흐마드는 덩굴과 잎사귀 뒤에 숨어 있었다.

불안해진 마지드가 속삭였다.

"들었어? 들려?"

천천히 일어선 로라가 앉아 있는 마지드를 내려다보며 차갑게 말했다.

"나 밴드에 들어가겠어."

"그래, 그런데 네 아빠는 어떡하고?" 마지드가 말했다.

"할머니가 내 편이야."

"그럼 네 엄마는?"

"엄마야 캐나다에 계시니까."

로라는 몇 걸음 옮긴 뒤, 돌아보며 말했다.

"나 이제 밴드 멤버야, 알았지?"

마지드가 뭐라고 대답을 하기도 전에 로라는 이미 담 너머 어둠 속으로 사라진 뒤였다. 제자리에 멈춰 서서 마지드는 지금의 상황을 아무런 손해도 보지 않을 수 있는 해결책을 모색했다. 그러느라 자신의 어깨를 향해 다가온 손길도 느끼지 못했고, 동생이 "제발, 형, 제발"이라고 말하는 것도 몰랐다.

마지드가 깜짝 놀라서 고개를 돌렸다. 아흐마드는 더듬지도 않고 말을 이었다.

"도망가자, 어서 여길 빠져나가야 해!"

15

마지드는 도망가지 않았다. 오전에 필리핀 가정부가 와서 주인이 그를 만나보겠다는 말을 전했기 때문이다.

"무슨 용건이지?"

가정부는 모른다고 말했다. 하지만 주인이 즐거운 기색이었기 때문에 좋은 일로 부르는 것 같다고 했다.

"어떻게 주인의 기분이 좋은 줄 알았나?"

가정부는 대답하지 않았지만, 무언가 아는 듯한 눈빛을 작은 두 눈으로 보내며 마지드를 향해 미소를 지었다. 이에 마지드도 미소로 화답했고 윙크를 했다. 가정부는 전혀 관심도 없고, 놀랍지도 않다는 듯 자리를 떴다. 이미 모두가 마지드는 놀기 좋아하고 농담이 취미인 으스대는 성격의 사람으로 알았기 때문이었다. 로라의 할머니는 이를 유쾌하게 받아들였다. 시종들도 오히려 즐겼다. 로라는 그런 마지드를 의심하며 질투했다. 그러나 로라의 아버지는 이에 대해 몰랐다. 언제나 바쁜 데다 시종들을 만나는 일은 극히 드물었다. 하지만 야회 자리에서 이 재능 있는 청년을 발견했고, 청년을 향한 딸의 눈빛도 감지했다. 순간의 이야기나 농담 정도로 그칠 일이라고 대수롭지 않게 여기려 했다. 욕망이 현실로 옮겨지면 다 녹는 것처럼, 결국 녹아버릴 일이라고 생각했다. 청년 때문에 뭐 대단한 일이라도 생기겠는가? 청년이 세상의 단물을 빨아먹게 된다 해도 자신의 자리까지 감히 넘볼 수 있겠는가? 청년은 대학생이었고, 들리는 바에 의하면 그가 다니는 대학은 운동, 조직, 축제, 회의의 중심인 곳이었다. 기자들과 방송국, 다양한 규모의 대표단들도 이곳으로 향했다. 프랑스 외무장관의 떠들썩했던 대학 방문은 여전히 회자되며 세상의 비웃음을 샀고, 서양의 관심을 끌었다. 대학 캠퍼스는 혁명, 데모, 시위, 팔레스타인과 이스라엘 문제의 축이었다. 표면적으로는 일단 이 정도로 파악이 되지만, 그 속은 깊이가 얼마나 될지 가늠할 수 없었다. 그 안에서는 무슨 일이 벌어질까? 알와시미는 다른 사람들 같은 잘못은 저지르지 않는다. 총에 맞아 갑자기 세상을 떠난 그의 아버지처럼 길을 잃지도 않는다. 그는 조류를 거스르지도 반대 방향으로 걷지도 않을 것이다. 오히려 그 속에 빠져들어 안에서부터 노를 저을 사람이었다. 게임은 안에서 시작되었고, 거기서 알와시미가 깊숙한 곳을 헤치며 나아갔다. 그는 자신의 아버지처럼, 집시처럼, 또는 베드윈처럼 유랑하며 자라지 않았다. 프린스턴과 CNN으로 자란 사람이다. 그의 아내는 워싱턴 대학교에서 중동학을 전공한, 개도국경제와 OPEC 회원국, 수자원 전문 연구가였다. 가문의 불길한 딱지와 아버지의 추문을 지녔다 한들, 알와시미는 많은 언어와 문화에 능통한 지식인이자 교양인이었다. 피아노를 연주했고 테니스와 스쿼시를 쳤다. 그의 딸은 속이 비치는 옷을 입고 라말라 시내에서 레인지로버나 아우디를 몰았다. 그 누구도 감히 그에게 대들지 못했고, 모든 이가 그의 발밑에 있었다. 세상이란 언제나 정상에 서 있는 자의 편이다. 이것이 알와시미의 좌우명이자, 변함없는 철학이었다. 모든 이는 정상에 선 사람의 편이다. 정상에 선 사람은 힘을 얻는다. 세계화와 시장 개방, 다국적 기업과 이념이 지배하는 이 세계에서 힘은 더 이상 예전같이 돈과 권력, 지위가 아니었다. 오히려 기술과 이온, 마이크로 칩에 대한 최상의 지식이 바로 힘이었다. 몇 밀리미터에 불과한 작은 마이크로 칩이 비밀과 아이디어와 전극을 담고 있다. 이런 전극에서 세상을 잇고 모든 인종과 국적을 잇는 총천연색의 전선들이 뻗어 나온다. 이렇게 세상이 축약되었다.

그렇기에, 알와샴 또는 알와시미라 불리든 상관없었다. 그는 더 이상 집시의 자식이 아니었다. 유명인사이며 근육과 부동산을 지닌 강한 사람이었다. 그의 어머니는 남들처럼 변변찮은 사람이 아니었다. 모든 기준에서 신망이 두터웠다. 젊은 시절의 그녀는 여러 외국어를 구사하며, 사교 모임에서 인기 좋은 아름답고도 세련된 미망인이었다. 예루살렘에서 자란지라, 약간 억양이 어색했고, 아랍어의 '라' 발음이 이상하긴 했다.

마지드와 아흐마드가 응접실에 들어왔다. 햇살과 매끈한 꽃병, 푸르디푸른 야자나무가 흔들리는 모습이 흰 대리석 바닥에 비쳤다. 열린 창문 너머로 맑은 여름 하늘이 보였고, 소나무 그림자가 드리워진 뒷마당에서 장미 향기가 났다.

마지드가 동생의 어깨를 떠밀며 능청스럽게 말했다.

"사진 찍어 봐."

만물이 피사체가 될 수 있었기에 굳이 그럴 필요는 없었다. 바닥에 비친 꽃병, 알티리 언덕과 올리브나무, 오래된 집의 붉은 타일이

깔린 옥상, 울창한 사이프러스나무. 자신의 발의 그림자나 그림을 찍을 수도 있다. 이 방의 벽에는 아름답고 젊은 여자의 유화가 걸려 있었다. 흰 피부에 검은 머리인 것이 로라와 비슷하지만 로라도 로라의 어머니도 아니었다. 듣기론 로라네 어머니는 붉은 금발이었다. 그림 속 주인공은 젊은 시절의 로라 할머니였다. 목이 깊게 파인 와인색 벨벳 옷을 입고 다이아몬드 반지를 낀 손으로 반쯤 접힌 부채를 들고 있는 모습이었다.

필리핀 가정부가 근사한 절벽이 내려다보이는 방으로 형제를 안내했다. 그 방에선 산과 언덕이 한 폭의 그림이 되고 내셔널 지오그래픽에 실린 사진이 되었다. 종이더미와 주스 병, 포도와 야생오이가 가득 담긴 접시가 놓인 테이블 뒤에 알와시미가 앉아 있었다. 방으로 들어오는 햇살 너머로 형제를 발견한 알와시미는 눈을 찌푸리고 들어오라는 손짓을 했다. 형제는 가정부 뒤를 따라 방에 들어갔다. 알와시미는 영어로 가정부에게 주스 잔을 가져오라고 했다. 형제에게는 자기 앞에 앉으라고 했다. 그가 포도와 오이를 권했고, 이에 여전히 서 있던 마지드는 감사의 표시로 손을 가슴에 갖다 대며 사양했다. 하지만 알와시미의 강한 권유에 마지드는 포도를 한 알집었고, 동생에게는 오이를 건넸다. 그리고서 둘 다 자리에 앉았다.

알와시미는 장미와 정원, 푸른 대추야자나무에 대한 칭찬으로 운을 떼었다. 생포도 주스가 전달되고 나서는 형에 대한 이야기로 넘어갔다. 어느 대학을 다니며, 전공은 무엇이고, 장래 희망이 어떻게 되는지에 대해 물었다. 형이 대답하는 동안 동생은 오이를 만지작거리고 포도알을 세어보며 딴청을 피웠다. 알와시미가 말했다.

"마지드, 자네는 재능이 있어. 목소리가 좋고 연주도 썩 잘해. 하지만 나무처럼 가지치기가 필요해. 무슨 말인지 알겠나? 물론 알아듣겠지. 학문이 전부가 아냐. 자네도 알겠지만, 음악에 대해 말하는 걸세. 우리는 지금 토대를 쌓고 재능과 역량을 찾아내서 성장하고, 위로 올라가 세계와 견주려 하고 있어. 이건 정부와 신세대의 손에 달린 일이야. 바로 신세대. 우리 세대야 전쟁을 두 번, 아니 세 번을 겪었고, 전쟁은 모두 쓰라린 패배로 끝났어. 그러니 우리가 무엇을 할 수 있겠나? 오늘날과 미래의 세대는 무엇을 할 수 있을까? 우린 할 수 있는 건 다 했어. 하지만 자네들, 바로 자네들, 신세대는 내 뜻을 이해할까? 물론 이해할 거야. 우리가 자네를 키우고, 손질하고, 가지치기를 해주면, 자네는 예술과 음악에 통달한 전문가가 되어 돌아올까? 오마르 카이라트나 살림 시합 이상의 수준이 되어? 이 둘은 별로인가? 그럼 카젬 알사히르는 어때? 그 장난꾸러기 같은 사람이 얼마나 대단한 일을 했는지 보게나. 카이로에 말뚝을 박고서 사담 후세인 시대에 스타가 되었어. 정치가 영향력을 끼칠 수야 있지만, 예술은 그 나름의 시장이 있어. 세상 깊숙한 곳 여러 세대를 가로지르는 것이 예술이야. 카젬 알사히르는 사담 후세인 시대에도 스타가 되었지. 그럼 자네는 아라파트 시대에 그렇게 성장할 수 있다는 뜻이야. 서양의 눈에 비친 우리는 사담, 아라파트, 이가 꼬인 수염을 하고 등 뒤에 칼을 숨긴 베드윈이라는 추한 모습이야. 캐나다, 워싱턴, 런던, 파리, 심지어 오슬로에서 우리의 이미지가 어떤지 알고 있어?

자네는 모르겠지만 나는 알아. 서양에서 아랍인으로 존재하는 씁쓸함을 이미 맛봤어. 서방은 물질보다 사고와 예술, 힘과 혁신을 떠받들어. 혼란스러워 하지 마, 나도 알아, 안다고, 서방이 물질에 치우쳤다는 건. 서양은 물질 앞에서 무릎을 꿇고 절을 하지만 물질이 영원하지 않다는 것을 알아. 마치 아랍인들의 원유처럼 말이지. 원유가 고갈되면 우리에겐 뭐가 남을까? 서양은 우리가 처할 위기를 알고 있어. 우리에겐 원유가 있지만 그들에겐 지식이 있어. 정체도, 근원도, 깊이도, 너비도, 역사적인 발자취도 모르는 대상을 가져봤자 무슨 소용이지? 석유가 어떻게 만들어졌는지, 어디서 생긴 것인지, 어떻게 찾는지, 우리는 알까? 어떻게, 어디서 채취해서 정유하며 가장 비싼 값에 파는지 알까? 서양은 제1세계인데, OPEC은 어째서 제3세계일까? 원유가 있는데도 왜 OPEC은 가난한 후진국 신세일까? OPEC이 원유를 수출하는 것밖에 몰라서 그럴까? 정유니 유통이니 엔화 놀음이니 달러나 유로화 장난이니 나스닥, 닛케이, 파이낸셜이니 하는 것엔 무지해. 우리가 사람을, 여자를 모르는 것처럼. 자네는 웃고 있고 자네 동생은 낯을 가리고 있군. 대답해보게, 배우신 양반. 아내, 정부, 눈만 빼놓고 베일로 가린 여자들을 제외하고 우리가 이성에 대해 뭘 알고 있는지 대답해봐. 파슈툰과 코메이니의 여자들을 데리고 세계의 시장에 진입하는 게 과연 정상적인가? 상상이 돼? 차라리 쌀이나 감자 포대자루가 훨씬 보기 좋겠군. 이게 우리가 원하던 바인가? 우리가 이에 만족할까? 그들이 권력을 잡으면 우리는 평화롭게 살며, 편히 먹고 마시고 노래하며 춤추고 여성을 하나의 사람으로 대하며 우리의 방식으로 우리의 신념에 따라 신께 기도할까? 기독교인들에겐 무슨 일이 일어날까? 알라위인들은? 바하이교도들은? 탈레반 때문에 불교가 어떤 처지를 당했던가? 그들은 불교와 유구한 역사와 문명을 담고 있는, 위대한 예술적 가치를 지닌 석상들을 파괴했어. 유적지들도 같은 처지고. 역사가 파괴당하는 일이 일어나도록 내버려둘 건가? 그랬다가는 모든 것이 끝이야. 예술이고 문명이고 없어. 하지만 예술은 근본이자 원동력이지. 자네는 예술가의 역할을 아는가?"

마지드는 고개를 세차게 끄덕였고, 그의 심장이 고동쳤다. 알와시미의 말에 완전히 도취되었다. 영혼이 벅차올라 이 세계만 한 정원 위를 날아다니는 기분이었다. 그의 영혼은 한 마리 새가 되어 온갖 문명을 넘나들다가, 힘과 빛이 쏟아지는 뿌리 깊고 단단한 고목을 향해 비행하고 있었다. 그는 예술가요 세상의 새였다. 나무의 가장 높은 가지에 앉아 세상을 둘러보며 드넓은 대지와 작아진 사람들을 내려다보았다.

알와시미가 주스를 마시는 동안 마지드는 마치 금실과 크리스털로 치장한 귀신을 보듯 그를 응시했다. 이 사람이 소문의 알와시미 집안의 사람인가? 근본 없는 앞잡이의 아들 앞잡이? 완전히 막돼먹었다는 사람이 바로 그라고? 이상해! 말도 안 돼!

팔꿈치를 치며 "오, 오디션……"이라고 동생이 말했다. 알와시미가 고개를 들어 미소를 짓더니 무슨 일로 그러는지 물었다. 마지드는 알와시미의 말에 감화 감동받은 채, "오디션이랑 축제가 있다고 얘기하는 거예요"라고 대답했다. 알와시미는 시계를 보고선 유감스럽다는 듯 말했다. "축제라, 이미 늦어버렸네." 그러고는 고개를 두리번거리고 말했다. "내가 무슨 소릴 떠들었는진 모르겠다만, 날 믿어! 자네는 대단해!"

아흐마드에게도 알와시미의 말은 천둥과 같았고 한 줄기 섬광 같았다. 알와시미는 악명이 자자했다. 앞잡이 노릇, 밀수, 신분증 매입, 무역과 마약밀매. 저택에는 유대인들이 오가며 부패와 앞잡이 짓을 했다. 이것이 나라 돌아가는 일과 사람들의 비밀을 꿰고 있는 아버지가 했던 말이다. 기사와 책에서 읽은 것들도 같은 이야기였다. 반면, 마지드는 책과는 거리가 멀었다. 이따금 정신을 차리고 예술가의 영혼이 깨어나 전선에서 싸우다 금세 뒷걸음질 쳤다. 하지만 지금은 날을 듯했다. 정상에 손이 닿을 것 같았다. 로마로, 마리나로, 카이로로 갈 수 있을 거라는 마음이 들었다. 감정이 북받쳐 오른 마지드가 말했다.

"정말 감사합니다. 이 호의 잊지 않겠습니다."

아흐마드가 형의 팔꿈치를 쿡 찌르고 초조하게 말했다.

"이제 오디션 시작이야!"

알와시미가 손을 흔들며 자리를 정리했다.

"네 성적, 학위, 추천서보다 더 중요한 건 네 아버지 동의 서명이야."

마지드가 흥분하여 말했다.

"물론요. 있고말고요. 다 준비되었어요."

마지드는 "로마다! 로마!"라고 소리치며 밖으로 나왔다. 기쁜 마음에 들떠서 외쳤다.

"믿겨지지가 않아!"

그런 형을 바라보며 동생이 불안한 듯 말했다.

"형이 무대에 설 차례야. 서둘러."

16

뒤늦게 비르제이트 대학교에 도착하니 밴드는 난처한 상황에 처해 있었다. 마지드가 지각하면서 진행자가 발표한 기존의 순서가 뒤로 미뤄졌다. 원래 순서는 다른 밴드에게로 넘어갔다. 그리고 지금 무대에선 마지드가 아닌 다른 사람이 노래를 부르며 연주를 하고 있었다.

밴드 멤버들 모두 아무 말 없이 마지드에게 눈길도 주지 않고, 그저 무대로 쓰이는 학교 강당 뒤편 계단에 모여 있었다. 무대 주변과 계단, 담벼락 위, 나무 위는 관객들로 가득했고, 발 디딜 틈도 없었다. 마지드는 동생을 무대 뒤 구석에 밀어 놓고, 눈을 찡긋했다. 그렇다고 혼란스러운 동생의 마음이 진정되지는 않았다. 상상보다 더 대단했다. 학생 관객들과 기자, 학부모, 유명인사들과 캠퍼스를 둘러싼 경호원들과 탱크들. 점령자들은 군중과 음악, 시의 언어에 관심이 없어 보였다. 통제 밖의 일이 생기거나 긴장 고조의 상황이라도 생긴다면? 한 소절의 시와 한 곡의 노래로 감정이 북받쳐 올라서 사람들이 들고 일어나 호롱불 속 나방처럼 타오른다면? 나방이라면 날갯짓이라도 하고, 호롱불이라면 깨지기라도 하고, 등불 속 기름이라면 쏟아질 수 있다. 오랫동안 세대를 거슬러 이어져 일상이 되다 못해 삶의 방식이 되어버린 점령자들의 평안이 흔들릴 수 있었다. 하지만 나방은 여전히 호롱불 속을 헤매고 있다. 나방이 타버릴 수도, 호롱불이 터져버릴 수도, 그래서 평안이 깨질지도 모른다.

아흐마드는 작가와 언론인들 틈에 껴 세 번째 줄에 앉아 있는 아버지를 발견했다. 바드르 알와시미는 스폰서와 저명인사들을 위한 두 번째 줄에 있었다. 몇 개의 좌석만이 아버지와 알와시미를 나누고 있었다. 알와시미의 얼굴은 아주 또렷했다. 잘생긴 사람이다. 품위 있는 회색 머리칼과 북방형의 이목구비, 벽안이 돋보였다. 어깨는 다부졌으며, 곧게 뻗은 목은 햇볕에 금빛 또는 붉은 빛 갈색으로 그을린 듯했고, 키도 컸다. 이에 비해 아흐마드의 아버지인 파델 알캇삼의 모습은 눈에 잘 띄지 않았다. 머리가 약간 벗겨졌으며 칙칙하고 어두운 외모에 오래된 겉옷을 입고 있었다. 무대에 오르는 아들의 부츠와 가죽 겉옷을 위해 가난한 아버지는 본인이 필요한 건 포기했다. 이게 다 아들이 동료들 앞에서 체면을 구기는 일이 없도록 하기 위해서였다. 그런데 아들이 공연 순서를 놓쳤고 부츠도 안 신은 맨발 신세에 겉옷도 입지 않고 있다. 대체 어디에 있었지? 둔해 빠진 둘째는 어디에 있었지? 밴드와 오디션은 어떡하려고?

아버지가 둘째 아들을 발견했다. 무대로 이어지는 계단에 있는 아들에게 손짓을 해봤지만, 아들은 안경과 카메라 렌즈 너머 보이는 사람들의 사진을 찍느라 정신이 없었다. 정신 나간 첫째 녀석은 어디 있지? 아들들은 어디에 갔던 거고, 왜 늦은 걸까? 어쨌든 아버지는 마지드가 동료들 앞에서 부끄러워질 정도로 손을 흔들어댄 다음에야 음악에 귀를 기울였다.

청중은 무대를 끝낸 밴드에게 환호성과 함께 박수갈채를 보냈다. 어떤 관중은 "팔레스타인은 자유로운 아랍의 나라다!"라고 외쳤다. 하지만 그 외침은 사람들의 박수 소리와 웅성거림, 마이크와 스피커 잡음, 젊은이들의 휘파람 소리에 힘없이 묻혔다.

드디어 마지드 알캇삼이 이끄는 밴드 차례가 왔다. 오디션 진행자는 학생들 사이에서의 마지드의 인기와, 호텔과 결혼식 자리에서 보여준 그의 무대매너에 대해 익히 들은 바가 있었다. 진행자가 잔뜩 흥분된 목소리로 밴드를 소개했다. "마즈드* 밴드와 리더인 마지드 알캇삼입니다." 환호성과 박수가 이어졌고, 담벼락 위 어떤 사람이 외쳤다. "일어서! 일어서!" 다른 사람들이 따라 외쳤다. "일어서! 일어서!" 공연장이 엄청난 외침으로 가득했다. "일어서! 일어서!" 마즈드 밴드 멤버들이 한 명씩 어쩔 줄 몰라 하며 무대에 등장했다. 환영과 환호성 소리에 당황한 것도 마지드에게 화가 났던 것도 잊었다. 알고 있긴 했지만, 새삼 더 분명해졌다. 이 박수갈채와 환호성이 떠오르는 스타인 마지드 알캇삼을 향한 것이며, 자신들은 그의 날개 안에 있었다. 무대 위의 마지드에게선 부주의하고 변덕스러우며 자

---

* 아랍어로 '영광'이라는 뜻. 마지드는 '영광스러운'이라는 뜻이다.

화자찬 하는 성격이 느껴지지 않았다. 이 박수와 함성이 마지드를 위한 것인가? 그렇다면 마지드의 이름이 불리는 것은 그가 서안지구, 갈릴리 산의 신성이 되었다는 뜻이 아닐까.

관중들이 환호하며 박자에 맞춰 박수를 몇 분 정도 치고 난 뒤에야 마지드가 등장했다. 박수 한 번에 함성 한 번이 뒤따랐다.

"마지드 알캇삼, 노래해! 노래해! 틱, 틱, 틱, 틱. 마지드 알캇삼, 어서 네 목소리를 들려줘, 틱, 틱, 틱, 틱. 마지드 알캇삼, 혁명의 아들이여! 틱, 틱, 틱, 틱. 마지드 알캇삼, 너의 조국은 자유로울지니, 틱, 틱, 붐, 붐!"

마지드의 아버지는 무척 당황스러웠다. 이 박수갈채가 자신의 아들을 향한 것이라니? 변덕쟁이에 경박하고 바라는 것만 많은 그 아들을 위해서? 이 수많은 사람들이 줄을 서서 아들을 위해 박자에 맞춰 박수를 치고 있다고? 아들은 예술가다. 재능이 있구나. 마즈드 밴드라는 대단한 밴드의 리더가 바로 무대 위의 마지드 알캇삼이었다! 하지만 아버지는 아들에 대해 제대로 들은 적도 글을 쓴 적도 없었다. 아인 알미르잔에서는 들기로는 이 밴드는 춤이나 추는 어린애들 장난 수준이라고만 알았다. 십대라고 어린애인 것은 아니었고, 청년들이다. 그런 그들이 여기 무대 위에 있다. 어리광이 지워진 얼굴은 진지한 미소를 띠고 있었다. 꾸벅 고개를 숙여 인사하며 군인처럼 날이 선 모습이었다. 모두 목에 팔레스타인 국기를 두르고 카피예*를 썼고,

---

* 아랍 국가에서 사용하는 터번 모양의 천.

검은 옷차림이었다. 그럼 아들은 왜 그렇게 가죽 겉옷을 사달라 했을까? 그래야 더 뛸 수 있다고 한 거 아니었나?

마침내 마지드 알캇삼이 국기를 스카프 삼아 검은 옷 위에 걸치고 카피예를 쓰고 무대에 뛰어올랐다. 그는 승리의 표시처럼 손을 흔들었고, 청중은 환호했다.

"노래해! 노래해! 혁명의 아들이여! 노래하라! 노래하라! 자유의 아들이여! 노래하라! 노래하라! 승리와 자유의 형명이여, 붐, 붐, 붐, 붐!"

아버지는 얼이 빠져 주변을 둘러보았다. 작가들과 기자들까지 학생들을 따라 "노래해! 노래해!"라고 외치고 있었다. 계단 위, 담벼락 위, 나무 위의 청년들의 얼굴로 희망에 찬 미소와 젊음의 열정이 비쳤다. 이는 희망에 찼던 과거를, 자유를 향한 열망을 일깨웠고, 아름다웠던 지난 날들로 청년들을 이끌었다. 나크사가 있기 전처럼, 오마샤리프의 청년 시절처럼, 둘도 없을 무대에 오른 배우처럼, 가말 압둘 나세르가 젊음이 넘쳐 마치 로켓 같았을 때로 돌아가는 것 같았다. 이 무대와 공연이 있기까지 무슨 일이 있었는지 떠오른 아버지는 눈물이 왈칵 쏟아질 것만 같았다. 아들의 어리석은 행동, 의상, 바보 같은 신발, 헤어 젤 같은 것들. 날카로운 대검이 가슴을 후벼내는 듯했다. 기대는 빗나가기 마련이요, 희망이란 영화처럼, 텔레비전의 한 장면처럼 허상일 것이라 생각했다. 이 세대는 먹고 마실 줄만 알고, 대화도 행동도 하지 않는 방관자라고 생각했다. 그들은 의자 위에 쭈그려 앉아서 코카콜라와 햄버거만 입에 넣기만 할 거라 생각했다.

"일어나! 일어나!"

관중들이 외쳤다. 이에 마지드는 방송국 카메라를 향해 미소를 보내며 고개를 끄덕였고, 정중히 인사했다. 그러고는 마이크를 향해 다가가, 자신의 가슴에 손을 얹으며 "좋습니다"라고 말했다. 흥분은 더욱 고조되었고 환호는 더욱 거세졌다.

"노래해! 노래해! 알캇삼의 아들이여! 노래해! 노래해! 용기의 자손이여 노래해! 노래해! 혁명의 건아여 노래해라! 조국의 아들이여! 붐붐붐붐!" 휘파람 소리가 들렸다.

아버지는 손으로 얼굴을 괸 채 눈을 감았다. 이 다음은 무슨 일이 일어나고, 아들에게 사람들은 무슨 말을 할까. 아들의 성공과 관중의 호응으로 그는 기뻤고, 용기와 자신감이 솟았다. 잘 키워놓은 자식을 바라보는 아비의 마음이 그러했다. 하지만 조국은, 국민은, 혁명은, 그리고 믿음은 어디에 있을까? 아들은 타고난 예술가며 핏속에 음악이 흐를 녀석이며 제 어미와 외할머니와 결혼식 잔치 자리에서 끼를 물려받았다 한들, 아들은 혁명이나 혁명의 꿈이 아니었고 조국의 해방자도 아니었다. 이제딘 알캇삼과 성이 같은 건 우연의 일치였다. 아들은 이제딘이 아니었고, 아버지 본인도 마찬가지였다. 그는 말 그대로 난민촌의 자식이었고, 아들은 싱겁고 방황하며 광대놀음과 코카콜라, 이태리 부츠가 망가뜨린 세대였다. 하지만 사람들의 이성과 성숙한 문제들은 그런 건 신경 쓰지 않았다.

"애처로운 이들이여!" 노래가 시작되고 사람들은 열띤 환호성을 질렀다. 가사와, 목소리와, 악기 소리와 노래에 아버지의 심장이 요동쳤다. 팔에 소름이 돋고 머리털이 곤두서는 것 같았다. 아버지는 사람들의 환호성 속 아잔* 소리처럼 울리는 아들의 목소리에 귀를 기울였다. 사람들이 함성을 멈췄다. 고요가 깔리며 슬픔과 힘이 넘치는 목소리가 부르는, 노래의 도입부가 들렸다. 폐부를 가르는 날카로운 칼처럼 내면 깊은 곳에서 나오는 노래는 천지를 흔들었다. 사람들은 흥분해 고개를 끄덕이며 "신이시여, 신이시여"라고 계속해서 외쳤다. 한이 담긴 단어 하나하나마다 감정과 사랑과 깊이가 느껴졌다. 영혼이 해방되며 꿈은 여실히 실현되었다. 자유와 인간애를 향한 더욱 강하고 깊은 청춘이 깨어났다.

아버지는 전율을 느끼며 숙이고 있던 고개를 들었다. 더 이상 노래 가사 하나하나를 따져볼 수 없었다. 아름다운 노랫말이 그를 사로잡아 리듬 속에 녹여버렸고, 그렇게 아들과 하나가 되어버렸기 때문이었다. 감동한 아버지는 그저 "신이시여, 신이시여"라고 외쳤다. 아잔 같았던 곡의 도입부가 끝나자, 밴드는 원래의 박자로 돌아와 탬버린과 드럼을 연주했다. 청중은 노래에 맞춰 박수를 쳤고, 아버지도 함께 박수를 치며 외쳤다. "노래해!" 학생과 언론인들과 다름없는 청춘을 되찾은 것 같았다. 아들이 음반을 내고 뮤직비디오를 찍고 싶다면서, 머리를 바짝 세우고 부츠와 젤이 필요하답시고 단식을 하던 것도 잊었다. 날개를 단 듯한 멜로디가 아버지를 꿈결과 빛으로 인도했다. 노래가 끝나자 청중들도 아들을 위해, 새로운 희망

---

* 이슬람교에서 신도에게 예배시간을 알리는 소리.

과 빛을 위해 숨을 죽였다. 아버지가 눈물을 흘리며 쉰 목소리로 말했다.

"예술가구나. 진정 예술가야."

17

형제는 수아드와 함께 아인 알미르잔으로 향했다. 나블루스에 사는 수아드는 마즈드 밴드의 멤버로, 마지드와 아흐마드에게 커피 한 잔 같이 하고, 오래된 시장과 광장의 대문을 가볍게 둘러보자고 했었다. 수아드는 구 시가지에 있는 자신의 집으로 데려가 직공인 자신의 어머니를 소개했다. 수아드의 어머니 소유인 작업장에는 그녀를 돕는 어린 소녀들, 수동식 기계, 솜사탕 같은 실타래들이 있었다. 실타래는 분홍색, 파란색, 피스타치오색, 노란색 등 없는 색이 없었다. 넋이 빠진 채, 아흐마드는 실타래와 엄청난 속도로 앞뒤를 오가는 손들과 발레리나처럼 움직이는 실패를 보았다. 형은 수아드의 엄마와 얘기하느라 시간가는 줄 모르고 있었고, 수아드는 커피를 끓이러 갔다. 아흐마드는 일하는 소녀들을 곁눈질하면서, 실을 감는 모습을 보았다. "사진 찍어놔야 해"라고 혼잣말을 했지만, 부끄러운 나머지 곁눈질만 할 뿐이었다. 창문 너머로 나블루스 건너편 에발 산과 산의 바위와 숲 언저리가 보였다. 선인장과 올리브나무, 언덕 위의 우윳빛깔 저택들이 보였다. 풍경과 어우러진 집들의 모습은 마치 잿빛에 초록색이 약간 섞인 얼룩 같았다. 말리화 향기가 나는 산들바람이 불었고, 서쪽 창문가에는 낡고 텅 빈 치즈 통들이 놓여 있었다. 개중에는 재스민과 카네이션이 피어 있어서, 작업장의 소녀들과 이웃 간 여름철 담장 역할을 하고 있었다.

알와시미의 저택의 창문과, 거울처럼 빛나던 타일 위에 반사되었던 야자수나무가 떠올랐다. 수아드네 집 바닥에는 무늬가 새겨져 있었다. 화분 너머에서 이웃집 사람들의 소리가 들렸고 라디오에서는 카눈 독주가 흘러나왔고, 어린아이의 울음소리가 들렸다. 시끄럽고 번잡하긴 해도, 아흐마드는 이런 저런 소리들과 소녀들의 얼굴, 재스민 향기 사이의 묘한 조화를 발견했다. 저 멀리 높이 솟아있는 에발 산은 경탄을 자아냈다. 암석과 마가르 알수와르 동굴, 선인장이 보였다. 그곳엔 살리미야와 셰이크 알이마드의 성지가 있었다. 이런 것들이 바로 이 도시의 역사며, 수아드 아버지와 그 가족의 역사였다. 수아드의 아버지는 몇 년째 라말라 감옥 신세였지만, 가족들은 불평 없이 살아나갔다.

수아드가 오렌지꽃 향기가 나는 주스에 얼음을 넣어 가져왔다. 아흐마드는 형과 함께.아인 알미르잔을 떠나 라말라, 비르제이트, 오디션을 거치는 동안 느끼지 못했던 여유와 편안함을 되찾았다. 타지에서는 모든 것이 낯설었지만 이곳 주민들은 가식 없고 솔직했다. 재스민 향이 음식 냄새와 기계소리에 뒤섞였다. 빵 냄새, 카눈, 민트와 야생오이를 파는 상인과 사람들의 목소리가 여기에 시장으로 향하는 소형트럭 운전수의 "비켜요, 비켜"라는 외침과 어우러졌다.

수아드가 아흐마드를 다락방으로 안내했다. 그곳엔 오래된 가구와 침대, 실타래가 있었다. 구석에는 고양이 한 마리가 양가죽 위에 누워있었다. 그 옆에는 흙과 물, 사료, 베개가 담긴 상자가 있었고, 상자 안의 새끼 고양이 세 마리가 베개 위를 뛰어다니며 놀고 있었다. 어미 고양이는 놀라울 정도로 침착하게 새끼들을 보살폈다. 왜 어미가 새끼와 놀아주지 않는지 물으니, 수아드가 꽤 진지한 대답을 했다. "엄마이기 때문이야." 수아드가 하얀 새끼 고양이 한 마리를 집어 들어, 병아리만 한 고양이를 가슴에 품고 털을 쓰다듬으며 다정히 말을 걸었다.

수아드는 아흐마드에게 그 새끼 고양이를 건네주려 했지만, 아흐마드는 흠칫하여 뒷걸음질 쳤다. 수아드가 말했다.

"새끼 고양이가 무서워? 부드럽고 작은데? 만져봐, 정말 부드러우니 어서 만져봐."

아흐마드는 새끼 고양이의 털을 만져보았다. 고양이는 청록색 눈동자로 아흐마드를 쳐다보았다. 파란 구슬같은 눈이 반짝였고, 얼굴은 재스민처럼 희고 고왔다. 작은 얼굴이 미인의 얼굴 같기도 하면서 아기나 작은 천사 같았다. 난생 처음 보는 아름다운 눈 너머로 이해심과 총명함, 활력이 엿보였다. 고양이에 완전히 매료된 아흐마드는 고양이털을 쓰다듬어 보았다. 고양이는 물담배통이나 소형 모터같이 낮게 가르랑대는 소리를 냈다. 고양이는 모터도 기계도 아닌 동물이지만, 인간과 천사와 비슷했으며 너무나도 예뻤다. 감탄한 얼굴로 쳐다보는 아흐마드에게 수아드는 고개를 끄덕이며 말했다.

"동물은 사람을 좋아한다는 걸 알아둬."

아흐마드는 수긍하며 고양이를 안았다. 그 순간부터 고양이는 아흐마드의 가장 멋진 피사체가 되었다.

진지하고 성실한 줄만 알았던 수아드가 다락방에서 고양이와 같이 있으면 어린아이가 되는 것이 참 놀라웠다.

"아기 고양이야, 야옹아, 귀염둥이야, 나의 달님아, 사랑스럽기도 하지, 날쌘돌이 같구나."

고양이나 나무와 식물에 붙여지는 이름들로 고양이를 불렀다. 생물학을 공부한 수아드는 세상이란 식물, 동물, 고양이, 개, 새, 사람이 연결되어 있다고 보았다. 수아드네 집에는 마땅히 정원이 없었지만, 돔과 아치에 화초와 민트, 재스민이 가득히 매달려 정자처럼 덩굴이 생겼다. 작기도 한 덩굴은, 아름답기로는 따지자면 정자보다도 더욱 아름다웠다.

수아드가 말했다.

"향기가 좋은 바질이야. 그리고 이건 카네이션. 저건 샤므아라고 불리는데 일곱해라고도 불러. 저 꽃들은 벨벳 같지."

꽃병과 깡통화분이 울창한 정원에 있는 듯한 분위기를 자아냈다. 고추, 백합, 붓꽃, 포도넝쿨, 인동덩굴. 아흐마드가 웃으며 물었다.

"이것들은 생명체야?"

수아드가 아흐마드 품의 고양이를 가리키며 말했다.

"이 고양이처럼 생명체지."

아흐마드가 생각에 잠겨 말했다.

"생명체라면 삶과 죽음이 있다는 뜻이야?"

"모든 생명체는 살고 죽지만, 죽음이 끝은 아니야."

"무슨 의미야?"

"우리가 죽는다 해도, 다른 사람들은 살 수 있어."

"그게 뭐야!"

수아드는 고개를 저으며 웃었다.

아흐마드가 의아한 듯 물었다.

"그러면 죽고 나서도 살 수 있어?"

수아드는 아흐마드 품에 안긴 고양이를 가리켰다. 아흐마드가 물었다.

"고양이처럼?"

수아드가 확신하며 말했다.

"고양이처럼 영혼이 일곱 개야."

아흐마드는 혼란스러워서 어떤 말을 해야 할지 모르는 듯했다. 수아드가 설명했다.

"모든 생명엔 영혼이 있어. 죽게 되면 그 영혼은 꽃, 나무, 고양이, 새처럼 새로운 몸에 자리를 잡아. 알겠니?"

아흐마드는 고개를 몇 번이고 저은 뒤 말했다.

"아니, 모르겠어."

수아드가 진지하게 설명했다.

"그게 말이지, 꽃을 꺾거나 나무를 뽑으면 안 되잖아. 고양이는 사람처럼 대해줘야 해. 다른 생명의 영혼과 창조주가 깃들어 있어서 그런 거야. 사람의 영혼이 깃들어 있을 수도 있고.”

수아드가 철학자 흉내나 장난을 치는 것 같았지만, 아흐마드는 잠자코 들어보기로 했다. 이를 눈치챈 수아드는 진지하게 말을 이었다.

“잘 봐봐.”

수아드가 고양이를 아흐마드의 품에서 들어올려 아흐마드의 얼굴에 들이밀고 말했다. “이 눈을 봐. 어떤지.”

아흐마드는 고양이의 얼굴을 유심히 살펴보았다. 사람의 얼굴, 그것도 살아있는 미인의 얼굴 같았다. 작은 입은 루비, 작은 코는 땅콩, 하얀 얼굴은 보름달 같았다. 미라가 떠올랐다. 미라의 표정, 작은 코 위에 난 주근깨가. 혼란스러워진 아흐마드가 물었다.

“유대인들은 어때?”

수아드가 질문을 제대로 듣지 못해서 아흐마드가 다시 물었다.

“유대인들은 어떤데?”

“유대인이 뭐 어떻다는 소리야?”

“유대인들도 해당사항이야? 난 모르겠어.”

수아드가 천천히 대답했다.

“물론 유대인도 사람이야.”

“유대인에게도 영혼이 있어?”

수아드가 웃었다.

“네가 설명해봐.”

"꽃을 꺾거나 나무를 뽑으면 안 되고, 고양이는 사람과 같아. 그래, 그럼 유대인은 어떤데? 어째서 우리가 유대인을 없애야 해?"

수아드가 날카롭게 되물었다.

"우리가 유대인을 없애다니? 아흐마드?"

아흐마드는 대답이 없었다. 발을 동동 구르며 당황한 기색이었다. 수아드가 다시 물었다.

"말해봐, 누가 누굴 없애?"

아흐마드는 마땅한 대답을 찾지 못하고, 그저 "유대인들이 우리를 없앴어"라고 말했다. 미라, 고양이, 보보, 수아드, 모든 생명체와 모든 영혼과 식물과 인간과 피조물들은 어떨까. 귀여운 미라는 마치 고양이 같았고, 고양이가 미라 같기도 했다. 고양이는 모터처럼 낮은 소리로 가르랑대며 아흐마드 품 안에 안겨있었다. 고양이는 기계가 아니었다. 되려 인간이고, 인간 비슷했다. 일곱 개의 영혼을 지녔다.

아흐마드가 갑자기 질문을 꺼냈다.

"아버지는 감옥에 계셔?"

수아드가 고개를 끄덕이고 무미건조하게 대답했다.

"수감 중이셔."

아흐마드는 고개를 떨궜고, 품에 안긴 고양이와 미라의 목소리가 눈앞에, 귓가에 아른댔다. 고양이가 야옹거렸다.

"속이 상하겠네."

말 같지도 않은 소리였고, 대답은 필요도 없는 질문이었다. 수아드는 화분과 재스민이 심어진 깡통 화분 쪽으로 다가가다 나지막하게 속삭였다.

"감옥도 죽음처럼 운명이야. 이미 정해진 일이지."

수아드가 아흐마드 쪽으로 고개를 돌려 웃으며 물었다.

"그리고 죽음 다음에는……."

아흐마드가 조심스레 물었다.

"영혼이 새로운 몸을 찾는 거야?"

수아드가 아흐마드의 품에 안긴 고양이를 가리키며 말했다.

"일곱 개의 영혼이 되어 새로운 몸을 찾지."

18

아흐마드에게 고양이는 가장 귀한 존재가 되었다. 우유와 요구르트를 먹이려 해도 고양이는 흘려대기만 했고, 빵에는 좀처럼 입을 대지 않았다. 병아리만 한 몸집의 어린아이 같았던 고양이는 몇 주 만에 덩치가 커졌다. 소파 천에 발톱을 갈다 집안 식구 중 누군가 나타나면 소파 뒤로 뛰어들어 숨었다. 아흐마드는 미라에게 고양이가 개보다 더 낫다고 설득하려 했지만 소용없었다. 아흐마드가 미라에게 손짓하며 말했다. "야옹이는 캣이라고 해. 고양이란 뜻이야." 미라는 이해하지 못했다. 아흐마드가 말했다. "야옹, 야옹, 이라고." 미라가 웃으며 말했다. "야옹, 야옹." 아흐마드는 보보를 가리키며 개 짖는 소리를 따라 했다. "보보는 멍멍, 야옹이는 야옹." 미라는 웃음보가 터져 손을 휘저었다. 야옹 소리를 내며 달려가는 미라의 뒤를 보보가 따라갔다. 고양이를 직접 보여주고 싶었지만, 미라가 자신의 집에 오는 것은 말도 안 되는 일이었다. 미라에 대해서 뭐라고 말하지? 아버지는 미라를 어떻게 대할까? 게다가 정착촌에서 아인 알미르잔으로 오는 길은 멀고도 험했다. 가능성이 희박하긴 해도 아흐마드가 미라에게 가는 건 가능했다. 엄연히 남자고 나이도 좀 더 많고 더 거칠었으니까. 아랍인들은 유대인들보다 더 거친데다, 고생을 하거나 먼 거리를 이동하는 것도 익숙하니까.

아버지도 형에게 그렇게 말했었다. 하지만 형은 빈정거렸다.

"아랍인들이 더 거칠다고요? 좀 거칠어 봤으면 좋겠네요."

아버지가 말했다.

"우리가 부족함, 고통, 굶주림에 익숙해지면서, 더 강한 인내심을 지녔다는 소리다."

마지드가 대답했다.

"우리에게 더 강한 인내심이 있었다면."

그때 고양이가 형의 기타에 다가가자 형이 말했다.

"창문으로 던져버리기 전에 고양이 저리 치워."

아흐마드는 고양이를 데리고 정원으로 나갔다. 언덕 쪽으로 고양이를 풀어놓고, 걷고 또 걸었다. 숨 막힐 듯 깊은 눈을 지닌 고양이는 진지하게 세상을 보고 배우는 어린아이 같았다. 세상을 관찰하고 있다가 소리가 들리면 그쪽으로 고개를 돌려 달콤한 눈빛을 보냈다.

마치 "좋아해요"라고 말하는 것 같았다. 아흐마드는 고양이를 꽉 껴안고 눈가와 귀 뒤에 입을 맞추며 속삭였다.

"귀염둥이야, 나의 달님, 나의 사랑."

하지만 아흐마드가 고양이를 데리고 언덕에 도착했을 때, 고양이는 보보를 피해 가시덤불 사이로 도망가 버렸다. 아흐마드는 바위 틈, 덤불 아래, 노란 꽃들과 야생 백리향 뒤편 등, 사방에서 고양이를 찾았지만 흔적도 보이지 않았다. 보보와 미라도 마찬가지였다. 아흐마드는 혼자서 고양이를 찾았고, 미라는 웃으며 고양이를 '요피'라고 불렀다. 개가 고양이를 향해 짖어도 미라는 신경도 쓰지 않았다. 보보가 모습을 감추며 고양이도 보이지 않았다. 미라는 집으로 돌아갔고, 아흐마드 혼자서 근심스레 고양이를 찾았다.

속상한 아흐마드는 바위에 앉아 고양이가 나타나기만을, 가시덤불 사이에서 기적이 있기만을 기다렸다. 익숙하지 않은 그리움과 우울함이 느껴졌다. 아흐마드에게 고양이는 단순한 동물이 아니었다. 고양이를 안고 집안을 돌아다니면 온몸으로 고양이의 영혼이 느껴졌다. 그 피조물은 심장이 뛰고 이름을 부르면 대답하는 존재였다. 아흐마드가 "야옹아"라고 부르면 고양이는 나무 뒤, 소파 아래, 침대 위, 벤치 위, 그 어디에서든 그를 쳐다봤다. 처음에는 먹이를 받아먹는 모습이 애틋했고, 나중에 자란 뒤에는 아흐마드의 손길에 반응하며 애정을 나누려는 존재가 되었다. 아흐마드를 더 좋아하는 건 미라가 아니라 고양이일까? 아흐마드는 미라보다 고양이가 더 좋을까? 아니면 고양이가 미라를 대신하는 걸까?

처음에는 고양이가 미라 같기도 했고, 미라라고 상상하기도 했다. 고양이를 품고서 속삭였다. "미라." 그러면 고양이가 "야옹" 하고 울었다. 그리고 아흐마드가 "좋아해"라고 말하면 고양이가 "야옹" 하고 울었다. 아흐마드의 말은 고양이라는 형태를 지녔고, 고양이는 그의 내면을 비추는 거울이었다. 고양이가 곤충을 가지고 놀다 잡아먹는 모습은 처음엔 잔인하고 역겹기도 하고 혐오스러웠다. 하지만 나중에는 동물과 자연, 인간과 자연, 다른 존재의 삶을 빼앗으며 자신을 지키는 삶을 깨달았다.

아흐마드가 아버지에게 말했다.

"고양이를 제대로 먹이면 곤충을 죽이지 않을 거예요."

아버지가 다정히 웃으며 대답했다.

"아들아, 하지만 천성이 교육을 뛰어넘는 법이란다."

"무슨 뜻이죠?"

"동물은 살기 위해 살생을 해. 먹기 위해 창조되었고, 살기 위해 먹는단다."

"그럼 인간은요?"

"인간은 지배하기 위해 살생을 하지. 알겠니? 권력을 잡고 정치를 하며 남을 멸망시키고 식민지를 세우기 위해서야."

"유대인처럼요?"

아버지는 신기한 얼굴로 아들을 쳐다보며 말했다.

"네 생각은 어떠냐?"

아흐마드는 고개를 끄덕이고선 고양이를 안고 계단으로 향했다.

고양이는 지배하기 위해 살생하는 사람 같았다. 계단 위에서 고양이를 혼내고 벌로 옷장 안에 가둔 뒤엔 보상을 해줬다. 사실 고양이는 살기 위해 살생을 한다는 생각이 들었기 때문이었다. 그리고 마알레 아두밈 정착촌 작전이 떠오르기도 했기 때문이다. 고양이는 생존을 위해 살생하지만, 인간은 지배하기 위해서뿐만 아니라 해방과 생존을 위해 살생한다. 수아드의 말과 같았다. 인간은 생존을 위해 죽고, 생존을 위해 죽인다. 자유에 있어 삶과 죽음은 떼려야 뗄 수 없는 불가분한 관계였다.

고양이는 사람의 형상을 갖추기 시작했다. 아기이기도 했다가, 소녀가 되고, 미라가 되기도 했다. 하지만 미라의 눈에는 자신의 개만 들어왔고, 야옹이는 아흐마드를 좋아했다. 고양이는 아흐마드의 자식이자 연인이며 가장 가까운 존재였다.

여전히 아흐마드는 내성적인데다 부끄러움을 많이 탔다. 사람을 무서워하고 쑥스러워 했다. 말을 더듬거리며 두려운 것 앞에서는 조심스레 뒷걸음질을 쳤다. 반면에 고양이는 이제 쥐를 공격하고 정성껏 가지고 놀 줄도 알았다. 고양이는 바퀴벌레만큼 작은 쥐를 먹어치운 뒤, 만족스러운 얼굴을 하고 풀밭에 앉아 희고 작은 앞발로 입을 닦았다. 고양이 얼굴에 미소 비슷한 것이 스쳤다. 아흐마드는 역겹고 혐오스러웠다가 나중에는 감탄했다. 자기가 한 일에 만족하는 모습, 웃으며 입가를 핥는 모습이 놀라웠다. 아흐마드는 고양이를 향해 웃으며 말했다. "야옹아, 나의 달님아, 네가 사람처럼 웃기만 한다면 뭐든지 줄게." 고양이가 몸을 돌려 사파이어와 에메랄드같이 아름다운 시선으로 그를 쳐다보았다. 달력 사진 속 바닷물처럼 맑은 눈빛이었다. 사실 아흐마드는 바다를 본 적도, 가본 적도 없었다. 어릴 적 아버지는 바다가 사파이어와 에메랄드 같다고 했지. 언젠가는 너를 데리고 갈게. 반드시 가자.

19

수아드와 함께 밴드 남자 멤버 한 명이 마지드를 찾아왔다. 그들이 들어간 방문이 닫힌 뒤, 마지드가 큰 목소리로 말하는 것이 들렸다. "난 자유야!" 가게를 닫고 갑자기 귀가한 아버지는 곧바로 마지드의 방으로 향했다. 마지드는 전에 없던 엄청난 꾸지람을 들었다. 아버지와 마지드가 언성을 높이는 가운데 수아드가 말했다.

"이탈리아 유학을 가겠대요!"

거칠게 문이 열렸고, 방을 나서는 마지드의 뒤에서 아버지가 소리쳤다.

"날 등치는 게냐? 바드르 알와시미라고? 개자식이!"

마지드는 고개를 돌려 말했다.

"전 하고 싶은 일을 할 자유가 있어요."

마지드는 기타와 가죽겉옷을 챙겨 집을 나섰다. 수아드가 계단으로 나가 외쳤다.

"돌아와, 마지드!"

하지만 마지드는 택시를 타고 가버렸다.

수아드는 아흐마드에게로 눈길을 옮겨, 웃는 얼굴로 아흐마드의 뺨을 쓰다듬으며 말했다.

"괜찮아, 내일이면 돌아오겠지."

아흐마드의 뺨 위로 눈물이 흘렀다. 밖에 나가도 형은 없었다. 집에 돌아와 소파에 앉아서 냉장고의 소음을 듣고 있자니 외롭고도 무서웠다. 형이 떠났다. 아버지는 화나 있고, 엄마는 어쩔 줄 모르고 발을 동동 구르고 있었다.

수아드가 와서 화장실이 어딘지 물었다. 아흐마드는 손가락으로 복도 쪽을 가리켰다. 하지만 수아드는 화장실에는 가지 않고, 울고 있는 아흐마드를 바라보았다. 아흐마드는 가슴이 텅 빈 기분이었다. 아흐마드가 사랑하는 대상은 자기 자신과 야옹이, 형이었다. 수아드가 아흐마드 옆에 앉아 그의 어깨에 손을 얹고 다정히 말했다. "돌아올 거야." 그러고는 고개를 돌려 집안을 구석구석 살펴보고는 고양이의 행방을 물었다. 아흐마드는 더 울먹였다. 흐느낌이 멈추지 않아 집을 나섰다. 언덕을 향해 걷고 또 걸었다. 아흐마드에게 있어 고양이는 너무나도 큰 의미를 지녔다. 고양이는 마지드이자 미라였고 야옹이였으며 가장 사랑하는 사람이었다. 고양이만 돌아온다면, 이토록 마음이 허전하지도 않을 것이다. 아흐마드가 중얼거렸다.

"야옹아, 달님아, 눈에 넣어도 아프지 않을 야옹아."

뇌리에 스치는 노래가 하나 있었다. 어머니가 어릴 적에 불러줬던 노래였다. 아흐마드는 그 노래를 들으면 울었고, 그럴 때면 어머니는 웃으며 다정히 말했다.

"이것 봐요, 당신 아들이 노래에 맞춰 울고 있어요. 아흐마드의 머리카락은, 고양이의 머리카락은, 야옹이의 머리카락은, 마지드의 머리카락은 예쁘기도 하지."

눈물이 왈칵 차올랐다. 야옹아, 마지드 형, 미라, 그리고 난 어디에 있는 걸까. 창 너머에 고양이가 있던 때가 생각났다. 서로를 부르고 비밀을 나눴던 일과 "좋아해요"라는 눈빛을 보내던 고양이가 떠올랐다. 아버지는 말했다.

"터키석, 사파이어, 하늘과 바다처럼 푸르디푸른 색이구나. 이 얼마나 아름다운 색인지, 신의 은혜로다. 얼마나 아름답고 영리하고 활력이 넘치며 천진난만하니. 공처럼 튀어 오르는 모습이 너무나도 아름답구나."

아흐마드가 대답했다.

"제가 고양이의 아버지에요."

아버지가 비웃었다.

"바보 같은 소리하지 마라! 고양이가 사람도 아니고."

아흐마드가 완강히 말했다.

"이 고양이는 사람이에요. 영리하고, 제가 하는 말을 이해하죠. 저를 "아빠"라고 부르기도 하고요. 제가 먹이를 주고, 마실 물을 주고, 진심을 다해 고양이를 품에 안지요. 고양이의 눈 너머에선 사람의 눈빛이 보여요."

아흐마드가 말하고 싶었던 것은 "미라의 눈이 보여요"라는 말이었지만, 아버지가 두려웠다. 고양이와 미라를 찾으러 언덕으로 향했다. "고양아, 눈에 넣어도 안 아플 고양아." 사랑하는 대상을 상실한 슬픔에 아흐마드는 눈물을 흘렸다.

20

이사가 울타리 옆 나무 그늘에서 아흐마드를 발견했다.

"무슨 일이야? 왜 울고 있어?"

아흐마드는 얼굴을 가리고 말없이 울었다. 이사가 말했다.

"야, 아흐마드. 부끄럽지도 않냐! 무슨 문제인지 털어놔 봐."

아흐마드는 대답하지 않았다. 흐느낌은 이어졌고 눈물은 양 뺨을 타고 흘렀다. 눈물에선 짜고도 씁쓸한 맛이 났다. 고양이가 입가를 핥고, 귀여운 앞발로 닦았던 것이 떠올랐다. 부드러운 벨벳 같고 공이나 스펀지처럼 푹신푹신한 발이었다. 아버지에게 말했었다. "고양이 발을 좀 보세요. 푹신한 것이 마치 스펀지 같지 않나요?" 아버지가 말했다. "오냐, 신이 그렇게 만들어주신 것이지. 당신의 형상을 따라 인간을 창조하셨고, 피와 살로 동물을 창조하셨다. 하지만 영혼은 없이 만드셨지."

"영혼 없이 창조했다니, 무슨 말씀이세요? 인간에게 영혼이 있듯 고양이도 영혼이 있어요. 수아드한테 물어보세요."

"수아드가 누구냐?"

아버지가 물었다.

"이 바보자식아!"

마지드가 아흐마드의 말을 가로막았다.

"더 이상 말꼬리 잡고 늘어지지 마."

"왜 말리는 거냐? 어서 말해봐!"

아버지가 물었다.

이제 마지드는 집을 떠난 것이 바로 현실이다. 고양이와 마지드가 떠났다! 그리고 미라도! 아흐마드의 눈에선 눈물이 주룩주룩 흘렀다.

"뚝 그쳐, 아흐마드. 사내 녀석이 되가지곤!" 이사가 말했다.

아흐마드는 대답 없이, 동쪽으로 바라보았다. 이사가 울타리로 더 가까이 다가와서 입구에 손가락을 찔러 넣고 위로하듯 말했다.

"누가 널 때렸니? 아버지가 그랬어?"

대답이 없자, 이사는 다시 말했다.

"아버지가 아니면, 누군지 말해봐. 머리통을 부숴버릴 테니까!"

아흐마드는 여전히 침묵만 일관했고, 이사는 놀리듯이 말했다.

"멍청이 미라 때문이야?"

아흐마드는 고개를 끄덕였다.

"그 바보 같은 애가 새로운 고양이를 데리고 가던데. 하얗고 귀여운 데다 푸른 눈의 토끼 같은 고양이였어."

"새로운 고양이?"

언제 울었냐는 듯 아흐마드가 물었다. 딱 걸렸다는 웃음을 보이며 이사가 대답했다.

"그래, 새로운 고양이."

"푸른 눈이라고?"

"터키석 같았지."

"얼굴은 하얗고?"

"재스민 같았어."

"그리고 야자수 같이 긴 꼬리를 가지고 있고?"

"네가 어떻게 알지?"

이사가 아흐마드를 바라보았다. 울음을 뚝 그친 아흐마드는 화가 머리끝까지 솟구쳤다. 코를 거칠게 닦고 일어나 물었다.

"고양이는 어디 있어?"

이사는 아흐마드의 변화를 눈치 채곤 웃었다.

"그들이 고양이를 옷장 같은 우리에 가둬놨고, 오늘 아침 수의사에게 데려갔어."

"의사한테는 왜?"

"치료를 받아야 된대."

"치료라니?"

"그게 말이지, 고양이를 배를 째고 무언가를 잘라낸다더라."

이사는 손가락으로 배 아래를 절개하는 흉내를 냈다.

"말도 안돼!"

아흐마드가 소리쳤다. 철조망 위로 올라가 큰 소리로 외쳤다.

"미라! 미라!"

"야! 목소리를 낮춰. 제정신이야?"

이에 아랑곳하지 않고 아흐마드가 계속 소리를 지르자, 이사는 일터로 되돌아갔다.

21

이사가 말하길, 유대인들은 고양이를 좋아하며 고양이에게 특별한 수술을 거행한다고 한다. 미라의 이웃집 고양이들은 진작에 의사의 손에 발톱을 뽑혔고 거세를 당했다고 한다. 수컷이 암컷이 되어 버리는 상황이었다. 아흐마드가 더듬으며 말했다.

"하지만 내 고양이는 그냥 고양이가 아닌데? 단순하게 암수로 구분되지 않아."

"똑같아. 수컷이나 암컷이나 마찬가지야."

이사가 농담으로 분위기를 풀어보려 했다.

"그 사람들은 너까지 거세시킬 수도 있어."

아흐마드는 소름이 돋았다. 나는 사람이니 그들의 거세 대상이 아니었기에 거세가 무섭지는 않았다. 하지만 고양이는 어쩌지! 야옹아! 아흐마드는 고양이의 눈과 털을 떠올렸다. 무척 부드럽고 따뜻했으며 고양이의 심장은 물담배처럼 가르랑 소리를 내며 뛰었다. 어린아이 다루듯 고양이를 품에 안은 채 쓰다듬으면 고양이가 손가락을 약하게 깨물곤 했었다. 마치 사랑을 표현하며 "좋아해요. 먹여주고 보살펴주고 어린아이 안듯 품어줘서 당신과 신에게 감사드려요"라고 말하는 것 같았다. 고양이의 눈빛에서 "나의 주인님. 나의 사랑. 나의 아버지. 나의 어머니. 나의 전부여"라는 말을 읽을 수 있었다. 달력 사진 속 바다가 떠오르는 눈빛이었다. 아흐마드가 아버지에게 했던 말이 하나 있었다.

"얼마나 아름답나요. 달 같아요. 눈은 바다에요. 저 눈동자의 섬광을 보세요. 똑똑하긴 또 얼마나 똑똑한데요."

아버지는 웃으며 말했다.

"사람 같이 말이냐? 이런 바보 녀석아, 이건 고양이다. 영혼 없는 한낱 동물에 불과해."

"동물은 영혼도 마음도 없다는 뜻인가요?"

"마음은 있지만 영혼은 없다."

"뭐가 다른 거예요?"

아버지는 대답 대신 지겹다는 듯 손을 내저으며 말했다.

"없다고! 영혼이 없어! 영혼이 없단 말이다."

화가 난 아흐마드가 소리쳤다.

"하지만 고양이에게는 마음이 있어요. 그 차이가 뭔지 말씀해 보시라고요!"

오, 야옹아.

이사가 말하기를, 미라는 고양이 침대로 쓸 바구니와 담요를 장만했다고 한다. 참치 캔, 고양이들이 웃고 있는 포장지로 싸인 비스킷도 샀다고 한다. 그리고 수술만큼은 피할 수 없다고 한다. 미라네 어머니가 수술을 하는 편이 더 청결하고 낫다고 말했다고 한다. "괜히 문제를 만들 필요가 있니? 고양이야 머지않아 새끼를 밸 텐데, 그랬다간 아랍인들처럼 머릿수만 늘어나. 그게 뭐 좋은 일이라고?"

"그 빌어먹을 여편네가 '아랍인들'이라고 말했어. 농담하듯 웃더라."

"넌 가만히 있었니?"

"아무 말도 안 했어. 내가 뭐 할 말이 있었겠냐."

"그래도 그런 소리를 들었잖아."

"그래, 들었지. 잘 들었지. 하지만 입 다물고 있었어."

"아무 말도 하지 않았어?"

"무슨 말을 하냔 말이야? 해야 되는 말이 뭔지 어디 말해봐."

"됐어. 야옹이는 어땠어?"

"야옹이 좋아하네. 실없는 바보 같은 얘기는 필요 없어. 난 다시 일하러 가야겠다."

이사는 일터로 향했다. 아흐마드는 바위 위에 앉아 저만치 먼 곳을 바라봤다. 병원에서 날카로운 메스로 유린당하고, 찢기고, 갈기갈기 만신창이가 된 고양이를 생각했다. 겁에 질린 눈으로 울면서 아흐마드를 찾으려 두리번대는, 아흐마드의 애정어린 손길을 갈구하는 고양이를 상상했다. 그동안 어떻게 고양이를 키웠던가? 새끼

때 먹인 우유가 얼마큼이고, 먹기 좋게끔 나눠준 빵이 얼마큼이었나. 그런 고양이가 자라서 고기와 닭뼈도 먹게 되었다. 비록 참치 캔이나 그림이 그려진 작은 비스킷이나 잠자리로 쓸 만한 바구니를 사준 적은 없었지만, 자신 몫의 밥을 덜어 주며 키운 고양이다. 고양이는 아흐마드와 같이 침대에서 자곤 했다. 고양이는 사람이면서 미라이기도 했다. 하지만 사이가 멀어진 미라는 더 이상 사랑스럽지 않았다. 키르얏 샤이바 정착촌의 어린 주민에 불과했다. 더 이상 미라를 떠올리고 싶지 않았다. 미라를 싫어하지는 않았다. 아니, 싫어했다. 미라가 어떤 의미인지 알 수 없었다.

이사가 말하기를, 미라가 야옹이를 큰 우리에 가둬놨다고 한다. 고양이들의 귀소본능 때문이라고, 미라 엄마와 다른 사람들이 말했다고 한다.

"그런데 말이야."

"왜?"

"갇혀 있는 야옹이의 수술이 목요일에 잡혀 있어."

아흐마드는 초주검이 되어 집으로 돌아왔다. 어떻게 하지? 무슨 말을 누구에게 해야 하지? 아버지한테? 미라가 고양이를 키르얏 샤이바로 데려가 우리에 가둬놨다고? 미라가 누구냐고 물으시면 어쩌지. 고양이가 키르얏 샤이바에 어떻게 갔다고 하지? 아버지한테 이실직고해야 하나? 미라랑 곧잘 만났고, 미라가 아흐마드와 놀고 싶어서 울타리 아래를 기었던 일을? 아버지는 아마 역정을 낼 터. "뭐라고, 이놈의 자식아. 그 계집애랑 놀았다고? 이 세상의 오물 같은 계집애랑?" 아냐, 말을 말아야겠다. 이미 충분히 엉망진창이다. 마지드 형이라면 어떻게 했을까? 형이 가출만 안 했어도 좋았을 텐데. 동생의 마음을 잘 이해해주는 형이 직접 고양이를 되찾아왔겠지. 형은 거기서 일도 해봤고 히브리어, 영어도 하니까. 하지만 형은 로마로 가버렸다. 이사는 일하느라 정신없는 데다, 고양이든 뭐든지 간에 대수롭지 않게 생각할 걸.

이튿날 아흐마드가 이사에게 말했다.

"고양이가 보고 싶어. 날 데리고 가 줘."

이사는 한사코 거절했지만, 카메라를 슬쩍 보고는 싱긋 웃었다. 아흐마드는 카메라를 겨드랑이 사이로 숨겼다.

"시계는 어때."

이사가 말했다.

"그래, 줄게. 끝내주는 스위스제인 데다 방수도 되는 디지털시계야."

아흐마드가 말했다.

이사는 생각을 해 보더니 협상을 했다.

"시계에 선글라스까지 줘."

아흐마드가 선글라스를 벗고 시계를 풀었다. 이걸로 합의가 이뤄졌다.

22

선글라스를 벗으니 스포트라이트처럼 강력한 햇빛과 작열하는 하늘에 앞이 안 보이는 듯했다. 오래된 목초지와 마른 가시덤불 위로 유리잔에 새겨진 물결 모양처럼 아지랑이가 피었다. 두 눈을 감고, 바다의 색채를 상상하다가, 고양이는 피와 살로 만들어졌지만 영혼이 없다던 아버지의 말을 떠올렸다. 아니야, 어떻게 영혼이 없겠어? 야옹이는 사람 같은 존재인데. 똑똑하고, 아흐마드의 마음을 이해하고, 대화하며, 아흐마드를 부르고, 눈 너머로 사람의 시선을 느낄 수 있는데.

이사는 사람들이 자고 있는 한밤중에 고양이가 갇혀있는 곳으로 아흐마드를 데려가 주겠다고 했다. 울타리의 출입구는 경비가 삼엄했지만, 아흐마드는 미라와 보보가 파놓은 구멍을 충분히 통과할 수 있었다. 그 구멍으로 한밤중에 침투하기로 했다. 그러고는 길을 따라 이동해 올리브나무 뒤편에 있는 온실과 동물 우리로 향하는 것이다.

"하지만 아버지는 어쩌고? 만약에 아버지가 아시면 어떡할래?"

"내가 알아서 할게."

아흐마드가 말했다.

"아무 소리도 안 낼 수 있어?"

아흐마드는 고개를 끄덕였다.

"고양이는 안 데려 올 거니?"

아흐마드는 대답하지 않았다. 이사가 아흐마드를 물끄러미 보고 인상을 쓰며 말했다.

"아흐마드, 정착민들은 악마야. 모두 소총, 권총, 기관총을 가지고 있어. 그런 건 꿈도 꾸지 마라, 절대로!"

아흐마드는 고개를 끄덕였고 눈을 감았다. 이사가 집요하게 압박했다.

"맹세해! 맹세하라고!"

아흐마드는 잠시 생각에 빠졌다. 고양이를 데리고 오진 않겠다. 우리 문을 열어 놓으면 고양이는 알아서 아흐마드에게 돌아올 것이다.

"맹세해! 맹세한다고!"

"신을 걸고 맹세해. 그래. 맹세해!"

이사는 아흐마드와 시계, 카메라를 번갈아 보면서 미소를 지었다.

23

아흐마드는 고양이처럼 살금살금 집을 빠져 나왔다. 부드럽고 푹신한 발바닥을 가진 고양이가 된 자신의 모습을 상상하면서, 처음에는 두 팔과 두 다리로, 나중에는 두 발로, 그리고 나서는 미친 사람처럼 달렸다. 귀신, 악령, 식인귀, 정령, 유령이 뇌리 속에서 떠나지 않았다. 아흐마드의 어머니는 아들에게 귀신 이야기를 많이 해줬다.

어둠과 밤은 기묘하게도 무서웠다. 밤이란 무서운 침묵이었다. 달빛, 그림자, 가시덤불, 들개들의 짖는 소리, 엔진 소리도 그랬다. 웅웅대는 소리가 언덕에 갈수록 선명해졌다. 전깃불과 가로등으로 빛나는 정착촌이 보였다. 가시로 감긴 울타리와 파이프, 기다란 막대와 안테나가 여기저기 있었다. 이사가 말하길, 레이더는 소리를 감지한다고 한다. 아버지는 형상을 감지한다고 했었는데 누구 말이 옳을까? 당연히 아버지의 말이 옳다. 그래서 아흐마드가 고양이처럼 신경을 잔뜩 곤두세운 채 살금살금 움직였던 것이다. 정착민들은 모두 어깨에 기관총을 멘 악마였다. 이사는 시계를 만지작대며 미소를 지었다. "걱정 마." 확신에 찬 목소리였다. "내가 그들을 알지. 그래도 고양이를 데려오지 않겠다고 맹세해." 아흐마드가 맹세했다. 맹세가 거짓이 아니라는 확신이 있었다. 사실이니까. 고양이를 데리러 가는 것이 아니었다. 그저 우리 문을 열어 고양이를 내보내면, 자유의 몸이 된 고양이가 알아서 아흐마드에게 돌아올 것이다.

"이봐, 아흐마드."

이사가 속삭였다.

"왜 그리 늦어? 얼른 와. 이제 들어간다."

미라와 개가 나왔던 철조망 귀퉁이를 이사가 들어올렸다. 아흐마드는 고양이처럼 바닥을 기었다. 아흐마드의 정신과 감각은 고양이에게 완전히 사로잡혀 있었다. 그의 시선에서 고양이가 없던 적이 없었다. 푸른 눈, 만졌을 때의 촉감, 사랑의 속삭임, 품에 안고 있는 고양이가 평화롭게 잠들어 있던 모습. 그리움이 벅차오르며 미칠 것만 같았다. 위험과 탐조등, 적의 울타리, 장총과 미라를 전부 잊었다. 미라는 마음에서 떠났고, 더 이상 살구처럼 예쁜 뺨을 가진 친구가 아니었다. 미라도 이제 그들과 한통속이다. 아버지가 했던 말이 있다. "그놈들이 모든 걸 가져갔다. 부디 신께서 그놈들을 데려가시길!" 고양이도 데려가라고 하실까? 텔레비전에 나오는 부상자처럼 고양이가 수술을 받는 장면을 떠올려봤다. 피, 경찰과 자동차들, 앰뷸런스, 경찰견, 굴과 바위틈과 수풀을 수색하도록 훈련된 개들. 무서웠다. 심장이 마구 요동쳤다. 다리는 후들거렸고 앞이 깜깜했다. 눈도 귀도 멀어버리고 세상이 흔들리는 듯했다. 전조등이 보였다. 전조등이 아흐마드의 그림자를 비추는 바람에 그는 바닥에 몸을 날리고는 훌쩍였다. 그런 아흐마드의 어깨를 이사가 잡아채고 셔츠를 강하게 끌어당겼다. "오, 제발, 신이시여, 맙소사." 아흐마드가 꼼짝도 하지 않자 이사가 말했다. "어서, 어서. 안으로 들어가고 싶잖아. 아니면 돌아가고 싶어?" 이사가 어둠 속에서 아흐마드를 바라보며 경고하듯 손가락을 들어올렸다. "그래도 시계는 내 꺼야." 아흐마드는 얼굴을 흙바닥에 묻었다. 이사가 다시 말했다. "고양이 보고 싶어, 안 보고 싶어?" 아흐마드가 말했다. "고양이 보러 가겠대도. 대신 숨 좀 돌리자." 심호흡을 크게 들이키니 갈증이 느껴지며 구역질이 났다. 머리는 어지럽고 몸은 우유처럼 흘러내리는 기분이었다. 두 눈은 피곤과 계속되는 공포에 흐릿해졌다.

이사가 속삭였다.

"저기 고양이가 있어. 저기에 있는 막사 안에. 됐다, 도착했어."

아흐마드가 고개를 들었다. 이사를 보며 말했다. 피곤했다.

"막사가 어디에 있는데?"

이사가 앞을 가리켰다. 그리고 확신에 차 말했다.

"응, 다 왔어. 고양이가 앉아서 기다리고 있어."

아흐마드가 놀라서 물었다.

"고양이가 앉아서 기다리고 있다고?"

이사가 웃으며 아흐마드의 겁이 달아날 만한 이야기를 했다.

"고양이한테 우리가 가고 있다고 말하니까 좋아하더라."

아흐마드는 웃으며 속삭였다.

"좋아했다고?"

이사가 농담을 던졌다.

"물론 너한테 말한 그대로지. 고양이한테 우리가 갈 거라고 하니까 서두르라던데."

"서두르라고 했다고?"

이사는 대답 대신 아흐마드의 어깨를 강하게 잡아 당겼다. 아흐마드는 무릎을 짚고 일어나 몇 걸음 이동했다. 올리브나무 아래에 숨었다가 거대한 막사의 그림자로 이동했다. 동물이나 거름에서 나는 퀴퀴한 냄새가 났다. 고개를 들어보니 창문과 근처 막사에서 흘러나오는 빛이 보였다. 이사가 손가락으로 가리키며 조용히 속삭였다.

"봤어? 봤어? 고양이가 저기 있어."

아흐마드가 창문으로 건물 안을 들여다보았다. 개와 고양이, 새, 거북이 들어있는 철창이 가득했다. 아흐마드는 놀라서 여기가 어딘지 물었다.

"동물 병원이자 보호소야. 고양이도 있고. 네 야옹이는 봤어?"

"못 봤어."

"여기 우리 안에, 봤어? 보여?"

"아니 안 보여."

"그럼, 이리와. 들어가 보자."

사실 창문 너머로 고양이가 보였지만 못 본 척했다. 이사가 "이제 됐지?" 하고 약속을 지켰다고 우기지 않도록 고양이를 못 봤다고 대답했다. 더 가까이서 고양이를 쓰다듬고 우리에서 풀어주기 전까지는 안 된다. 그렇게 풀어주고 나면 나에게로 돌아올 것이다. 달력 속 바다의 색을 지닌 고양이의 눈이 떠올랐다. 바다의 색이자 에메랄드와 사파이어의 색. 깊은 푸른색에 연한 초록이 섞인 색. 고양이가 겁을 먹고 울어대는 모습이 그려졌다. 칼날과 수술을 피해 바다을 기어 숨겠지. 만약 아흐마드가 곁에 있었다면, 바로 그에게 와서 메스로부터 보호해 달라 할 것이다. 오늘이 지나면 고양이는 새끼를 낳을 수 없는 몸이 된다. 심지어 수술 중에 죽을 수도 있다. 오늘이 지나면 고양이의 두 눈을 볼 수 없다. 죽을 거다. 야옹이가 죽는다. 눈물이 흘렀다. 야옹아, 예쁜 야옹아. 내가 왔다. 내가 왔어! 아흐마드는 이사에게 결연에 찬 말투로 말했다. "그래, 들어가자."

이사가 아흐마드의 손을 붙잡아 당기고 조심스럽게 속삭였다.

"무슨 소리가 들리는데, 꼼짝하지 말아 봐."

순간 아흐마드의 몸이 굳어버렸다. 심장이 쿵쾅대고 눈물이 쏙 들어갔지만, 이사가 다시 들어가자고 할 때 까지는 한 걸음도 움직이지 않았다. "가자, 안으로 들어가자고." 이사의 뒤를 따라 막사의 문을 열었다. 끼익, 하는 소리와 함께 문이 열렸다. 강아지들이 짖으니 큰 개들까지 죄다 짖기 시작했다. 이사가 아흐마드를 붙잡고 강경하게 말했다. "돌아가자, 돌아가." 아흐마드는 이사의 손을 뿌리치고 우리로 향했다. 이사는 아흐마드를 저지하며 헐떡거리는 목소리로 말했다. "경비가 있어! 이 바보야!" 아흐마드는 이사의 손에서 빠져나가려 저항했다. 한 점의 흔들림도 없이 고양이를 바라보았다. 하지만 고양이는 멍하게 저만치 먼 곳만을 바라보았다. 고양이도 아흐마드처럼 무서웠을까? 동물이 지진 같은 위험을 감지하는 본능이 발동한 거였을까?

"야옹아!" 이름을 불러도 고양이는 반응 없이 먼 곳만을 응시했다. 아흐마드의 목소리를 들은 개들이 더 크게 짖었다. 사람들의 웅성거림도 들려왔다. 이사의 만류에도 아흐마드가 외쳤다. "문! 문을 열어야 해!" 이사는 아흐마드의 머리를 손으로 후려쳤고 완전히 제정신이 아닌 듯했다. 그럼에도 불구하고 아흐마드가 소리쳤다. "우리를 열어야 해!" 하지만 고양이의 우리를 열 수 없었다. 열린 것은 막사의 문이었다. 활짝 열린 문으로 경비요원들이 들어왔다.

난리도 보통 난리가 아니었다. 머리와 얼굴, 눈을 얻어맞았고, 군인들은 욕지거리를 내뱉었으며, 이사는 비명을 질렀고, 개들은 짖어댔다. 탐조등이 작동되었다. 군용 차량이 보였고 경보 사이렌이 울렸다. 집집마다 창문은 열려있었고 휘파람 부는 소리가 들렸다. 대포와 기관총이 배치되어 있는 집들 앞에는 사람들이 나와 있었다. 잠옷 차림의 남자들은 무기를 들고 있었고 탐조등 불빛에 무기가 번뜩였다. 미라도 있었다. 주름진 짧은 잠옷 원피스를 입고 겁에 질려 서 있었다. 괴로워진 마음으로 아흐마드가 흐느꼈다. "미라!" 힘없는 외침과 함께 호각 소리가 들렸다.

24

길고 긴 분리장벽이 거리와 거리를 갈라놓았고, 도시는 고립된 우리 수준이었다. 모든 도시는 경찰과 탱크에 포위당한 거대한 빈민가가 되었다. 도시 입구는 참호와 오물더미, 경비초소로 막혔다. 경비초소에서 청년들은 목숨을 잃었고, 여자들은 새 생명을 낳았으며, 병자들은 숨을 거뒀다. 저격수의 총격사건과 시위가 일어났고 노동자들은 가택연금을 당하며 생계수단을 잃었다. 차량 통행이 여의치 않아지자 사람들은 당나귀 마차와 수레를 타고 산길을 넘었다. 세계화와 이스라엘의 습격 이후로 동물을 타고 이동하는 것은 일종의 유행이었다.

하지만 우리의 특파원 파델 알캇삼은 언론과 방송 덕분에 자기 자신과 폭스바겐 자동차를 건사할 수 있었다. 차에는 언론인이라는 표시가 붙어있었고, 카피예를 후방 유리 쪽에 진열해 돌이나 총탄이 날아오는 일을 미연에 방지했다. 특파원 파델 알캇삼과 그의 가족은 외국인, 주요 방송국 카메라맨들만이 몰 수 있는 언론용 차량을 보유했었기에 완전히 고립된 것은 아니었다. 하지만 아들이 바보 같은 짓을 저지른 후로 다른 도시로의 이동이 금지되었다. 남들과 똑같이 분리장벽이라는 이름의 우리에 갇혔다. 그는 체면 불구하고 아들 마지드에게 연락했다. 당시 마지드는 신문, 라디오, 텔레비전에서 동생 아흐마드와 사촌 이사가 키르얏 샤이바 정착촌에 침입해 지뢰를 심으려는 무모한 작전을 감행했다는 소식을 들었다. 둘은 이스라엘의 감옥에서 온갖 심문과 고문을 당했다고 한다. 파델 알캇삼이 아들에게 전한 이야기는 다음과 같았다. "아흐마드 문제를 담당해줄 사람이 무능한 데다 연락책도 없다. 앞잡이와 군대 사이를 오갈 재주도 없다. 그 바람에 아흐마드를 구출하기가 힘들 것으로 보인다. 네게 동생을 맡겼었으니까 네가 무슨 수든 써봐라." 마지드는 즉각 행동에 들어갔다. 알와시미에게 가서 아흐마드의 일을 중재할 생각이었다. 동생과 포도와 야생오이를 대접받았던 곳에 알와시미가 있었다.

알와시미는 마지드가 이탈리아 유학에 대해 물어보러 온 줄 알았다. 어떻게든 유학을 보내주긴 하겠으나 몇 주, 몇 달 뒤일지 정확히는 모르겠다는 말로 마지드를 안심시키려 했다. 유수 대학의 졸업생이 될 테니, 괜히 지금 허송세월 보내느라 기운 빼지 말라는 뜻이었다.

마지드는 잠자코 알와시미의 말을 듣고 있었다. 자신이 말을 꺼낼 틈을 기다리고 있었지만, 그전에 먼저 알와시미가 심각한 질문을 꺼냈다.

"듣자 하니, 자네 동생이 키르얏샤이바에 지뢰를 묻으려 했다면서?

마지드가 격앙된 목소리로 외쳤다.

"그렇지 않아요. 사실이 아니라고요. 지어낸 이야기에요."

알와시미는 비웃었다.

"진정해. 어떻게 그리 확신할 수 있지?"

온몸 구석구석까지 분노로 떨며 마지드가 맹세했다.

"신에게 맹세해요! 제 어머니를 걸고 맹세해요!"

알와시미는 웃으며 마지드를 진정시키려 했다.

"어머니까지 걸 필요가 있겠나. 문제는 자네 동생이다. 그것 참 알수 없는 일이야. 누가 배후고 어떻게 이뤄진 일인지 알게 되는 상황을 가정해보면 어떨까?"

"무슨 말씀이세요?"

"말 그대로다. 누가 배후고 어떤 방법으로 그런 일을 저질렀느냐는 뜻이다. 이해가 힘든가?"

마지드는 뭐라고 대답을 하려 했지만, 알와시미가 손을 들며 막았다.

"그만, 들어보게나, 마지드. 자네 동생은 어리고, 사람들은 그 애를 비웃고 있어. 하지만 동생 뒤에 어떤 배후가 있는지, 무슨 방법을 썼는지 밝혀지면 동생이 처한 상황을 중재할 수 있어."

마지드가 언성을 높였다.

"아흐마드는 억울해요. 확신할 수 있어요."

알와시미는 웃으며 고개를 젓고 바닥을 바라보았다. 이미 아흐마드는 물론 마지드를 포함한 가족 전부가 혐의가 있었다. 배후가 누구고 무슨 수를 썼냐는 소리로 조사나 하려 드는 이 짐승에게 뭘 바란단 말인가? 심문과 조사를 받고 결국 구타에 고문까지 당하는 동생을 생각하니 혼이 다 빠지는 듯하며 눈물이 차올랐다. 침을 한 번 삼키고 마지드가 말했다.

"신이시여, 신이시여!"

알와시미는 안쓰럽다는 눈빛으로 마지드에게 말했다.

"자네 아버지는 어떡하니. 안쓰럽게도. 재앙 같은 일이야. 집은 또 어떡하고. 그들이 아마도……."

놀란 마지드가 말했다.

"우리 집이 폭격당할 거라는 말씀이세요?"

"가능성이야 어디에든 존재하지. 그래도, 배후와 방법이 뭐였는지 알면 중재가 가능해."

마지드가 이를 꽉 깨물고 물었다.

"제가 무슨 수로 그걸 알아요?"

창백해진 마지드의 얼굴을 바라보며 알와시미가 차분히 말했다.

"네가 아니면 누가 알겠니. 우리는 수수께끼를 풀어야 해."

"어떤 수수께끼요?"

"고양이와 개, 그리고 검고 흰 표범."

마지드가 당황하며 말했다.

"그 새끼 고양이 말씀하시는 거예요?"

알와시미는 대답을 하는 대신, 그저 비열하게 웃었다. 마지드가 애원조로 말했다.

"제 동생은 결백해요. 변호사가 말하기론 큰 문제는 아니래요."

"큰 문제가 아니라고? 지뢰와 수수께끼로 둘러싼 혐의인데다 탄 짐이나 빈라덴이 연루되어있을 수도 있는데?"

"지뢰에 수수께끼에 빈라덴이요? 헛소리 집어치워요!"

마지드가 소리쳤다.

알와시미는 마지드를 바라보았다. 마지드가 언성을 높이며 과한 반응을 보였다. 예의 없는 일개 기타 연주자이자 정원사 따위가 지금 감히 자신에게 헛소리를 하지 말라고 하다니.

알와시미가 무미건조하게 말했다.

"그래, 알았다. 이번 얘기는 잊도록 해라. 유학에 대한 소식이 들어오면 알려주겠다."

마지드는 자리를 박차고 일어섰다. 차가운 물이 머리 위로 쏟아진 기분이 들었고, 힘겹게 숨을 내쉬었다. 알와시미는 그런 마지드를 위 아래로 훑으며, 지루하다는 듯 말했다.

"소식이 있으면 알려주지."

마지드는 재빨리 발걸음을 돌렸다. 발걸음이 점점 더 빨라지다가, 결국 로라 알와시미와 부딪쳤다. 로라는 "안녕"이라고 노래 부르듯 인사했다. 갑작스런 인사에 놀란 마지드가 거리를 두고 말했다.

"비켜. 얼어 죽을 안녕 같은 소리하네. 개 같은 년!"

알와시미의 저택을 떠나던 중 어떤 젊은 남자가 장미와 화초에 물을 주며 포도에 농약을 치고 있었다. 분노가 이글대는 시선으로 그 남자를 쳐다보았지만 그는 미소를 지었다. 마지드는 몸을 확 틀어서 빌라 문을 마주 봤다.

"이 집시 창녀의 새끼야! 감히 빈라덴이라고 떠들었지, 빈라덴이라고!"

마지드가 욕설을 퍼부었다.

젊은 남자는 포도에 물을 뿌리다 말고, 다시 한 번 분명한 미소를 보냈다.

25

누군가의 비명소리와 쿵쿵거리고 무언가를 두드리는 소리, 철썩 때리고 흐느끼는 소리에 마지드는 잠에서 깼다. 무슨 일인지 알아보려 정자로 향하는 복도로 나갔다. 단순 강도나 가족 간의 다툼은 분명히 아니었다. 안주인은 아직 캐나다에 있고, 할머니는 여왕 행세에 빠져있었다. 로라 혼자서는 이런 야단법석을 벌이기엔 역부족이었다. 하인과 문지기가 크게 소리치고 있었다. 마지드는 포도 덩굴 아래로 기어가 창가로 향했다. "그들이 죽였어! 그들이 주인님을 죽였어!"라는 소리가 들렸다. 그리고 나서 한밤중인데도 자동차와 구급차 사이렌 소리가 요란했다. 경찰과 안보군이 보였다. 열 명도 넘어 보이는 사람들이 기관총을 들고서 지프차에서 내렸다. "포위하라! 포위하라!"라는 소리가 들렸다. 자신이 유력한 용의자가 될 수 있다는 생각이 머리에 번뜩였다. 마침 몇 시간 전에 있었던 알와시미의 만남은 엉망이었고, 로라한테 욕을 하며 밀치기까지 한 데다, 동생 아흐마드와 이사, 빈라덴과 관련된 모든 일들이 있었다는 것이 떠올랐다. 마지드의 이름이 여러 번 언급되는 것이 들렸다. 어떤 사람이 "마지드가 욕과 저주를 퍼붓더니 빈라덴의 이름까지 입에 올렸어요"라고 말했다. 마지드는 고민할 겨를도 없이 방으로 향해, 옷가지를 챙겨 슬리퍼 차림으로 벚나무 가로 향했다. 잠옷 겉옷은 셔츠로 갈아입었다. 자신을 향해 다가오는 발소리에 가볍게 울타리를 넘었다. 정체를 알 수 없는 손이 재빨리 그를 낚아채 자동차에 태웠다. 한 청년이 "쉿, 조용히 해"라고 말했다. 차는 조용히 거리를 질주하며 계곡과 산길로 향했다. 차는 어느 건물 뒤 작은 차고에서 멈췄다. 손전등을 든 청년 두 명이 차고에서 나와 번호판을 이스라엘의 것으로 바꾸어 달고는 사라졌다. 이렇게 마지드는 도망자, 용의자, 수배대상자가 되었고 혁명대원 무리에 들어갔다. 음악인이었던 청년의 인생의 새로운 페이지가 펼쳐지면서 그의 손에는 기타 대신 기관총이 들린 것이다.

26

"넌 이제 우리 동료다."

혁명대원들이 말했다. 마지드는 곤란한 표정으로 웃었다. 사실 마지드에게 혁명이란 파티나 축제에서 부르는 노래 가사에 불과했다. 관객들의 심장 박동 소리가 느껴지면 더 큰 목소리로 노래했고 온몸이 끓어올랐으며 기타 연주는 번쩍이는 번개 같았다. 아버지가 말했었다. "너는 사람들을 움직이는 힘이 있어." 마지드가 대답했다. "당연하죠." 하지만 속으로는 무엇이 자신을 그렇게 만드는지 알고 있었다. 마리나에 가서 아므르 디압처럼 되고 싶었다. 하지만 지금 그가 있는 곳은 야생과 같은 곳. 수풀과 올리브나무 아래나 산 중턱에 있는 동굴 안에 염소처럼 숨어 있다. 오늘은 여기에 있다가 내일은 저기에 갔다. 소지품과 폭탄, 약간의 다이너마이트를 짊어지고 밤중에 산길을 걸었다. 마지드와 혁명대원들은 이따금 군용차를 폭파하거나 폭발물을 설치했고, 정착촌에 잠입해 발전소나 가스탱크를 폭파하기도 했다. 그러면서도 그들은 속으로는 이스라엘 군이 자기네들보다 더 강력하다는 것을 알고 있었다. 이스라엘 외무장관 슐로모 벤 아미가 런던에서 워싱턴에 이어 모스크바까지 전세계의 정상회담을 지배하고 있다. 모스크바는 사라졌고, 전세계가 사라졌다. 오직 쿠바만이 남았지만 팔레스타인처럼 포위당한 신세다. 레닌도 스탈린도 떠났다. 그들이 남긴 것은 혼란뿐이었으며, 저울이 추락하면서 균형과 중심이 깨졌고 우리는 내기에서 패배했다. 얻은 것이라고는 불행, 미망인, 고아, 앞잡이, 엄청난 수의 군인뿐이다. 이전에 알와시미 같은 사람은 그 하나에 불과했으나, 지금은 제이, 제삼의 알와시미가 넘친다. 터번을 쓴 조직원들과 메카 순례자들, 상인들. 수백만의 우리는 목동을 잃은 양과 다름없는 고아 신세다. 빌어먹을 나라 같으니!

동굴 속 불빛 아래에서 그분이 말씀하셨다. "읽어라." 그는 웃으며 대답했다. "저는 읽을 수가 없습니다." 그분이 다시 말씀하셨다. "읽어라!" 턱수염과 손에 수북한 털로 석기시대의 원시인 같은 이들이 보였다. 그들은 순례자처럼 신에게 기도해도, 신은 우리가 무엇을 해야 되는지 묻는 질문을 듣지 못하신다. 다시 음성이 들렸다. "우주, 자연, 인간의 문제, 시장의 흐름을 알려면 읽어라." 오늘은 오르고 내일은 떨어지는 그런 흐름 속에 그대가 할 일은 단지 보이지 않는 것에 돈을 거는 것. 보이지 않는 것에 도박을 한다고? 무슨 도박을? 그들이 말했다. "그럼 대안이 있는가?" 무용지물인 지식에 도박을 한다. 무용지물인 이해를 두고 도박을 한다. 진실과 양심을 걸고 도박을 한다. 그리고 우리가 얻은 것은 숲과 우상 숭배자들과 주식시장뿐이다. 하지만 우리에겐 핵이나 히로시마보다도 더 강력하고 조지 부시보다도 막강한 것이 있다.

그것은 뭘까. 무엇이 부시보다도 훨씬 강력한 걸까?

"신앙."

그들이 말했다. 읽고 또 읽어라, 그리고 신에게 기도하라. 우리에게 승리를 내리시고 그들을 물리치신다.

마지드는 아무 말 없이 고개를 끄덕였다. 씁쓸한 말투로 되뇌었
다. "신께서 그대들을 승리로 이끈다면, 그 누구도 대적할 수 없겠군
요." 동굴에서 나오니 아파치 헬기가 보였다. 헬기가 폭격을 하며 마
을과 도시가 쑥대밭이 되었고 유혈이 낭자했다. 고개를 들어 신에게
말했다. 다섯 번의 기도, 아니 그 이상이 필요한가요? 어떻게 해야
당신을 만족시킬 수 있습니까? 대답은 들리지 않았다. 마지드는 동
굴 바깥쪽에 매트를 깔고 누워서 하늘을 바라보았다. "당신이 용서
해도, 나는 절대 용서할 수 없습니다. 지금까지 당신이 지배를 했다
면, 이젠 내가 지배하겠습니다." 그리고 마지드는 두 눈을 감았다.

27

아흐마드가 벌떡 일어났다. "마지드 형!" 어머니는 한숨을 내쉬었
고, 문을 열어주던 아버지의 얼굴은 창백해졌다.

아버지는 아들을 안고 눈물을 흘렸지만, 아들은 울지 않았다. 집
안을 둘러보았다. 텔레비전, 소파, 식탁, 예루살렘 포스터. 마지드는
어머니의 얼굴을 살펴보았다. 정말 자신을 반기는지, 평소처럼 아들
걱정에 씩씩대고 계신지. 겁에 질린 목소리로 어머니가 말했다. "어
서 오너라!" 그러고는 소파 가장자리에 웅크리고 앉았다. 아버지가

말했다. "이 녀석 먹을 식사 좀 차려와." 어머니는 무거운 발걸음을 옮기며 형제가 서로 반갑게 인사를 나누는지 보았지만, 그들은 서로를 향한 일말의 애정도 보이지 않았다.

형제는 소파에, 아버지는 텔레비전 앞 자신 전용 의자에 앉았다. 아버지는 두 아들을 조심스레 바라보았다. 둘은 비밀스럽고 수상쩍은 조화를 이루고 있었다. 형제는 서로에 대해 무관심한 듯, 포옹도, 악수도, 보고 싶었다는 말도 없었다. 아흐마드는 놀라지도 않았고 눈 한번 깜빡이지도 않았다. 어딘가를 멀뚱히 바라보며 이어폰을 꽂고 아무 반응도 없었다.

아흐마드는 변했다. 진지해졌고, 침착하고 무게 있게 이야기를 했다. 마지드도 이전과 달랐다. 짧아진 머리카락은 푸석했다. 옷차림은 지저분했고, 얼굴은 햇볕에 타 가무잡잡했다.

아버지가 걱정과 시름에 차 말했다. "이상한 세상이다. 누굴 믿는단 말이냐?"

마지드가 고개를 숙였다. 그리고 진지함을 담아 심각하게 말했다.

"아버지, 상황은 더 나빠졌어요."

아버지가 절망스럽게 대답했다.

"여기서 더 나빠졌다는 게냐?"

"많이요. 훨씬 더 나빠요."

마지드는 신경질적으로 주변을 둘러보고는 불안하게 말했다.

"군인, 탱크, 수천 명의 예비군이 배치된 상태예요. 본인 몸은 알아서 챙기셔야 해요."

아버지는 씁쓸하게 웃었다.

"어떻게? 무슨 준비를 해야 하니? 우리에겐 군대도 무기도 없고 기댈 곳조차 없잖니. 어쩌란 말이냐?"

마지드는 어쩔 줄을 모르겠다는 식으로 손을 뻗었다.

"식량을 준비하세요. 쌀, 설탕, 밀가루, 기름 같은 것들이요."

"앞으로 더 상황이 나빠진다는 뜻이니?" 아버지가 다시 속삭였다. 남들이 처한 처지가 떠올랐다. 매일 아침 수천 명의 노동자들이 정부 청사 앞에서 일과 식량을 요구하며 줄을 서 있었다. 분리장벽은 자원의 씨를 말렸고 밥벌이를 끊어 놓았다. 이스라엘과 서안지구 등 모든 곳의 인력시장의 문이 꽁꽁 걸어 잠겼다. 탱크가 도시를 둘러싸고 있어서 고양이나 개가 통과할 작은 틈조차 없었다. 검문소에서는 매일같이 충돌이 일어났다. 모든 마을과 도시가 같은 상황이었다. 밤낮으로 새로운 순교자가 탄생하며 장례식이 열렸다. 분노한 청년들은 폭죽소리에 맞춰 구호를 외치고 시위를 했다. 장벽을 탈출하는 일이 너무나도 요원하게 된 것이 더욱 걱정스러웠다. 샤론의 새로운 정부와 극우파는 도시를 공격하겠다고, 사람들을 강제이주시키겠다고 위협하고 있다. 어디로 이주를 시키겠다는 걸까? 이미 아버지는 어릴 적 하이파에서 강제이주를 당했다. 캠프에서 어린 시절을 보내며 껌팔이를 했다. 그곳에서 할아버지가 민트껌 상자 위에 누워 숨을 거두셨다. 강제로 카펫 장사를 관두게 된 뒤 길거리에서 팔았던 그 껌 상자였다. 그리고 지금 아버지는 두 아들이 방황하는 모습을 두 눈으로 보고 있다. 어찌할 방도가 없다. 그의 집안에서 세 세대가 이런 투쟁 속에 살고 죽는 것이었다. 새로운 세대는 방황할 테지. 절망스럽고 불공평한 전쟁이다. 늪처럼 헤어 나올 수 없는 소용돌이. 값싸진 죽음으로는 보상조차 받을 수 없다. 과연 이 많은 청년들이 권력 앞에서 어찌할 수가 있긴 할까? 전투기, 대포, 미사일로 무장한 권력 앞에서, 미국에서 만들어진 최신 무기와 살상 도구 앞에서, 이 청년들이 뭘 할 수 있을까? 죽음과 순교가 무슨 소용일까? 대가도 보상도 받지 못하는 개죽음일 뿐.

아버지가 갑작스럽게 말했다.

"조심해라."

마지드는 아흐마드를 쳐다보았다. 둘은 아무 말도 하지 않았다. 아버지의 처지가 곤란해진 이유가 하나 더 있었다. 먹고 살 길이 급급해지다 보니 사람들이 더 이상 책을 사지 않았던 것이다. 텔레비전 뉴스가 더 많은 소식을 더 빠르게 전달하니 『알꾸드스 신문』은 예전같이 팔리지 않았다. 안보군이 매일같이 또는 이삼 일에 한 번씩 민가를 습격했다. 유대인들이 갑자기 서안지구로 이동하면 폭격이 있을 가능성이 상당히 높아졌다. 그러니 이보다 상황이 더 나빠진다면 아버지가 어떻게 견딜 수 있을까? 형제는 의심과 다정함이 뒤섞인 눈빛을 주고받았다. 아버지가 화를 내며 마지드를 손으로 가리키며 말했다.

"난 장님이 아니다! 이 빌어먹을 자식아."

아흐마드가 놀라울 만큼 재빠르게 끼어들었다. 말을 더듬지도 않았다.

"전 더 이상 어린애가 아니에요. 형무소에서 어른이 되었어요."

처음으로 보는 아들의 말을 더듬지도 망설이지도 않는 모습에 놀란 아버지는 감옥 또는 무언가가 아들을 변화시켰다고 생각했다.

"그래도 넌 여전히 어린애야. 어제만 해도 넌 반바지 차림으로 고양이랑 놀고 그림을 그렸잖니. 어떻게, 어째서 변했니?"

그리고 아버지가 마지드를 가리켰다.

"다 너 때문이다."

마지드는 아버지의 무릎에 손을 올리며 말했다.

"무엇이 잘못되었는데요, 아버지? 아버지는 변했어요!"

"마지드, 난 아버지지만 동시에 사람이란다."

아흐마드가 물었다.

"아버지, 우리는 어떻게 해야 될까요? 말씀해 주세요. 우리가 뭘 해야 하죠?"

아흐마드의 질문에 놀라며, 아버지는 자신의 가정과 자식들에 대한 걱정이 들었다. 자신이 썼던 것들과 마지드에게 시킨 일들이 생각났다. "아흐마드를 데려가서 이것저것 알려줘라"라고 말했었지. 둘째가 계집애 같고 근육도 없다고 웃음거리로 만들었다. 연약하고 수줍음 많고 말도 더듬어서 이 세상에서 어찌 살아갈까 하는 걱정이 들었던 아들. 대체 무슨 일이 벌어졌고, 무엇이 변했을까?

약간의 침묵 흐른 뒤, 마지드가 말했다.

"이게 우리의 운명이에요."

창백한 미소를 지으며 슬피 말을 더했다.

"장송곡이 흐르면 우린 그 노래에 맞춰 춤을 춰야 해요."

아버지는 충격에 빠져, 국기와 꽃을 수의처럼 몸에 감고 사람들에게 실려가는 장면을 상상했다. 나이에 상관없이 순교자와 희생자들은 이런 대우를 받았다. 대체 왜 죽어야 할까? 죽음, 방황, 군인이나 경찰에게서 도망치는 일을 빼고는 도리가 없는가?

아버지는 설득력을 담아 차분하게 말했다.

"자수해라. 네가 무죄라는 걸 증명해."

형제는 의심 담긴 눈빛을 주고받았다. 아버지가 날카롭게 말했다.

"네가 결백하다면, 자수하란 말이다."

마지드가 웃으며 물었다.

"살인자가 누구냐고 물으면요?"

아버지는 대답이 없었고, 마지드는 언성을 높였다.

"누가 죽였는지 말해야 하나요?"

여전히 아버지가 묵묵부답이자, 마지드가 말했다.

"제가 자수를 하면 당연히 조사가 진행될 거예요. 고문당할 수도 있어요. 저를 굴복시킬 수도 있어요. 아버지가 책임질 수 있어요?"

아버지는 대답하지 않았다. 다시 마지드가 물었다.

"책임질 수 있어요?"

아버지가 힘겹게 입을 열었다.

"네 인생과 젊음과 미래를 다 망칠 셈이냐?"

마지드는 목소리를 낮추고, 부드럽게 되물었다.

"제가 뭘 했는데요? 어디 한 번 제가 뭘 했는지 말씀해보세요."

아버지는 대답하지 않았다. 혼란과 공포에 도저히 생각을 바로잡을 수가 없었다. 정신이 마비되는 듯했다. 자신은 아들이 다른 사람들, 그들의 자녀들을 밀고하길 바랐던 걸까?

아버지가 아들의 두 손을 잡고 애원했다.

"날 보거라."

아들은 아직 아버지의 의중을 헤아리지 못하고 있었다. 아버지가 다시 말했다.

"똑똑히 날 봐라. 그리고 사실을 말해. 네 엄마를 걸고."

마지드는 강인함을 잃어버린 아버지를 측은하게 바라보았다. 아버지의 상황이 힘들어지기 시작했다는 뜻이었다.

"제대로 날 봐라. 네 엄마를 걸고 말해. 네가 죽였니?"

마지드는 고개를 저었다.

"알와시미는 죽이지 않았어요."

아버지가 소리쳤다.

"그러면 누구를 죽였니?"

아들은 대답하지 않았다. 아버지는 다시 물었다.

"나는 네 아버지다. 제대로 털어놔 봐."

아들은 대답하지 않았다. 아버지의 손을 놓고, 문으로 향했다. 동생이 형의 뒤를 따랐다. 마지드는 문 앞에 서서 아버지를 바라봤다. 그리고 진심을 담아 말했다. "아버지, 저를 축복해주세요. 반드시 제가 해야 되는 일이에요."

아버지는 애간장이 저몄다. 운명이란 이미 정해져 있는 것이기에 의심할 여지는 없었다. 아들은 순교자의 길을 걷고 있다. 노래를 흥얼대며 머리 모양을 다듬고 어린애 같던 그 아들이 맞는가? 둘째 아들마저 같은 운명을 기다리고 있다. 장송곡이 흐르면 우리는 그에 맞춰 춤을 춰야 한다는 말이 아들 녀석들의 미래라고? 모든 아이들의 미래라고?

마지드는 얼어붙어있는 아버지를 바라보았다. 감각을 잃은 듯한 아버지에게 말했다.

"아버지, 제게 축복을 빌어주세요."

아버지가 멍하니 중얼거렸다.

"신께서 샤히라의 아들인 너와 함께 하실 것이다."

아내가 뒤에서 외치는 소리가 들렸다.

"내 아들은요?"

"당신 아들도, 마찬가지로."

여전히 얼이 빠진 아버지가 대답했다.

아버지는 쓰러지듯 소파에 앉았다. 아들이 단식투쟁을 하던 때가 생각났다. 아들의 뒤를 쫓아가려 했다. 집 밖에서 웅성거림과 목소리가 들렸다. 그는 다시 자리에 앉아 중얼거렸다.

"모든 아이들이……."

28

도시는 조각조각 나뉘었다. 가족은 그들의 자식을 비롯해 정부와
도 연락할 수단이 없었다. 정부는 계곡에 있었고 청년들은 또 다른
계곡에 있었다. 정부는 미래가 아니라 현재만을 위해 일했다. 가족
들과 그들의 자녀들의 문제는 미래에 해당되었다. 젊은이들에게 무
슨 일이 일어날 것인가? 지금 우리는 오리무중 속이고, 미래는 이프
리트*의 손에 달려 있었다. 상실은 심연과 거친 폭력을 동반했다. 아
흐마드만 해도 여리고 수줍음이 많으며 감수성 넘치는 소년이었지
만, 이제는 더 이상 말을 더듬지도 않았고 부끄러움을 타지도 않는
다. 얌전히 독서, 그림, 마이클 잭슨을 즐기지 않는다. 소년은 의자를
박차고 일어나 집을 나섰고, 한밤중에나 돌아왔다. 무슨 일을 하고
있는 걸까? 어디에 가서 무슨 생각을 하는 걸까? 학업은 어떻게 하
고? 선생이 말했다. "아이가 뒤쳐져 있어요. 당연한 일이긴 해요. 그
경험 때문에 아드님이 너무 빨리 자라버렸어요. 더 이상은 아이가
아니에요. 새로운 소식이라도 좀 있나요?" 아버지는 질문을 이해하
지 못한 척했다. 신중해야 했다. 도시엔 공작원들과 알와시미 일가
사람들 천지였다. 아버지는 애매모호하게 대답했다. "샤론의 당선
외엔 새로운 소식이 없네요. 사브라 샤틸라의 난민촌에서 있던 일**

---

* 이슬람 세계에서 널리 믿고 있는 정령인 진의 일종.
** 1982년 레바논 사브라 샤틸라의 팔레스타인 난민촌에서 800~2,000명의 난민들이

이 우리에게도 벌어질 것 같아요. 신이 우리를 도우시길."

선생님이 나지막하게 말했다. "마지드에 대해 묻는 거예요."

아버지는 선생님을 바라보며 딱딱하게 대답했다. "신이 우리를 도우시기를. 그럼 전 이만." 아버지는 평소와 달리 정중하게 허락을 구하지도 않고 자리를 떴다. 아들이 뭘 하고 있냐고? 공포는 대단했다. 아는 사람이고 모르는 사람이고 모두가 공작원이었다. 누군가의 아들, 상점 주인의 아들, 아부 유스프의 아들이 그랬다. 도넛과 과자 장수, 콩 장수는 광주리를 들고 사람들 주변을 돌아다니며 정보를 캤다. 우리는 찌꺼기이자 쓰레기가 되었다. 그런데도 공격은 그칠 줄을 몰랐다. 주점이 폭격을 당하고 폭발물이 터졌다. 오물과 점령, 감옥이라는 족쇄를 차고 살아온 젊은이들은 폭탄이 되었다. 희망을 찾지 못한 그들은 두 발 달린 폭탄이 되어 적지의 깊숙한 곳을 강타했다. 그렇게 안보군과 예비군, 검문소에 맞서며 일 년이고 삼 년이고 넘도록 이어지는 숨 막히는 봉쇄에 맞섰다.

희망이란 존재하는가? 출구란 과연 있는가?

마지드는 길거리 근처에서 수아드에게 전화를 걸었다.

"준비해. 호송대, 탱크, 예비군 수천 명이 있어."

수아드가 말했다.

"알고 있어."

수아드가 문을 열어주자 마지드는 다락으로 올라갔다.

레바논 기독교 민병대 팔랑헤에 의해 학살당했다.

수아드는 마지드가 처한 상황을 환히 꿰고 있었다. 마지드도 알고 있었다. 하지만 동시에 그는 자신이 평범하고, 노래와 음악을 사랑하는 사람이기를 바랐다. 일말의 따뜻함, 연대감이 필요했다. 가족과 사람의 온기에서 떨어져 살며 마지드는 메마른 사람이 되었다. 마음에는 녹이 슬었고 감정이 말라버렸다. 음악을 향한 희망은 이미 죽었다. 지금은 피바다에 뛰어들어 화산 연기를 들이마시고 있다. 어째서 마지드나 이 세대의 사람들은 더 이상 죽음을 두려워하지 않을까? 점령 속에 태어나 점령하에 자랐고 점령당하며 살았다. 점령이란 모순이었다. 혁명 대 타락, 앞잡이 노릇 대 희생양, 비열함이나 스파이 노릇 대 자폭에 이르는 극한의 희생과 같은 모순. 마지드는 흔들리는 저울 위에 있는 것 같았다. 아니, 아예 저울도 없는 꼴이었다. 균형을 잃고 흔들리는 국가의 일은 이성과 이익에 따라 해결할 수 있겠지만, 이곳에서는 나침반도 없이 방향이 설정되고 있다. "여러분, 저를 홀로 내버려두세요. 제 마음대로 가고 싶어요." 마흐무드 다르위시가 왜 이런 노래를 불렀는지 이해가 되는 대목이다. 그는 요동치는 세대였다. 패배와 자기혐오밖에 몰랐다. 이에 대한 반작용으로 자아는 시와 차오르는 꿈으로 가득하다가 터져버린다.

수아드가 저녁식사를 차려 왔다. 마지드가 식사를 하는 동안 수아드는 다락 가장자리에 앉아 있다가 조심스레 물었다.

"산 정상에 군대와 탱크 불빛이 보여. 나블루스가 포위되어서 고양이가 지나다닐 구멍도 없어. 어떻게 숨어들어온 거야?"

마지드가 음식을 우적우적 씹다가 웃으며 말했다.

"업무상 비밀이야."

마지드는 갑자기 침묵한 뒤, 뒤이어 말했다.

"하늘부터 땅까지 벽을 세운다 해도 우리는 그 자식들을 날려버릴 수 있어."

사람들은 다 자고 있을 시간에 마지드는 식사를 했고, 두 사람은 아무 말도 하지 않았다. 나블루스는 침묵과 불안에 빠져 있었다. 빈자의 굶주림, 청년들의 상실감, 도시 전역을 요격하는 전투기들, 장벽을 허물 수도 미사일에 대응할 수도 없는 사람들은 돌을 던지는 일로는 역부족이라고 믿었다. 새총으로 F-16에 맞설 수 있을까? 이런 이야기가 퍼지면서, 사람들은 시위대나 시위대가 탱크, 전투기, 미사일, '아지자'라는 이름의 탱크 비슷한 운송수단과 맞서는 일을 비웃게 되었다. '아지자'는 핵폭탄으로도 파괴할 수 없다고 했다. 하지만 어떤 사람이 허리에 다이너마이트를 차고 '아지자' 아래로 숨어들어 자폭했고, '아지자'는 두 동강이 났다. 사람들은 새총 대신 다이너마이트와 살아있는 육신만이 해결책임을 받아들였다.

수아드가 말했다.

"나타니아 공격으로 사람들이 많이 죽었어!"

마지드는 고개를 끄덕이고 입을 다문 채 대답이 없었다. 혼란스러운 듯 수아드가 주저하며 말했다.

"민간인이나 여자, 아니 인간에겐 그러면 안 되는데……."

마지드가 말했다.

"우리는 어떤데? 우리는?"

수아드는 침묵했다. 뭐는 허용되고 뭐는 금지된다니 하는 말, 타인의 불행에 쾌감을 느낀다는 사람들의 말에는 진력났다. 타인의 불행을 즐기는 사람이 참으로 많았다. 대부분이 그랬다. 거의 다 고통받고 있었기 때문이었다. 벗어날 수 없는 고통은 연민의 언어를 파괴했다. 이것이 현실이자 삶이었다.

마지드는 다른 주제로 이야기를 전환하려 했다. 즐겁고 재미있는 이야기를 하며 자신의 인간성을 느끼는 행복이 필요했다. 낮에는 숨어 있고 밤에는 잠입하며 사는 꼴은 박쥐가 따로 없었다. 유대인에게는 추격을 당하고, 당국의 수배자 명단에는 마지드의 이름이 올라 있었다. 탄짐은 바드르 알와시미를 포함해 앞잡이들을 살해한 책임을 마지드에게 돌렸다. 다른 작전들에 가담하며 대낮에 햇빛 아래 나가는 건 불가능했다. 그렇게 마지드는 박쥐처럼 살게 되었다.

마지드가 물었다.

"새로운 소식 있어?"

수아드는 마지드가 로라에 대한 소식을 듣고 싶은 줄 알았다. 하지만 마지드가 우울해져 있는 데다 며칠 동안 면도도 못한 상황에서 로라의 이름을 꺼내기가 곤란했다. 예전에 로라 이름을 말하자마자 마지드는 "사람들 소식을 말해줘. 로라는 잊어! 사람들 소식을 묻는 거야!"라고 수아드를 가로막으며 말했었다. 수아드는 가족들, 동네, 이웃 등 다른 사람들의 이야기를 전했다. 로라의 소식은 제외했다. 어째서 로라는 마지드가 말하는 '사람들' 속에 포함되지 않을까? 어떻게 로라를 잊을까? 남자는 그런 마음을 쉽게 잊을 수 있나? 수아드는 자신의 오래되었을지 모를 아름다운 이야기를 기억하고 있다. 마지드는 인간적이며 넘치는 감각과 감정을 지닌 아름다운 영혼으로 남아있었다. 하지만 그랬던 그이는 어디에 있었을까? 사람들은 그가 라말라에 있다고 했었다. 그리고 여전히 멀기만 하다. 그 남자는 수아드가 꿈꿔온 남자였다. 꿈은 언제나 이뤄지지 않았다. 감정은 고인 물과 같았다. 이따금 노래를 들으면 마음이 슬퍼졌다. 특정 향기를 맡으면 그리움이 치솟곤 했다. 텔레비전 속 연인을 보면 마음이 아팠다. 만약 그가 여기 있고 내가 저기 있다면, 내가 떠나지 않았다면, 인연과 사랑이 끝나지 않았다면 어땠을까 하고. 정녕 사랑이 죽을 수 있을까? 그렇지 않아. 죽지 않았다. 그녀는 연인을 잊지 않았다. 어떻게 잊겠는가! 왜 하필 그 남자일까? 남자들은 그들을 가로막는 장벽이 없으니 그리도 만사를 쉽게 잊을까? 내부와 외부의 장벽, 사회의 장벽, 그리고 이스라엘. 남자들에겐 하나의 장벽만이 있지만, 수아드 앞엔 온갖 장벽이 세워져 있었다. 수아드는 마지드가 부러웠다. 기억을 잊고 그것을 대체해버리는 그의 능력이 부러웠다. 마지드의 자라난 수염과 근심 어린 모습을 바라보니 참으로 안쓰럽기도 했다.

수아드가 마지드의 신경을 건드리지 않으려고 조심스럽게 말을 꺼냈다.

"사람들 소식이야 뭐 평소와 같지. 그런데 로라가⋯⋯."

"로라가 뭐?"

"요즘 텔레비전에서 뉴스를 진행해."

마지드는 대답하지 않았다. 수아드는 말했다.

"로라한테는 재능이 있어."

마지드는 수아드를 쳐다보고 무미건조하게 말했다.

"재능이 있다고?"

거리의 가로등 빛이 새어 들어오는 어둠 속에서 수아드가 마지드를 쳐다보고 진지하게 말했다. "로라에겐 재능이 있어. 할 줄 아는 언어도 많고. 인맥도 있는 데다 서구식 매너까지 겸비했잖아."

이런 이야기를 하고 싶지 않았던 마지드는 먼 곳으로 시선을 돌렸다. 그에겐 약점과 같은 주제였다. 흐릿해진 기억 속에서 로라를 지우고 벗어나고 싶었다. 그때의 마지드는 어린아이 같고 철이 없었다. 본인 스스로가 말한 것처럼, 그때의 마지드는 물질, 유명세, 부 앞에서 나약했다. 마지드는 먼 곳을 바라보았고, 이 얘기를 하고 싶지 않았다. 자신에겐 약점이니까. 얼마 안 남은 기억은 그녀를 지우고 잔말 없이 벗어나고 싶어 했다.

수아드가 말했다.

"로라한테 연락이 왔었어. 군인이 곳곳에 배치되어 있대."

마지드가 대답하지 않자, 수아드가 비웃듯이 말했다.

"너에 대해 묻더라."

놀란 마지드는 수아드를 쳐다보았다.

"나에 대해 물어봤다고?"

수아드는 대답하지 않았다. 혼잣말을 읊조리듯, 자신의 양심과 이야기 하듯, 밤의 양심과 이야기하듯 말했다.

"우리 때문에 그 불쌍한 애가 힘들었어. 그 애는 삶의 진정한 의미를 찾으려 했을 뿐이야. 우리 소식이 그 애한테는 도움이 될 수도 있어."

마지드가 반감에 찬 말투로 되뇌었다.

"아니면 우리 소식이 그 애와 우리 모두를 막다른 길로 몰 수도 있지."

마지드는 다른 방향으로 고개를 돌렸다. 마을과 장벽 안을 가득 채우다시피 한 불빛과 첨탑, 가옥들이 보였다. 저 사람들은 불쌍하지만 로라는 그렇지 않아. 로라가 뉴스를 전달한다고? 누가 그 애를 믿을 수 있지?

마지드가 화를 내며 말했다.

"사람들의 소식? 우리 소식? 그 애는 바로 로라 알와시미인데? 세상은 전쟁이야!"

"우리가 전쟁 때문에 냉혹해져야만 하니?"

"물론, 그래야지."

마지드가 날카롭게 대답했다.

"냉혹함은 방어의 수단이야. 적은 기계와도 같아. 지나가는 자리마다 푸른 나뭇잎 하나 남기지 않는 불도저야. 그 앞에서 사람은 개미지. 여기에 맞서려면 더 강해지고 단단해져야만 해. 바위처럼 되어야 해. 바람에 흔들리지 않는 바위처럼."

수아드는 마지드와 산과 사람들의 집에서 새어 나오는 빛을 바라보았다. 산과 산 사이의 골짜기를 바라보았다. 꺼져가는 서편의 보름달은 얼음처럼 차가운 밤하늘에서 빛나고 있었다. 수아드가 말했다.

"적이 기계와 같다고 우리도 기계가 되어야 한다니. 대체 희망이라고는 존재하지 않는 거니?"

29

그들은 동굴에 몸을 숨겼다가 뿔뿔이 흩어졌다. 마지드는 올리브 나무 밑, 무화과나무 그늘로 몸을 숨겼지만, 아파치 헬기는 머리 위를 계속 맴돌았다. 탄환이 빗발쳤고 폭탄이 투하되었다. 그동안 마지드는 골짜기에서 골짜기로, 나무와 돌무더기 속을 뛰어다녔다. 깊은 협곡을 내려다보는 아찔아찔한 절벽에 다다랐다. 하늘에서 가해지는 포격의 위험은 더욱 커져만 갔다. 결국 마지드는 뛰어 올라 가시덤불을 구르며 절벽 아래로 떨어지고는 사라졌다.

정신을 차렸을 때, 마지드는 마치 스포트라이트 같은 태양빛에 앞이 보이지 않았다. 눈을 감아봤지만, 머리가 아팠고, 피 냄새를 맡고 온 파리들이 주변에서 웅웅대는 소리가 들렸다. 머리와 이마 위에는 피가 굳어 있었다. 머리를 움직이자 세상이 깜깜해졌고 정신을 잃었다.

자신의 이름을 속삭이는 소리가 들렸다. 마지드는 눈을 떴다. 석양 때의 붉은 지평선은 피로 물든 장막 같았다. 유령 같은 청년들이 나타났다. 그들의 목소리가 들렸다. 그들 중 누군가가 말했다. "머리에 파편을 맞았어. 머리가 깨졌어!" 그리고 마지드는 다시 정신을 잃었다.

30

수아드와 아흐마드가 마지드의 머리맡에 있었다. 수아드가 말했다.

"이건 포도당이랑 수액이야. 한번 해봐. 할 수 있어."

아흐마드는 주변을 둘러보며, 수아드와 다락에서 털실뭉치를 가지고 노는 고양이들을 보았을 때가 생각났다. 창문 너머로 돔과 시장의 첨탑이 보였다. 다락에서 밖을 바라보면 자신이 세상보다도 사람들보다도 더 높은 곳에 있는 것 같았다. 기도하러 오라는 아잔 소리와 기계음, 고양이의 울음소리만이 가득했다.

새끼 고양이가 호기심에 아흐마드에게 다가왔다. 아흐마드는 고양이에게 "이리 온"이라 말을 건넸지만 고양이는 대답 없이 형이 누워있는 침대 아래에 숨었다.

반은 죽어있는 듯한 형을 바라보았다. 포도당 링거로 형은 아직 살아있다. 형은 이따금 작게 신음하다가, 미동도 없이 조용해졌다.

형이 움직일 수 없고, 그 무엇도 느낄 수 없고, 말을 할 수도 없다는 사실이 믿기지 않았다. 형의 곁을 지키며 포도당이 한 방울씩 떨어져 몸으로 스며드는 모습이나 고양이를 보는 것이 할 수 있는 전부였다.

수아드가 생물학 책을 아흐마드에게 건넸다.

"그림이 많이 실려 있어. 한 번 읽어 봐."

아흐마드는 수아드에게 받은 책을 형의 곁에서 큰 소리로 읽었다. 형도 아마 좋아했을 것이다. 큰 목소리로 책을 읽어도 형은 반응하지 않았다. "형, 내 목소리 들려?" 동생의 부름에도 미동조차 하지 않는 형이었다. 아흐마드는 책을 내려놓고 세상의 소리, 기계와 자동차가 내는 소리, 다가오는 발걸음 소리에 귀를 기울였다.

책을 읽다 말고 방문 쪽을 보았다. 검은 옷을 입은 노파가 나타났다. 늙고 이가 빠진 노파는 가방을 들고 있었다. 노파는 바닥에 가방을 내려놓고는 주저앉아 숨을 골랐다. 전과 다른 옷차림과 틀니 때문인지 아흐마드는 노파를 바로 알아보지 못했다. 거칠게 호흡을 내쉬던 노파는 마지드에게 무슨 일이 생긴 것인지 물었다. 아흐마드는 어깨를 으쓱하고는 노파를 바라볼 뿐이었다. 화가난 듯한 노파가 물었다.

"내가 누군지 모르니?"

아흐마드가 대답하지 않자, 노파는 몸을 숙여 마지드를 살펴보았다.

"마지드, 저 녀석한테 말해주거라. 어서 내가 네 외할머니라고 말해다오."

할머니는 더 몸을 숙여서 마지드에게 입을 맞췄다. 여전히 마지드는 움직이지 않았다.

화가 치민 듯한 할머니가 아흐마드에게 물었다.

"네 아버지는 어디로 갔고?"

아흐마드가 대답했다.

"아버지는 아인 알미르잔에 계세요. 길이 혼잡하고 검문소도 있어서…… 그리고 형은 혈압이 높고, 심장이 약해져 있어요."

할머니는 머리에 둘러싼 천을 재빨리 벗고 그 안에서 틀니를 꺼내 입에 끼운 뒤 말했다.

"난리도 아니구나! 탱크와 비행기가 온 산과 계곡에 있고, 사람들은 전쟁이라도 난 것처럼 헐레벌떡 뛰어다니고 있구나. 상황이 전쟁보다도 더 좋지 못해. 전쟁통에 내 손주가 죽었다고 사람들이 위로를 하질 뭐니. 그래서 난 정말 죽었냐고 되물었지. 마음이 찢어졌었단다. 하지만 신이시여, 감사합니다. 내 손주가 살아있구나."

아흐마드가 조심스레 말했다.

"머리에 파편을 맞았어요. 뇌진탕이에요."

"무슨 말이냐?"

"그러니까 형이 머리를 다쳤다고요."

"네 형이 듣지도 보지도 못한다는 말이냐? 허튼 소리 집어치워라! 일어나라, 우리 손자. 일어나라 마지드, 우리 아가, 장하지, 일어나거라."

할머니가 마지드를 흔들자 그의 머리 위의 포도당 팩이 같이 흔들리면서 거의 떨어질 것 같았다.

격분한 할머니가 물었다.

"이건 뭐냐?"

"포도당이에요."

"포도당? 뭐에 쓰는 거냐?"

"몸에 필요한 액체에요."

"뭘 먹지는 않고?"

"형은 의식이 없어서요."

할머니는 마지드를 바라보고는 그의 뺨을 몇 번 쳤다.

"마지드! 내 손주야. 일어나라, 아가. 이 장난꾸러기 같으니, 어서 일어나지 못해!"

마지드가 작게 신음했다. "봐라! 이거 봐라! 너한테 말하지 않았니? 이 녀석은 아주 장난꾸러기라니까. 언제나 이런 식이야! 어서, 이 악동 같으니, 움직여보렴!" 할머니가 신나서 외쳤다.

하지만 마지드는 움직이지 않았다. 할머니는 가방에서 담뱃갑을 꺼냈다. 코담배를 쿵쿵대고서는 재채기를 몇 번을 하더니 "신이 축복하신다"라는 말로 신에게 감사를 표했다. 그리고는 마지드의 코에 담배를 약간 넣었다. 마지드는 몇 번 코담배를 들이 마시고 심하게 재채기를 했다. 그러는 바람에 머리맡에 있던 링거주머니가 흔들렸다.

아흐마드가 소리쳤다.

"링거 조심 하세요!"

할머니가 손을 저었다.

"그런 거 신경 쓸 필요 없다. 어서 내 가방이랑 컵을 가져오려무나."

할머니는 가방에서 하얀 천에 싸인 알 수 없는 가루를 꺼냈다. 가루를 물에 타서 마지드의 입으로 흘려보내려 했다. 하지만 마지드는 움직이지 않았다. 겁에 질린 할머니가 좌절하며 말했다.

"누군가 손을 써야 되겠구나!"

아흐마드는 대답하지 않았다. 그저 창백해진 할머니의 얼굴을 바

라보며 속으로 생각했을 뿐. '카메라를 가져와야 하는데.' 아흐마드
는 할머니의 얼굴을 사진으로 찍고 싶었다. 할머니의 얼굴은 고무껍
질 같았고 턱에는 주름이 자글자글했으며 눈은 단추 같았다.

31

"형이 눈을 떴어!"

아흐마드가 외쳤다. 서둘러 형에게로 가 얼굴을 확인했다. 하지
만 실망한 얼굴로 다시 자리로 돌아와 중얼거렸다.

"꿈이었나."

천사들에게 인사를 하며 기도를 하고 계시던 할머니가 아흐마드
를 지긋이 쳐다보았다.

"형이 순간 눈을 떴다가 다시 감았어요."

할머니가 자신만만하게 말했다.

"이틀이나 사흘 뒤면 씩씩한 모습으로 일어날 거야. 어서, 형의 등
과 다리를 주물러주자꾸나. 어서, 내 손주야. 여기 할미다."

마지드의 몸을 주무르는 동안, 할머니는 쉰 목소리로 이집트의
유행가를 불렀다. "내가 만약 새라면 당신 곁으로 날아가겠네……
당신이 가는 곳 그 어디든 나의 눈은 당신에게로 향하고……." 마지
드가 눈을 깜빡였다. 아흐마드가 소리쳤다.

"형이 눈을 깜빡였어요!"

"이상한 소리 마라. 형을 주물러주기나 해라."

할머니는 마지드의 얼굴에 시선을 고정했다. 눈 주변이 마치 말 궁둥이 주변을 날아다니는 파리처럼 실룩대며 경련을 일으키는 듯했다.

발걸음 소리가 들렸다. 아흐마드가 나가서 계단 아래를 보았다. 그리고 급히 돌아와서 말했다.

"이사가 왔는데요."

마지드를 안마하던 할머니가 말했다.

"그놈이 결국 나타난 게냐? 들어오라고 해라."

마지드는 눈을 깜빡이며 눈을 이리저리 굴렸다. 이사는 물론, 그 누구도 믿어선 안 된다고 말하고 싶었다. 매우 위험한 상황이었다. 하지만 할머니는 손자가 다시 기력을 되찾도록 안마를 하는데 온 신경을 쏟고 있었다.

이사는 부탄가스 통을 짊어지고 있었다. 출소한 뒤 키르얏 샤이바 정착촌에서 추방당했다. 그 이후로는 나이 들고 이가 빠진 운전수와 같은 차를 타고 가스배달원으로 일했다. 운전수가 운전을, 이사가 배달을 맡았다. 한쪽 어깨에는 가스통, 한 손에는 공구를 들고 계단을 올랐고, 사창굴에 들러서 비틀거렸다. 숨을 헐떡대던 이사는 기침을 하고 코를 풀었다. 이사의 겨드랑이 땀 냄새는 화장실의 악취 같았다.

할머니가 말했다.

"냄새가 이게 뭐냐, 화장실 가서 좀 씻어라."

침대에 누워있는 마지드를 바라보던 이사가 멍청한 미소를 지으며 대답했다.

"왜 씻으라는 거예요?"

할머니가 역겹다는 듯 소리쳤다.

"당장 씻으래도!"

이사는 고개를 끄덕였다. 그러고는 궁시렁거리며 욕실로 향했다. 이사는 몸에 물 한 방울 묻히지 않으려 했다. 아침에 일어나 오물투성이 욕실로 들어서면 쥐들이 사방팔방 뛰어다녔다. 이사가 들어와서 뭘 하든 쥐들은 겁도 없이 도망가지 않았다. 이사는 가난한 집에서 태어났다. 양친은 그가 아주 어렸을 때 세상을 떠났고, 일가의 한 노파가 그를 데려가 길렀다. 노파는 가정집의 하녀였다. 이사의 겨드랑이가 거뭇해지고, 가게 종업원 일을 하게 되면서 노파는 하녀 일을 그만두었다. 가게에서 팔았던 미제 헌옷 더미 중 반은 괜찮은 옷들이었고 나머지는 걸레였다. 이사는 옷을 여러 더미로 분류했다. 그럭저럭 봐줄 만한 옷 더미는 새로운 태그, 사이즈, 가격을 달고 빈민층이나 농부들에게 팔렸다. 괜찮은 옷들은 거미줄과 새똥이 뒤덮인 '최신 유행 유럽 패션'이라는 간판을 단 가게 노점에 전시되었다. 딱히 쓸모가 없거나 짝이 맞지 않는 나머지는 고물상이나 주유소로 팔렸다. 아니면 시장 끝자락에 있는 천 갈이 가게로 팔렸고, 파슬리처럼 분쇄한 뒤 빈민층이나 농부들이 쓸 이불이나 매트리스가 되었다. 이사는 키르얏 샤이바 정착촌이 세워지고 최초로 정착촌에서 일한 사람이었다.

할머니가 말했다.

"할머니가 하는 말을 들어봐라, 이사야. 너랑 아흐마드가 마지드를 들어 옮겨라. 야간 공격이 있기 전에 나블루스로 빠져나가자."

마지드가 눈을 깜빡였다. 나블루스는 군인으로 완전 포위되는 바람에 고양이나 개가 지나갈 구멍 하나 없고, 이사는 믿을 사람이 못 된다고 전하고 싶었다. 이사는 제정신도 아니고 사실상 까막눈인 데다 이해력도 딸렸다. 싸구려 종자 같은 이사에게 뇌물을 먹이기란 식은 죽 먹기였다. 그런데 어떻게 두 사람이 마지드를 짊어지고 숨겨놓으려고? 미끄러지기라도 하면?

이사가 농담을 건넸다.

"가스통처럼 형을 어깨에 짊어지고 옮기면 돼요."

아흐마드가 말했다.

"아니. 너랑 내가 같이 들어. 내가 형의 머리, 네가 형의 다리를 맡아."

둘은 가장 적절한 방법을 모색했다. 마지드는 키가 크고 어깨가 넓었으며 팔과 다리는 과하게 길었다. 만약 마지드를 가로로 짊어지고 나르면 다리가 축 처질 테고, 세로로 옮긴다면 팔이 처질 것이다. 대체 어떻게 해야 될까? 할머니가 제안을 하나 꺼냈다. 마지드를 의자에 앉은 자세로 묶은 뒤, 양쪽을 들어 한 번에 계단 아래로 옮기자는 생각이었다. 계단 다음은 어떻게 하지? 이사는 가스통을 실은 트럭을 통째로 훔쳐, 마지드를 옷가지로 감싸서 짐칸에 숨겨보자고 했다. 아흐마드는 형이 건초더미 사이의 바늘도 아니니 유대인들에게 발각될 게 뻔하다고 말했다. 이사는 자기가 앞장서서 시나이 산까지 트럭을 몰아 C구역으로 가겠다고 했다. 그곳은 검문과 감시에서 자유로웠다. 할머니는 반색하며 이사의 의견에 찬성했다.

"좋다. 너 A구역과 C구역을 알고 있니?"

이사가 의기양양하여 대답했다.

"가스 배달 덕에 모르는 곳이 없어요. A랑 B구역에서만 가스 배달을 할 수 있다는 말을 들었어요."

아흐마드가 걱정스럽게 물었다.

"C구역은 어떤데?"

이사가 별거 아니라는 듯이 말했다.

"거기야 문제 없어."

"그러면 아인 알미르잔으로 가는 길도 알아?"

"그 정도야 뭐."

"안다는 거지?"

"이봐, 좀 믿어봐. 믿음을 가지고 신에게 맡겨. 어서 시작하자."

우선 할머니로 실험을 해봤다. 할머니가 몸의 힘을 빼고 의자 위에 앉았다. 둘은 할머니의 팔다리를 묶었다. 수평, 수직, 사선으로 묶어보며 최상의 방법을 찾았다. 할머니를 앞으로 나를까, 아니면 뒤로 나를까 따져보는 와중에 할머니가 마지드를 보았다. 마지드는 슬픔과 고통에 찬 눈으로 앞을 응시하고 있었다. 그 순간 마지드의 정신과 감각이 돌아온 것 같았다. 할머니가 소리쳤다. "잠깐만! 날 풀어라, 풀어다오!" 하지만 두 사람은 할머니를 계단에서 옮기는 데 여넘이 없었다. 할머니는 소리치고, 그들도 소리쳤다. "올려, 내려, 위로, 아래로, 잡아당겨, 기울여, 아래로, 더 아래." 첫 번째 목표지점에 도달한 뒤 할머니를 내려놓고 잠깐 숨을 돌렸다. 숨이 다 막히는 것처럼 할머니가 외쳤다. "날 풀어다오, 풀어줘. 애가 눈을 떴다. 날 풀어, 풀어다오." 이사는 무슨 말인지 이해하지 못한 채 할머니를 바라보았다. 하지만 아흐마드는 곧바로 할머니를 풀어줬고, 계단을 단숨에 뛰어올라 방에 도착했다. 침대 위의 형은 이전처럼 눈을 감고 미동도 하지 않고 있었다.

32

아흐마드 일행이 여정을 시작했을 때, 카스바 지역을 제외한 나블루스 전체가 침묵 속에 빠져있었다. 유령 같은 청년들이 암흑 속에서 구호품과 탄약통을 날랐다. 그들 수중에 있는 것은 보잘것없었다. 단순한 무기와 빵과 곡물, 거즈와 소독제가 전부였다.

불을 환히 켜고 떠들썩해 보이는 모스크 옆을 지나쳤다. 추리닝이나 청 겉옷, 또는 헌옷 더미에나 있을 옷차림을 하고 있는 청년들, 어린 소년들, 나이든 남자들과 적지만 소녀들이 보였다⋯⋯.

이사 옆에 앉아 있던 할머니가 말했다. 그 옆에 있던 수아드가 귀를 기울였다.

"이사야, 할머니 말을 들어. 길을 모르면, 수아드가 길을 아니까 도와줄 거야."

이사는 백미러를 보며 고개를 저었다.

"길은 제가 알아요."

"할머니 말을 들어보렴, 이사야. 네가 길을 모른다면, 아마도 수아드가 길을 아니까 도움이 될 게다."

이사는 거울을 바라보며 고개를 저었다.

"제가 길을 알아요, 안다고요."

할머니는 새벽 동이 트기 전에 서두르고 싶었다. 지금 같은 때에 밝은 곳은 취약이었다. 여기에 이사는 행동이 굼뜨기까지 했으니 할머니는 걱정이 들었다.

"왜 이렇게 느리냐? 어서 가질 않고."

이사는 대답이 없었다. 모스크의 옥상과 창고에서 상자를 나르는 청년들의 그림자만 백미러로 지켜보고 있었다. 트럭 짐칸 가스통 사이에 있던 아흐마드는 이사의 시선이 향하는 곳을 응시했다. 이사가 창문을 내려 고개를 내밀고 외쳤다. "차에서 내리세요." 트럭이 길바닥으로 쓰러질 뻔하자 할머니와 수아드가 외쳤다. "조심해! 조심하라고!" 이사는 다시 고개를 집어넣고 바보 같이 웃었다. 가로등 불빛이 아래에서 이사를 보고는, 수아드는 이사의 얼굴 위로 알 듯 말 듯 한 누군가가 비친 것 같았다. 수아드는 개인적으로 이사를 알지는 못했다. 이사의 얼굴은 전형적인 젊은 아랍인의 얼굴이었고, 시골 사람 같기도 하고 도시 사람 같기도 했다. 이사는 거의 문맹이었고,

시시한 집안 출신인데다 야망도 없어서 가스 배달을 하거나 주유소에서 일했고, 읽을 줄 아는 거라고는 간판의 글씨나 마을 이름이 전부였다.

수아드가 몸을 돌려 걱정스럽게 물었다.

"이 길이 맞아?"

이사는 그저 고개를 끄덕였다. 이사가 생각하기에 수아드는 짧은 머리를 하고 테니스화를 신은 성가신 여자애에 불과했다. 별 대단한 것도 없는 바보 여자애였다. 이사는 이런 여자들을 잘 안다. 대학교나 전문대, 유원지에 가보면 타이트한 옷에 바지 차림을 하고, 책을 들고 다니는 여자들이 있다. 딱 보면 배운 여자들이고 집안도 좋다는 걸 알 수 있다. 그래 봤자 그 여자들은 쓰레기 그 이상도 이하도 아니었다. 끼리끼리 놀게 마련이었다. 그럼에도 불구하고 그 여자들의 콧대는 하늘을 찌를 듯이 높았다. 잔뜩 바람이 들은 그 여자들은, 날카로운 것으로 살짝 찌르기만 해도 터져버리며 끈적한 주스를 여기저기 튀겨댈 것이다. 틀림없어! 신은 위대하시지!

수아드가 다시 물었다.

"우리 제대로 가고 있는 거야?"

이사가 날 선 말투로 대답했다

"제대로 가고 있거든, 알면서 묻냐?"

할머니가 말했다.

"그만 해라. 이 애는 그저 물어보는 거잖니."

이사가 말했다.

"이 계집애가 온갖 유난을 떨며 질문을 해대고 있거든요. 나블루스에서 나온 이후로 하는 말이 "이 길이야? 제대로 가고 있어?" 같은 소리나 하잖아요. 겁먹을 거면 왜 따라오고 난린데요?"

이사가 하는 말은 신경 쓰지 말라는 뜻으로 할머니는 수아드의 손을 잡았다. 한껏 신경이 곤두서 있었다. 힘든 건 지금으로도 충분했다. 짐칸에는 부상자가 가스통과 같이 실려 있고, 부상자의 동생은 3월의 추위와 습기에 떨고 있었다. 나블루스는 공포와 불안으로 가득했고, 나블루스의 두 산 모두 군인에 의해 출입구가 막혔다. 이 길은 출구로 향하는 것일까, 아니면 지옥과 탱크를 맞닥뜨리게 될 것인가.

길은 지옥으로 향했고, 더러울 대로 더럽게 녹슨 탱크로 일행을 인도했다. 시나이 산을 오르던 중, 소형 비행선처럼 육중한 탱크를 마주친 것이었다. 탱크는 정상으로 향하는 길목은 물론 시야까지 가로막고 있었다. 이게 대체 무슨 난리고 재난일까? 수아드와 할머니는 강한 불빛에 눈을 가리며 비명을 외쳤다.

한 군인이 소리쳤다.

"멈춰 서. 운전수 내려라. 그 상태 그대로 내려."

할머니가 속삭였다.

"저 자들이 뭘 물어보면, 나는 네 엄마, 수아드는 네 누나, 아흐마드는 네 동생이라고 말해라. 헷갈리지 마라."

"내려. 차에서 내려. 손들어."

군인 두 명이 다가왔다. 한 명은 어렸고 나머지 한 명은 나이가 들어 보였다. 무장을 하고 철모를 쓴 그들은 우주인 같았다. 탱크 위에 있는 다른 군인은 작은 굴뚝만한 포대의 방향을 설정하고 있었고, 또 다른 군인은 관측창을 통해 바깥을 정찰 중이었다. 탱크에선 제트엔진이 몇 개는 달린 거대한 비행기에서 날 법한 소리가 났고, 헬리콥터가 날기 전처럼 주변이 울리는 것 같았다.

"창문 열어. 넌 그 자리에 있고, 너는 나와."

이사는 손을 들고 차에서 내렸고, 그에게 조명이 비춰졌다. 이사가 뭔가 중얼대다 신분증을 꺼내려 하는 순간, 두 군인 중 한 명이 이사의 다리 뒤를 거세게 내려쳤다. 이사는 무릎을 꿇은 채 땅바닥에 주저앉았다. 할머니가 트럭 창문 밖으로 손을 뻗고 소리쳤다. "뭣들 하는 짓이냐!" 할머니는 차에서 내리려 수아드의 어깨를 밀쳤다. "어서 저 녀석과 얘기를 해봐야겠다." 수아드가 할머니를 막아섰다. "아뇨, 제가 가볼게요." 수아드가 급히 차문을 열자, 어린 군인이 무기를 들고 달려왔다.

"멈춰. 멈춰."

수아드는 고분고분하게 바로 자리에 멈춰 섰고, 두 손을 들었다. 닫히다 만 차문 너머에서 할머니가 신의 가호를 바라는 구문을 읊으며 수아드에게 말했다. "신께서는 우리와 함께 하신단다. 겁먹지 말거라." 수아드는 고개를 끄덕이며 두 손을 가슴 위에 얹었다. 숨을 한번 들이마신 뒤 어린 군인의 얼굴을 정면으로 응시했다. 군인은 아흐마드의 또래거나 몇 살 많을 사춘기 소년이었다. 전조등이 어둠을 밝히는 가운데 그의 얼굴은 소녀처럼 여려 보였다. 수아드와 군인은 서로를 바라보았다. 군인은 여전히 무기를 들고 미동도 하지 않았다. 수아드는 대화를 하고 싶었지만, 이런 무기를 들고 이런 군복을 입고 철모와 탱크를 대동한 그는 그저 낯선 이였다. 대화가 무슨 소용일까! 하지만 왠지 이 군인이 두렵지만은 않았다. 그의 손에는 무기가 들려있었지만 무섭지 않았다. 비록 악몽과 지옥이 펼쳐지고 있어도 말이다. 수아드와 군인은 서로를 응시했고, 혼란스러워 하는 듯한 군인의 모습에서 그가 어리고 미숙하다는 인상을 받았다. 아직 닳고 닳아빠진, 굳어버린 사람이 아니었다. 수아드의 머릿속에서 어릴 적부터의 모든 기억이 영화처럼 흘러갔다. 검문소가 세워지고 사람들이 줄지어 선 모습. 대학교 캠퍼스가 습격을 당하고 학생들이 체포되던 일. 25년도 더 전에 아버지가 체포되던 일, 그리고 아직 어렸던 자신의 모습. 아버지 없이 고아처럼 지낸 생활. 탄징과 홍보물, 포스터, 학생회, 마지드의 노래가 스쳐 지나갔다. 마지드…… 어떻게든 너만 발각되지 않으면 돼.

다른 군인이 트럭 뒤편으로 고개를 돌렸다. 그는 아흐마드에게 무기를 겨누고 명령했다. "내려." 수아드는 아무 말 없이 차에서 내리는 아흐마드를 보았다. 그 군인은 경계를 세우고 아흐마드를 응시했다.

"손들어. 위로. 위로."

군인은 총구를 들이밀며 아흐마드를 수아드 옆에 세웠다. 그리고 두 사람을 트럭에서 멀리 떨어뜨려 놓았다. 아흐마드는 할머니를 바라보았고, 할머니도 아흐마드를 보았다. 겁에 질린 할머니가 말을 꺼냈다.

"군인 양반, 제 아들이고 딸이어요, 제발."

군인은 대답 없이 차문을 완전히 열어 젖혀 트럭 안을 샅샅이 살폈다. 운전석 시트와 할머니 자리 뒤편, 핸들과 페달 아래를 확인했다. 그리고 나서 군인은 짐칸으로 향했고, 할머니는 사시나무처럼 얼마나 떨었는지 틀니에서 딸깍거리는 소리가 날 정도였다. 솟구치는 공포에 질린 할머니가 외쳤다.

"선생님, 전 늙은이에요. 주름진 늙은이일 뿐이에요."

군인이 소리쳤다.

"조용히 해!"

군인은 다시 짐칸의 가스통을 확인했다. 수아드가 다가왔다. "저기요." 나이든 군인이 어설픈 아랍어로 말했다. "입 다물어." 나이든 군인은 어린 군인에게 긴장을 놓지 말라는 눈빛을 보냈다. 하지만 어린 군인은 수아드에게 시선이 가 있었고, 수아드도 마찬가지였다. 수아드가 부드럽게 말을 꺼냈다. "저, 실례해요." 어린 군인은 몸이 굳은 채 나이든 군인을 바라보았다. 나이든 군인이 수아드에게 다가왔다. 그의 얼굴에는 불길함이 드리워져 있었다. 꽤 나이가 들은 듯했고, 거대한 시체처럼 보였다. 얼굴은 누랬고 검은 콧수염을 기른 주름진 얼굴이었다. 동부에서 온 사람이나 아랍인, 아니면 유럽인 같은 외모였다. 구체적으로는 동유럽이랄까. 아직은 모르겠다. 앞으로도 모르겠지.

나이든 군인이 어눌한 아랍어로 말했다.

"신분증, 허가증 내놔."

수아드는 신분증과 허가증을 가져오려 트럭으로 돌아가려 했다. 그러자 군인이 소리쳤다.

"멈춰."

수아드는 트럭을 가리키며 차분히 말했다.

"차 안에 있어요."

나이든 군인이 어린 군인에게 손짓을 했다. 어린 군인은 트럭 문 앞에 멈춰 서서 안쪽으로 무기를 겨눴다. 나이든 군인이 차 안을 가리키며 신분증과 허가증을 꺼내오라는 눈치를 줬다. 수아드는 어린 군인에게 가까이 다가갔다. 어린 군인은 수아드의 시선을 피했다. 수아드가 가방을 꺼내자, 나이든 군인이 외쳤다.

"멈춰. 멈춰. 바닥에 던져."

수아드는 품에 안고 있던 가방 속 물건을 바닥에 쏟아놓았다. 지갑, 집 열쇠, 칫솔, 껌, 펜, 종이 몇 장. 군인은 소지품 더미를 총 끝으로 쩔러보았다. 폭발물이 없다는 것이 확인되자 그가 소리쳤다.

"신분증. 신분증 내놔. 허가증 내놔."

수아드가 군인에게 신분증을 건넸고, 그가 소리쳤다. "허가증. 허가증 내놔." 수아드는 입술을 깨물고 주먹을 쥐며 나지막이 말했다.

"허가증은 없어요."

"허가증이 없다고? 돌아가. 돌아가라. 나블루스에 들어올 수 없다."

할머니가 창문 너머로 고개를 내밀고, 떨리는 목소리로 말했다.

"신께서 선생님을 도와주시길 바랍니다, 제가 환자이지 말이어요."

군인은 짜증과 역겨움이 담긴 미소를 지으며, 이사를 향해 고개를 돌렸다. 군인은 곤봉으로 이사를 때리며 소리쳤다.

"일어나, 돌아가라고."

바닥을 기고 있던 이사는 일어나려 했지만, 금세 다시 쓰러졌다. 군인이 말했다. "어서, 서둘러라." 군인이 다시 정강이를 걷어차자 이사는 벌떡 일어나 헐레벌떡 트럭으로 향했다. 수아드도 트럭에 탔고 아흐마드는 명령이 내려지기만을 기다리며 서 있었다. 군인이 아흐마드에게 무기 끝을 겨누고 말했다. "차에 타라."

군인에게 발로 한 대 얻어맞으며 아흐마드는 트럭 짐칸에 올랐다. 작별인사 같은 발차기였다.

33

갑자기 기관총이 발사되었다. 군인 두 명이 쓰러졌고 탱크가 사방으로 포를 발사했다. 동서남북 할 것 없이 나무, 바위, 고원, 나블루스로 향하는 언덕길까지 포격의 대상이었다. 나이든 군인이 소리쳤다. "가스! 가스!" 하지만 치열한 전투 속에 그의 외침은 묻혀버렸다. 수류탄과 기관총, 대포알이 산 중턱과 지표면에 깊은 구멍을 남겼다. 가스통 틈에 끼어 넝마 더미를 덮고 숨어 있는 형을 지키기 위해 아흐마드는 가스통 사이에 누웠다. 누군가 속삭이는 소리가 들렸다. "두려워하지 마. 괜찮아. 마음을 굳게 먹어." 폭탄이 터지고, 기관총이 발사되며, 산 정상에서 청년들이 욕설과 공포에 질린 비명을 지르고 있었지만 분명히 들렸다. 아흐마드는 넝마 더미를 잡아 당겼다. 구멍난 천 사이로 턱이 삐져나왔다. 형의 얼굴과 목소리를 확인했다. 형의 목소리가 맞을까? 아니면 공포와 죽음에 대한 생각만을 하다 보니 착각을 했던 걸까? 두려움도 잊고 아흐마드는 형을 불렀다. "마지드 형, 형, 깨어났어?" 아흐마드는 자신의 얼굴을 형의 얼굴에 가져다 대며 형에게 입을 맞췄다. 그리고 자신과 형의 몸을 숨겼다. 형은 차가운 얼음처럼 보였다. 하지만 넝마 아래에 있던 형의 얼굴은 따뜻했다. 아흐마드의 눈에선 눈물이 흘렀고, 턱은 지진계처럼 떨렸다. 아흐마드가 울먹이며 소리쳤다. "형, 깼어?" 형이 말했다. "시간, 시간이……"라고 말하고 형의 음성은 멈췄다. 형의 의식은 녹슬고 늘어져버린 전선을 흐르는 전류 같았다. 전선을 잘 매만지고 나면 흐르다가도 손을 떼버리면 멈춰버리는 전류 같았다. 죽음에 도달하여 창조주를 만나는 영광의 순간에 마지드가 몹시 괴로워하며 한 말은 "시간, 시간이……"라는 것이었다. 동생은 형이 하는 말을 듣고 무슨 뜻인지 알아들었다. 형이 말을 할 수 없는 데다 중상을 입었고, 악몽 같은 순간들과 대포가 발사되는 소리, 군인들의 비명 소리가 나는 상황에서도 형은 여전히 깨어 있던 것이다. "시간, 시간이……"라고 말하며. 그렇다면 형이 마비되었다는 것은 사실이 아니다. 뇌진탕도 아니었다. 혼수상태라는 진단도 잘못된 것이다. 의사가 말했었다. "완전히 혼수상태에 빠졌습니다." 이에 할머니는 대답했다. "허튼 말씀 하지 마세요, 신께서는 내 손자 녀석이 잠자고 있을 뿐 정신이 멀쩡하다고 하셨습니다." 수아드가 할머니의 말을 거들었었다. "그래요 할머니, 의식이 있을 거예요. 제발요, 제발 그랬으면!"

다시 아흐마드는 형을 흔들었다. "형 깨어있어?" 마지드는 꿈쩍도 하지 않았다. 주변의 소음, 기관총 소리와 군인들의 비명, 수류탄과 대포가 발사되는 소리가 들리든 말든 아흐마드는 흐느꼈다. 아흐마드에게로 누군가의 손이 다가와 그를 잡아당겼다. 아흐마드는 움직이지 않으려 했다. 그러면서 가스통이 기울어져 형의 머리 위로 굴러갔고, 결국 형의 어깨 끝에 부딪쳤다. 아흐마드가 뒤를 쳐다보니 철모를 쓴 군인이 보였다. 군인은 아흐마드를 뒤에서부터 거칠게 잡아끌었다. 아흐마드는 가만히 있지 않고 기회를 틈타 가스통으로 군인의 머리를 후려치고 싶었다. 하지만 가스통 사이에 숨어 있는 형이 걱정되기에 그럴 수 없었다. 군인은 밀가루 포대 던지듯 한 손으로 가뿐히 아흐마드를 땅바닥에 던져 바닥에 쓰러져 있던 어린 군인에게 아흐마드를 넘겼다. 아흐마드를 던진 군인은 어린 군인을 곤봉 끝으로 치면서 움직이라고 했다. 하지만 어린 군인은 고개를 돌린 채 울고 있었다. 눈에 가득 찬 눈물이 얼굴을 지나 턱까지 흘렀다. 아흐마드의 눈에 비친 그는 상처 입은 강아지 같았고, 소녀 같은 얼굴을 하고 있었다. 그 순간 카메라 플래시처럼 섬광이 번뜩였다. 색은 없이 빛만으로 된 사진 같았다. 천둥, 번개, 포탄 파편, 캄신* 바람이 있었다. 나이든 군인은 어린 군인을 시켜 같이 아흐마드를 들쳐

---

* 봄철에 이집트에서 지중해 쪽으로 부는 남풍. 상당히 건조하고 더운 바람으로 모래 바람을 동반한다.

업었다. 두 사람이 그를 날랐다. 아흐마드는 어린 군인의 지진계 같은 떨림이 느껴졌다. 이게 무슨 비극이고, 희극일까. 좀 전까지는 형 위에 있었는데, 지금은 이 군인 위에 있구나. 군인의 목을 조르며 속에 담긴 분노를 다 쏟아내고 싶었다. 하지만 이 군인은 소녀처럼 몸을 떨고 있었다. 아흐마드는 마음이 찢기는 것 같았고, 흐르는 눈물은 칼날처럼 차가웠다. 아흐마드는 군인의 등에 얼굴을 묻고 그를 잡아 당겼다. 죽음 또는 자비가 있기를 바라며 항복했다. 두 사람의 모습은 기이했다. 한 사람이 다른 사람을 마구 잡아당기다가 끝내 둘이서 어쩔 줄을 모르고 소녀처럼 울었다.

나이든 군인이 아흐마드와 이사를 탱크 앞에 놓고 인간 방패로 삼았다. 기관총 소리가 잠잠해졌고, 바위와 산 중턱, 올리브나무로 여전히 대포가 발사되고 있었다. 그곳은 나블루스로 향하는 길이었다. 잠시 후 아흐마드와 이사는 탱크 앞에 십자가 모양으로 묶였다. 그들을 묶은 채 탱크가 향한 길은 올리브나무 사이의 으슥한 길이었다. 암흑 속의 형태를 뒤쫓으며 탱크는 마치 유령이 되어 어둠으로 들어갔다. 그렇게 군인과 탱크, 이사와 아흐마드가 사라졌다. 수아드는 여전히 엄마 품에 있는 것 같았다. 수아드가 울먹였다. "엄마, 엄마!" 대포가 한 번 발사되고, 폭탄이 하나 터질 때마다 수아드는 "엄마!" 하고 소리치며 엄마 품에 얼굴을 묻었다. 엄마는 기도문을 외우며 신과 천사들에게 애원했고, 수아드에게 말했다. "아멘이라고 말해야지."

34

군인들은 아흐마드와 이사를 인간 방패로 쓰고선 산기슭에 내버려렸다. 구시가지로 잠입한 두 사람은 수아드의 어머니네 작업장으로 향했다. 거기서 로라 알와시미를 만난 일은 놀라웠다. 로라는 외국인들과 방송국 카메라맨들과 같이 있었다. 아흐마드와 이사의 모습은 무서울 정도였다. 인간 방패 노릇을 하고 버려진 그들의 몸은 멍으로 뒤덮여 있었다.

수아드의 어머니가 두 사람에게 달려갔다. 그 둘의 얼굴을 보며 최악의 상황을 상상했다. 딸 수아드가 처했을지도 모르는 최악의 상황. 아흐마드가 서둘러 그녀를 안심시켰다. "올리브나무 아래에 두고 왔어요. 무사해요." 가능한 한 간략히 상황을 설명했다. 이사는 계속 눈치도 없이 끼어들어서 폭탄이나 기관총, 육중한 탱크를 묘사했다. 팔을 넓게 벌리며, "이 방보다 열 배는 더 컸어요!"라고 말하기도 했다.

로라가 사람들 틈에서 아흐마드를 잡아 당겼다.

"마지드는 어때?"

아흐마드는 눈시울을 내리 깔았다. 로라 알와시미? 우리 문제는 이미 충분하지 않나?

로라는 입을 손으로 가린 채 속삭였다.

"형은 정신 차렸어? 아니면 혼수상태야?"

아흐마드는 힐끗 로라를 쳐다보았다. 두 눈 너머로 흥분한 모습이 여실했다. 하지만 로라는 알와시미의 딸이다. 이제는 세상에 없는 앞잡이의 딸이다. 알와시미 때문에 아흐마드와 마지드는 너무 많은 것을 잃었다. 아흐마드는 고양이와 미라를 잃었다. 미라와 로라, 로라 알와시미, 로라와 외국인들과 방송국.

로라는 아흐마드가 카메라에 신경이 쏠려 있다고 생각하고 말했다.

"날 믿어. 아흐마드, 믿어도 괜찮아."

로라는 아흐마드의 손을 두 손으로 잡고, 다시 떨리는 목소리로 말했다.

"날 믿어줘."

투명한 눈물을 흘리는 로라의 얼굴이 붉어져 있었다. 화장하지 않은 수수한 얼굴이었고, 외양 전체가 치장이라곤 없었다. 어두운 울 소재의 겉옷, 파란 청바지, 낡은 울 스카프 차림이었다. 단단히 뒤로 묶은 머리는 철제 핀으로 고정해놓아 건조하고 얇은 피부의 이마가 훤히 드러났다. 이런 꼴인데 사람들은 어째서 로라가 텔레비전 뉴스를 진행한다고 했지?

아흐마드는 두 청년을 가리키며 무미건조하게 물었다.

"PBC*에서 온 사람들이야?"

아흐마드의 말은 신경 쓰지 않고 로라는 그저 그의 손을 잡고 다 이해한다는 듯이 그의 얼굴만 바라보았다. 아흐마드가 자신을 믿고

---

*   팔레스타인 방송국(Palestinian Broadcasting Corporation).

마지드의 소식을 털어놓길 바랐다. 하지만 아흐마드는 눈을 내리깐 채 아무 말도 없었다. 로라는 창문 쪽으로 몸을 돌려 눈가를 훔쳤다. 다시 무리로 돌아간 로라는 수아드의 어머니에게 작은 카드를 건네며 나지막이 말했다.

"이건 제 명함이에요. 여기 주소랑 전화번호가 적혀 있어요. 수아드에게 안부 전해주세요. 필요한 일이 생기면 어떤 일이든지 성심껏 도와드릴게요."

로라는 외국인들을 가리켰다. 마치 "저 사람들을 통해서나, 저 사람들이랑, 어떻게든 저 사람들을 이용해서요"라고 말하는 것 같았다. 수아드의 어머니는 고개를 끄덕이고는 말했다. "고마워요." 그렇게 만남은 끝났다.

로라 일행의 발걸음 소리가 계단 너머로 사라지자 수아드의 어머니는 아흐마드와 이사에게 달려와 트럭이 어떻게 되었고, 수아드와 마지드에게는 무슨 일이 생겼는지 물었다. 상황은 심각했다. 라말라와 알비라가 포위되었다. 공격이 임박하여 마을의 청년들은 바리케이드나 모스크에 숨었다. 나블루스로 돌아가면 뭘 할 수 있을까? 차는 어쩌지? 마지드와 수아드는? 마을이 참호와 탱크로 둘러싸인 상태라 트럭으로 다시 돌아갈 수도 없었다. 검문소는 물론 바리케이드도 설치되어 있다. 잠은 어디서 자야 하지? 그렇게 아흐마드와 이사는 구 나블루스 공원에 있는 바리케이드 너머 청년들 틈에 끼게 되었다.

주민들을 비롯해 하마스 등 온갖 배경과 이념을 가진 집단과 파벌의 청년들이 경찰이나 안보군과 사이가 좋은 모습은 처음 보는 광경이었다. 아흐마드나 주변 사람들, 즉 아버지와 같은 사람들에게 팔레스타인 자치정부란 변변찮은 배경 속에 등장한 정부 또는 정부 비슷한 것일 뿐이었다. 베이루트 혁명, 위대한 봉기, 계몽과 자유의 사상, 쿠바, 모스크바, 해방과 자유를 향한 시를 내걸고 나타난 정부는 다른 아랍 정부들과 별반 차이가 없었다. 혼란, 부패, 세금, 탄압, 연줄. 정부는 무슨 일을 하겠다는 것이며, 결과물은 어디에 있을까? 장관과 의원은 어디에 있을까? 아버지는 차마 펜으로 기록할 수 없는 것들에 대해 열변을 토하곤 했었지. 그 결과는 추한 사진이었다. 초점 나간 흔들린 사진. 다시 말하자면, 목표도 목적도 없는 그런 사진. 해방은 무엇일까? 우리의 땅이 먹혀버리고 마는 걸까? 물은 말라버릴까? 울타리와 검문소, 정착촌. 우리가 자유를 외치거나 불만을 표하려고 하면 안보군은 "이것이 오슬로다! 평화를 향한 길!"이라고 단언할 뿐이었다. 그렇게 여기 평화와 오슬로, 정부와 거리의 안보군이 시험대 위에 놓인 꼴이었다.

"넌 이제 같은 편이다."

그들이 한 말이다. 그들은 아흐마드에게 흰 옷을 입히고 골절이 난 곳에 붕대를 동여매고 주사를 놓는 법을 알려줬다. 이사는 요리 및 음식 배분 담당 팀으로 보내졌다. 하지만 이틀 뒤 이사는 모스크 근처 지뢰 매몰 팀에 있었다. 전선다발과 무전기, 트랜지스터를 나르고 있던 이사가 웃으며 말했다. "내가 기술자가 될 거라고 그 누가 상상이나 했겠어!" 그때 이사를 부르는 소리가 들렸다. "이봐 이사,

전선 좀 가져와." 이사는 눈을 찡긋하며 들뜬 목소리로 말했다. "봐, 내가 얼마나 중요한 사람이 되었니? 그들이 두고 보게 될 걸." 유대인들이 진입했을 때를 염두에 둔 말이었다.

오슬로 협정이 체결되고 자치정부가 세워진 뒤 처음으로 하나 된 온 주민과 종파와 안보군과 경찰을 그 누가 감히 공격할 수 있을까? 과연 누가? 안보군, 아니면 하마스, 아니면 파타흐, 아니면 인민전선이? 그중에 누가? 그들은 국기를 들고 플랜카드를 짊어졌으며, 겁먹은 얼굴로 사원을 나서는 사람들의 머리 위에 총을 겨누었다. 관공서에 모여 있거나 광장의 대문에 모여 있던 사람들에게도. 승리와 자유를 약속하는 일장 연설이 이어졌다. 허공에 총알이 발사되고, 웅장한 말들은 안테나와 첨탑으로 전해졌다. 그런데 누가 감히 이를 공격할 수 있을까?

그들은 입구마다 지뢰를 심었다. 병력을 배분하고 규칙을 하달했다. 각 사원마다 임시 진료소가 세워졌고 바리케이드가 설치되었다. 옥상은 경호 대상이 되었고, 첨탑에는 망원경이 설치되었으며, 한밤중에는 승리의 노래가 울려 퍼졌다.

아흐마드는 그들에게서 동질감을 느꼈다. 사람들과 함께하는 기분이었다. 심장이 빠르게 뛰었고, 희생을 부르짖는 노래를 들으면 아흐마드의 영혼은 에발 산 위를 날았다. 날개를 활짝 펼치고서 숭고한 전투와 순교의 모습을 스크린 바라보듯 보았다. 부모님에 대한 생각은 접어둔 채, 고양이 때문에 수감되었던 일, 탱크에 묶여 인간 방패 노릇을 하며 누더기 꼴이 되었던 일이 떠올랐다. 처음에는 어린애처럼 겁에 질려 울었다. 계단이나 건물 뒤, 아니면 쓰레기통에라도 숨고 싶었다. 예전의 자신처럼. 시간이 계속 흐르는 가운데 서로가 증오와 분개를 표출하는 소리를 들으면 아흐마드는 분노했다. 터질 것 같은 분노로 어쩔 줄 몰랐다. 신경이 곤두서 팽팽한 현처럼 되었고, 튕기기라도 하면 격렬한 멜로디를 내뱉으며 죽음의 노래를 연주할 것 같았다. 빈사 상태의 형이 떠올랐다. 무방비하던 상태에서 걷어차이고 뺨을 맞았던 일, 폭탄과 기관총이 떠올랐다. 하지만 지금의 아흐마드는 무력하지 않다. 무장을 하진 않았지만, 모든 이념과 종파를 막론하고 모인 청년들과 함께였다. 안보군, 마을 입구, 지뢰 매몰 작업, 요리사들, 첨탑, 망원경, 야경꾼들. 이 모두와 함께 하니 무력하다기보다는 오히려 보호받는 기분이었다. 이것이야말로 승리로다. 지하드와 믿음, 숭고한 죽음과 순교에 발을 디뎠다. 아흐마드는 모스크 안 야전병원에 있는 미흐라브* 안쪽으로 몸을 기대고, 알파티하 장**을 세 번 낭독했다. 우리가 옳은 쪽에 있으니, 승리를 가져다 달라고 신에게 기도했다.

---

* 모스크의 벽에서 성지 메카의 방향에 면하는 측의 내벽에 설치되는 아치형 니치 (niche).
** 코란의 첫 번째 장. 개경장이라고도 한다.

35

아흐마드와 이사가 말한 대로 나머지 일행들은 올리브나무 아래에 있었다. 마지드는 동굴 안에 숨어 있어서 바로 발견하지 못했다. 로라는 울먹이며 수아드의 얼굴에 손을 가져다 댔다. 잔뜩 속이 상한 로라가 말했다. "날 믿어도 돼." 수아드가 시킨 대로 동굴 안에 들어가니 마지드가 있었다. 그를 보니 수 개월 전, 일 년 전의 과거가 떠올랐다. 그때도 로라는 알와시미의 제멋대로인 딸이었고, 고위관료들의 연회와 상류층들의 파티에 둘러싸여 있었다. 아버지는 세상을 가리는 장막 같았다. 안개 같은 세상은 모서리도 테두리도 보이지 않았다. 장막이 조금씩 걷히며 진정을 찾았고 연회와 파티가 멈추면서 로라는 깨달았다. 그 누구도 로라가 어디에 있는지 묻지 않았고, 그녀는 강해졌다. 어머니는 도망갔고, 할머니는 상복을 입고 있다. 하인들은 아주 긴 휴가를 떠나면서 한 명씩 사라졌다. 친구와 친척도 마찬가지였다. 의심을 받고 혐의가 향해질까 두려웠던 것이다. 더 이상 알와시미는 출세가도를 걷고 계약을 따기 위한 수단이 아니었다. 알와시미의 과거, 명성, 그의 어머니와 딸, 재산은 잊혀졌다. 세상과 이해관계에서 잊혀지면서 기억과 관심에서도 멀어졌다. 알와시미의 어머니와 딸에게는 절망과 깊은 슬픔, 거지나 경찰 또는 정원사의 모습으로 위협을 가하는 유령에 대한 두려움만이 남았다. 그래서 그들은 철제 대문을 설치하고, 창문에는 철제 봉을 달았다.

경비원과 정원사는 해고되었다. 정원은 폐허로, 궁전은 유령의 집으로 변했다. 두 여자는 이런 현실에 적응하려고 노력하며 힘들고 괴로운 시간을 보냈다. 할머니는 다시 유화를 그렸고, 랭보와 보들레르의 작품을 읽었다. 매우 신중히 손님을 초대했으며, 외국인과 기자들에게는 차나 네스카페를 대접했다. 그렇게 이 집에 언론인들이 드나들면서, 로라가 언론인이 된 것이었다.

36

"멋진 그림이구나."

마지드의 할머니가 칭찬했다.

"놀랍구나, 마치 대고 그린 것 같아."

로라의 할머니, 알와시미 부인은 대답이 없었다. 그녀는 "쉿, 쉿" 하고 마지드네 할머니를 조용히 시키는 것이 전부였다. 알와시미 부인은 차가운 태도로 군식구들을 쫓아내고 싶었다. 이 집은 마지드에게나 수아드의 편의를 위해 무진 애를 쓰는 로라에겐 편안한 궁궐이었다. 먹고 마실 걱정 없는, 깃털로 된 침대와 베개가 마련된 궁궐. 나블루스와 아인 알미르잔으로 가는 길은 완전히 끊겨 있다. 마지드네 할머니는 어떻게 돌아갈 것이며 어디서 잠을 잘까? 외손자를 그냥 내버려둘 수 있을까? 로라는 손자에게 완전히 빠져 있었고, 수아드와 자신에게도 다정한데, 알와시미 부인만이 아주 거만했다. 콧대 높고 영어나 불어를 말하며, 아랍어의 '라' 발음을 제대로 못 하는 외국계 상류층 여자야 익숙했다. 으리으리한 것들을 뽐내며 아랍인과 동양인을 비웃고, 상중에도 모자를 쓰고 화려한 옷을 입었다. 상중인데도 어째서 길쭉한 손톱에 매니큐어를 잘 칠해놓았고 염색한 머리와 화장까지 하고 있을까? 어느 동네의 애도가 이런 식일까? 고인을 향한 슬픔, 망자에 대한 존중이 이런 것일까?

알와시미 부인이 말했다.

"오후에 손님이 올 예정이다."

그녀의 속마음은 이랬다. "그러니까 눈앞에서 사라져. 눈에 띄었다가는 숨이 다 막혀." 하지만 그렇게 말할 수는 없었다. 마지드는 탄짐의 일원이었고, 추종자와 동료들도 있었다. 이런 말은 면전이 아니라 등 뒤에서 하는 법이지. 부인은 화난 목소리로 손녀에게 말했다.

"이게 무슨 난장판이니?"

"난장판이라뇨?"

못 알아듣는 척했지만, 사실 로라는 잘 알고 있었다. 마지드와 같이 있는 것만으로도 위험했다. 마지드가 자신의 아버지 알와시미에게 일어난 일과는 무관하다지만, 듣기로는 무서운 일을 저질렀다고 한다. 검문소에 폭탄을 투척하고 무기와 탄약을 빼돌렸고 지뢰를 묻었다. 현상 수배 꼭대기에 마지드의 이름이 올라와 있다. 하지만 정부니 현상수배자니 하는 것은 로라의 안중 밖이었다. 캐나다계 미국인인 데다 방송국 특파원인 그녀는 정부와 권력 위에 있었고, 이스

라엘과 검문소, 분리장벽도 초월했다. 아라파트도 샤론도 가지지 못
한 보호를 받고 있는 것이다. 아라파트는 미국과 이스라엘을 두려워
하고, 샤론은 평화와 무슬림들을 두려워한다. 그리고 로라는 양 측
의 보호를 받고 있었다. 아버지가 관계자들에게 무한한 편의를 제공
하고 신망이 두터웠던 덕분이었다. 방송국과 방송의 영향력 덕에,
아버지는 세상을 떠난 뒤에도 사람들이 숨기려 하는 대상이었다. 로
라는 정부와 현상수배의 영향을 받지 않았고 체제와 민족주의도 그
녀를 막을 수는 없었다. 그녀는 캐나다계 미국인이었고 할머니는 세
르비아의 혈통을 이어받은 터키교포 3세였다. 이 모든 것을 뛰어 넘
는 조건이 있었으니, 바로 로라가 PBC에서 근무한다는 사실이었다.

부인이 어이가 없다는 식으로 말했다.

"이해가 안 되는구나. 남자가 그렇게 없니? 왜 하필 테러리스트를!"

로라가 웃었다. 할머니가 영어와 아랍어가 뒤섞인 말을 한 데다,
할머니는 '테러리스트'라는 표현을 마음에 안 드는 사람에게 갖다
붙이곤 했기 때문이다. 누가 마음에 안 든다는 걸까? 샤론? 샤론은
누구일까? 바락과 샤미르는 누구일까? 이들이나 마지드나 거기서
거기 아닐까? 아니, 더 나쁜 사람들 아닐까? 마지드는 이 사람들보
다 훨씬 아름답다. 너무나 아름답고, 목소리는 수려하며, 기타를 연
주하는 사람이다. 마지드가 몇 명이나 죽였을까? 다섯 명? 열 명? 이
사람들은 수천 명을 죽였다. 마지드는 무기와 탄약을 빼돌리고 군용
차량을 폭발한 사람이다. 살인자가 아니라 모험가다. 헤밍웨이와 월
터 스콧 경의 이야기에 나올 법했다. 누구에겐 마지드가 독립투사지

만, 여기서는 테러리스트이자 파괴자가 되듯이 문제는 상대적이었다. 로라는 사람들의 범주와 검문소, 장벽을 모두 뛰어넘었고, 알와시미의 딸이라는 씁쓸함을 몇 번이고 맛봤다. 로라는 알게 되었다. 어떤 소식이든 간에, 모든 소식은 방송국과 정치적 의견이 담겨있다. 상대적이었다.

부인이 말했다.

"아무리 억울한 처지에 무고한 사람이라 해도, 혼수상태인 애 아니니!"

로라가 완강히 말했다.

"아뇨. 정신은 멀쩡해요."

할머니 방에서 나온 로라는 다락에 있는 마지드에게로 향했다.

37

알와시미 부인이 텔레비전을 끄면서 소리쳤다.

"이게 순교라고? 범죄가 따로 없구나!"

부인은 분노와 역겨움을 담아 마지드네 할머니를 노려보았다. 어디서 이런 쓸모 없는 난민, 불청객, 냄새 나는 거렁뱅이가 다 있나 했다. 최하층민의 비참함이 깊은 곳에서 느껴졌다. 알와시미도 하찮은 집시 출신이란 사실에 할머니는 기분이 묘했다. 할머니는 고개를 돌려 소녀들에게 말했다.

"수아드야, 퓨처 채널을 틀어봐라, 슈퍼스타가 보고 싶다. 난 이 쇼가 좋더라고. 보다보면 나도 젊어지는 것 같아서 계속해서 보고 싶을 정도야."

부인이 고개를 다른 쪽으로 돌리며 역겹다는 식으로 말했다.

"슈퍼스타라!"

마지드네 할머니는 천장의 샹들리에를 바라보며 쉰 목소리로 노래를 부르듯이 말했다.

"이 영광의 날들을 얼마나 그리워했던가! 하이파, 야파*의 크리스털은 다이아몬드처럼 빛났다네. 파티와 잔치는 천국이었고, 우리는 동이 틀 때까지 밤새웠지. 인형 같던 나는 젊고 아름다웠고, 목소리는 움무 쿨쑴보다도 맑았어. 내가 〈밤이여〉를 부르면, 창공의 별들이 전율했고, 파샤와 베이들의 모자가 흔들리며 흥겨움에 취해 노래했지. 언젠가는 한 남자가 내 앞을 가로막고 말하는 것 아니니. "아가씨, 아스마한도 움무 쿨쑴도 그대 앞에서는 빛을 잃는군요." 압둘 와합이 내 노래를 듣고 라일라 무라드나 움무 쿨쑴처럼 자신의 영화에 출연해달라고 조르지 뭐니."

두 소녀는 웃음을 터트렸고, 마담 알와시미는 들리지 않는 혼잣말을 했다.

"압둘 와합요? 그 압둘 와합 말씀하시는 거예요?"

---

* 텔아비브.

로라가 말했다.

"그래, 바로 그 단 한 명뿐인 위대한 압둘 와합이란다."

마담 알와시미는 리모콘을 집었다. 채널을 이리저리 돌리며, 들리지 않게 이상한 말을 되뇌었다. 손녀는 그런 할머니를 흘겨보고는 모처럼의 분위기를 깨지 않게 말을 이어나갔다.

"대단해요 할머니. 그 압둘 와합이란 말이죠? 그분이 우리 동네까지 자주 행차하셨다고요?"

수아드가 거슬리는 듯 끼어들었다.

"너네 동네라고?"

마지드네 할머니가 화들짝 놀라 말했다. "우리 마을이고, 너네 마을이기도 하지. 그게 마음에 안 들면 나가서 바닷물을 마시면 될 일 아니니. 우리는 강풍에도 흔들리지 않는 산처럼 꿋꿋하단다."

"아라파트 만세!"

수아드가 외쳤다.

할머니가 다정히 말했다.

"그래, 아라파트 만세구나!"

수아드가 할머니에게 물었다.

"아라파트가 할머니한테 뭐 준거라도 있나요? 왜 만세예요?"

할머니는 미소만 지으며 더 이상의 말을 하진 않았다. 로라가 호기심을 참지 못하고 물었다.

"할머니, 아라파트를 보신 적 있나요? 언제 보셨어요?"

할머니는 고개를 끄덕이며 거짓말을 했다.

"그래, 본 적 있어. 그도 나를 봤었고."

"언제요?"

할머니는 손을 저으며 대답을 흐렸다.

"아라파트를 본 적이 있다는 것이 전부란다. 뭐 대단한 일이라고."

"그 사람이 할머니를 봤어요?"

"당연히 날 봤지. 그리고 나한테 말했단다. '정말 아름다운 목소리를 지니셨군요'라고."

"어쩌다 그런 말을 했죠?"

"내가 노래를 불렀었거든."

"아라파트를 위해서요?"

"당연히 아라파트를 위해서였지. 그렇지 않았으면 그 누구를 위해서도 노래하지 않았어."

알와시미 부인은 비꼬는 것처럼 혀를 찼다.

"하!"

손녀는 그런 할머니를 모른 척했다.

"어떻게 노래하셨어요? 언제요? 어서 말씀해주세요. 아라파트를 위해 노래하셨다고요?"

"물론, 그랬지. 그가 노래를 듣고 하는 말이 '오 이런, 이 대단한 목소리는?!'이라고 하더구나."

알와시미 부인이 역겹다는 식으로 비웃었다.

"대단한 목소리 좋아하시네."

두 소녀는 웃음기 어린 눈빛을 주고받으며 풉 하는 소리를 냈다.

알와시미 부인은 경멸과 멸시를 담은 미소를 짓고 있었다. 하지만 마지드네 할머니는 막막한 현실에서 도망쳐 영광의 날들에 빠져 있었다. 그녀는 사실이었는지, 아니면 단순히 바람이었는지 명확하지 않은 이야기까지 풀어냈다. 사실 여부는 문제가 아니었다. 불행한 시대 속에서 현실의 고통을 잊게 해줄 수 있다면 그걸로 충분했다. 할머니는 다시 이야기를 이었다.

"우리가 우리의 땅에 남아서 이런 경멸과 고난에 처하지 않았다면 얼마나 좋았을까."

두 소녀는 고개를 끄덕일 뿐, 아무 말도 없었다. 무슨 말이 소용일까? 이미 잃어버린 것을 두고 땅을 쳐봤자 무슨 소용일까? 하지만 로라는 할머니의 이야기와 절망에 대한 공포에 완전히 동화되어 물었다.

"압둘 와합에게 어떻게 노래를 하셨나요, 할머니?"

할머니는 눈길을 다른 쪽으로 돌리며 탄식했다.

"이런."

예전의 기억과 꿈이 떠오른 것이었다.

"굉장한 파티였단다. 다이아몬드처럼 빛나는 조명과 대리석 분수가 있었지. 오렌지 향기가 가득했고, 벨벳 같은 하늘이 펼쳐져 있었어. 다이아몬드가 새겨진 벨벳처럼. 내가 〈밤이여〉를 부르자 하늘의 별들이 일어섰고, 타르부쉬*가 흔들리고 묵주는 빙글대며 꼬였

---

* 이슬람식 모자의 일종.

지. 청중은 "신이시여"라고 외쳤어. 압둘 와합은 말했지 "브라보! 그대는 움무 쿨쑴보다도 재능이 넘쳐. 라일라 무라드나 움무 쿨쑴처럼 멜로물에 나와 줘야겠어!"라고. 하지만 난 사양했단다."

수아드는 말없이 웃고 있었고, 알와시미 부인도 마찬가지였다. 하지만 흥미진진해진 로라가 물었다.

"어쩌다 사양하신 건가요? 압둘 와합과 연기하고 노래하는 걸 누가 마다해요?"

할머니는 슬픔과 후회를 느끼며 고개를 끄덕였다.

"내가 할 수 없어서 그랬지."

"할머니가요?"

"그래."

알와시미 부인이 무심결에 질문을 던졌다.

"왜 거절했죠?"

비열함과 냉소가 담긴 질문이었지만, 모두가 놀랐고, 그녀 자신도 놀랐다.

할머니는 질문의 의도가 무엇인지, 아니 누가 질문했는지도 모른 채 괴로운 듯 대답했다.

"내가 정신이 나갔었지. 승낙했었다면……."

알와시미 부인이 심문하듯 다시 질문했다.

"왜 승낙하지 않았죠?

"난 미쳤었고, 멍청했으니까."

"왜 멍청했죠?"

"사랑에 빠져 있었어."

아무도 말이 없었다. 두 소녀는 예의상 시선을 낮췄다. 동정심에서 비롯되었을지도. 팔순, 아니 아흔도 넘었을 노파가 과거의 애수에 젖어있다. 꿈과 환상, 즐거움으로 가득한 과거에 빠져 있다. 하지만 이건 절대로 돌아오지 않는 것. 젊고 아름다웠고 유명했고, 야파의 부흥기에 행복한 날들을 보낸 노파다. 하지만 지금 여기 야파는 없고, 명성, 영광, 미래도 마찬가지. 슬프다. 너무나도 슬프다. 잠시 침묵이 흐른 뒤 할머니가 다시 이야기를 시작했다.

"그이는 베이의 아들이었어. 나는 젊고 아름다운 아가씨였고. "그대는 내 전부요"라고 하는 말을 믿었어. 베이의 아들이었다고. 늠름한 풍채에 푸른 눈과 금발을 지닌 남자였지. 이성을 잃은 나는 결국 임신을 했어."

"그 남자의 아이를 가지셨어요?"

로라가 외쳤다.

당황한 듯한 할머니는 재빨리 이야기를 이었다.

"우리는 약혼한 사이였어. 혼인계약도 썼고, 결혼했단다."

알와시미 부인이 추궁하듯 물었다.

"베이의 아들? 어떤 베이죠?"

힛자는 손을 내저으며 말했다.

"베이라는 것, 그게 전부예요."

알와시미 부인이 집요하게 물었다.

"누구냐고요, 어느 베이요?"

할머니는 침묵으로 일관했다. 알와시미 부인은 화를 겨우 참으며 따지고 늘어졌다. 어느 베이가, 어느 베이의 아들이 이 따위 여자랑 혼인 계약을 하는가! 알와시미 부인은 분에 찬 눈길로 할머니를 바라보았다. 등 뒤를 찔린 기분이었다. 이 사람들이 집에서 머물게 해주고, 잠자고 먹는 것을 해결해주고, 어지간히 대단하지 않고서는 출입금지인 방에 앉아있도록 해준 걸로는 부족했나? 이 따위 여자, 더럽고 쓰레기 같은 여편네가 거짓말에 자랑을 늘어놓으면서, 염치도 없이 뻔뻔하게 자신이 베이 또는 베이의 아들의 아내였었다고! 알와시미 부인이 다시 캐물었다.

"어느 베이죠? 난 베이라면, 모두 알아요. 그리고 당신…… 당신…… 당신 따위랑 결혼한 베이나 베이의 아들에 대해 들어본 적이 없군요!"

꿈속에 있었던 듯했던 할머니가 화를 내며 되물었다.

"나 따위 여자라뇨? 뭐가 문제죠?"

알와시미 부인은 대답하지 않았다. 텔레비전 리모컨을 마구 누르며 채널을 돌려댔다. 할머니는 언성을 높이지도, 화난 기색을 보이지도 않고 차분히 말했다. "내가 무슨 문제가 있나요?" 감정적으로 대응했다간 그녀 자신과 안 그래도 힘든 손자가 곤란해질 것을 알았기 때문이다. 그녀와 그녀의 손자와 불쌍한 소녀가 길을 잃어버린 것, 기댈 언덕 하나 없다는 것으로 충분하다. 하지만 이곳은 알와시미의 집이다! 무슨 말을 할 수 있을까? 아무 말도 할 수 없을 것이다. 그러던 중 수아드가 화를 내며 말했다.

"할머니, 일어나세요. 나가죠."

38

다음날 저녁은 평소와는 다른 분위기였다. 수아드는 할머니에게 알와시미와 알와시미 부인이 집시 출신이라고 말하며 열을 올렸다. 수아드는 알와시미 부인이 탄짐과 마지드의 동료들을 두려워하니, 절대로 자기네들을 내쫓지 못할 것이라고 했다. 할머니가 실없다는 듯이 말했다.

"우리랑 탄짐이 무슨 상관이라고?"

"엄청 상관있죠."

수아드가 말했다.

"탄짐이라는 말만 입에 올려도 부인은 당장 입을 다물걸요. 아시겠어요?"

"그래, 알겠다."

할머니는 밤새 생각에 빠졌다. "마지드는 탄짐의 일원이고, 나 또한 탄짐과 한 배를 탔다." 이것이 진실이라고 결론을 내렸다.

수아드가 떠보듯 말했다.

"사랑을 해보신 적 있나요, 할머니?"

할머니는 말없이 수아드를 바라보았다. 수아드가 무엇을 원하는지 알 수 없었다. 어젯밤 수아드는 알와시미 부인이 하는 말은 신경 쓰지 말라고 했다. 무슨 말이라도 하면 탄짐의 이름을 대라고 했다. 할머니는 수아드가 정치나 탄짐에 대해 이야기하려는 줄 알았다. 그런데 사랑이라니? 할머니는 수아드의 의중을 알고 싶었다. 수아드가 천천히 할머니에게 말했다.

"제가 하는 말은요, 할머니, 그 베이 말고 그 전에 누구를 사랑하셨어요?"

"여럿이었지."

할머니가 더듬거리며 대답했다.

"몇 명이요?"

"모르겠다. 세본 적이 있어야지."

할머니가 당황하여 대답했다. 수아드는 계속해서 질문을 퍼부었다.

"열 명? 스무 명? 아니면 더 많아요?"

할머니는 손을 들고 항복의 표시를 하며 말했다.

"더 많아, 훨씬."

로라가 즐거운 비명을 지르며 말했다.

"열 명도 넘어요? 스무 명도 넘어요?"

할머니가 탐탁지 않은 듯 말했다.

"더 많다고 했잖니!"

로라가 놀라서 소리쳤다.

"정말이에요, 할머니? 누구를 사랑하셨어요?"

수아드가 윙크를 보내는 것을 눈치챈 할머니가 대답했다.

"셀 수 없을 정도의 남자들과 만났지."

"신사들이었나요? 그러니까, 대단한 남자들이었나요?"

수아드가 물었다.

"물론 대단했지. 대사, 장관 같은 사람들이었고, 모자만 까딱 해도 세상을 흔들 수 있었어."

알와시미 부인이 경멸스럽다는 듯 비난을 가했다.

"이스라엘을 흔든 사람이 누군지 참 궁금하군!"

수아드는 움찔했다. 부인의 말에는 씨가 있었다. 그녀가 타르부쉬, 터번, 로브를 뒤집어 쓴 사람들을 얼마나 멸시하는지 느껴졌다. 부인은 쉴 새 없이 말하곤 했다. "그들이 문제의 이유고 원흉이야." 그녀가 보기에 그들은 요직에 앉아 무기고를 지키며 한창때의 마지드네 할머니 같은 여자들에게 푹 빠져 있었다. 그렇게 여자를 끼고 있지만 않았다면, 지금 우리가 피난처 하나 없는 처지였을까? 아니면 불행의 집으로 도피했을까?

로라가 들떠서 말했다.

"할머니 누가 가장 멋있었어요?"

할머니가 상냥히 대답했다. 기억 속 남자들은 어린아이 같았다.

"모두 멋졌어."

"아뇨, 할머니, 그건 불가능해요. 가장 멋진 남자가 있기 마련이라고요."

할머니는 웃음기를 거두고 진지하게 말했다.

"내가 사랑한 남자는 모두 멋있었어."

로라가 감탄하여 환호성을 내질렀다.

"모두 가장 멋있었다고요? 그러고는 어떻게 되었나요?"

"죽었어."

수아드는 믿기지 않아 하며 말했다.

"모두 죽었어요?"

힛자는 고개를 끄덕이며 기운 없이 대답했다.

"사람이 죽었다는 게 아냐. 사랑이 죽었단 이야기다."

"사랑이 죽었다고요!"

알와시미 부인이 갑자기 끼어들어 격하게 외쳤다.

"그런 건 사랑이 아냐."

할머니가 차분히 대답했다

"틀림없이 사랑이었어요."

부인이 그녀의 존엄과 도덕이 훼손된 것처럼 외쳤다.

"사랑이라니, 그건 욕정에 불과해."

순간 말을 멈춘 부인은 다시 리모컨을 쥐고 채널을 돌렸다. 그리고 숨을 내쉬며 분노로 차 중얼댔다. "사랑이 아냐." 부인은 자신에게 집중된 시선을 눈치 채고 담배케이스에서 담배 한 개비를 꺼내 피웠다. 그제야 상황파악이 되었다. 내가 무슨 말을 했지? 왜 소리를 쳤지? 부인은 자기 자신과 품위와 미덕을 갖춘 부인들을 지켜냈다. 이 짐승 같은 여자는 간음과 죄악으로 살아온 여자. 남자들이 그녀에게 홀리는 바람에 아내들은 버림받았다. 알와시미 부인의 남편도 그랬다. 외로웠던 밤과 비참함이 기억났다. 남편이 한 말, 부인이 한 말이 떠올랐다. 부인은 도피를 하면서도 추문이나 잡음을 내지 않았다. 가족과 가문, 자신의 이름과 자녀들의 이름에 먹칠을 하지 않기 위해서였다. 그런데 이 여자는 어떤가? 집도 이름도 자식도 없다. 도덕이라고는 찾아볼 수 없는 방탕한 여자.

두 소녀를 앞에 두고, 알와시미 부인은 침착하고 이성적으로 보이려 차분하게 말을 꺼냈다.

"제대로 된 여자라면 단 한 번의 사랑에 목숨을 걸기 마련이다. 위대한 사랑에만."

수아드는 대답 없이 고개를 저었다. 사랑은 지겹다고 내던져버릴 수 있는 놀이가 아니다. 금방 식는 열병이 아니다. 사랑이란 이스라엘과 팔레스타인의 문제, 정치, 팔레스타인 같다. 우리가 사라질 때까지 운명으로서 영속하는 것이 바로 사랑이다. 놀이가 아니라 원칙이요 맹세고, 결의다. 그가 떠올랐다. 저 멀리서 그가 나타났었다. 수아드가 말했다. "아뇨, 불가능해요." 수아드는 자신의 마음속을 파헤치며 진실은 무엇일까 생각했다. 그는 지금 멀리 떨어져 있다. 하지만 수아드의 기억 속 그는 하나의 원칙으로 남아있는 위대한 사랑이다. 이스라엘과 팔레스타인의 문제처럼, 팔레스타인처럼 언제나 존재하는 사랑이다.

로라가 믿을 수 없다는 듯 말했다.

"정말이에요, 할머니? 할머니는 단 한 번만 사랑했던 건가요?"

부인이 대답했다.

"그래, 정말이란다."

로라가 웃으며 말했다

"그러면 왜 화를 내세요?"

부인이 딱딱하게 대답했다.

"아니, 화나지 않았어."

부인은 담배 연기를 내뿜으며 곰곰이 생각했다. 사랑, 진리, 사람들의 진실을 찾아보았다. 사랑의 의미는 무엇일까? 어떤 형태를 지녔고, 얼마나 지속될까? 사랑이 영원할 수 있을까? 다시 화가 났다. 저 하층민 여자가 나타나 자신의 신념을 흔들었다. 아니, 적어도 남들이 보는 앞에서 설득 당했다. 사실 부인은 알고 있었다. 자기가 한 말, 손녀에게 한 말, 사람들 앞에서 한 말들이 거짓이라는 것. 기만이나 거짓말은 아니었다. 아니, 그 비슷한 것이긴 했다. 그녀가 말하는 사랑이란 자식과 가문, 존엄, 명예, 여성으로서의 체면을 지키는 것이라고 하는 것이 더 맞는 말이겠다.

수아드가 마지드네 할머니에게 따지듯 말했다.

"아뇨, 할머니. 영원한 사랑은 끝나지 않아요. 우리가 죽지 않는 한 사랑도 죽지 않아요."

할머니가 고개를 저었다.

"아니란다. 그건 사랑이 아냐. 네가 그렇게 사랑을 생각하는 것이겠지."

로라는 웃으며 알와시미 부인을 쳐다보았다. 수아드는 아무런 반응이 없었다. 자신의 생각과 원칙을 지키려 했다. 수아드가 말했다.

"저도 알고서 하는 소리예요."

할머니는 절레절레 고개를 젓고 아무 말도 하지 않았다. 수아드가 말했다.

"할머니, 사랑은 놀이가 아니라 약속이자 의지예요."

할머니가 잠시 생각에 잠긴 뒤 말했다.

"이를테면 탄짐을 말하는 거니?"

로라가 손뼉을 치며 웃었다. 지저귀는 듯한 웃음소리였다. 수아드는 할머니에 맞선 것 같았다. 알와시미 부인이 흥분해 수아드를 바라보며 소리쳤다.

"그럼 넌 나랑 같은 편이야."

수아드가 질겁하며 말했다.

"아뇨, 절대 아니에요."

어떻게 된 걸까? 수아드나 알와시미 부인이 같은 편이라고? 그 둘이 자신과 반대라고? 염색한 머리에 매니큐어를 칠하고 공작새 깃털을 달고, 프랑스어와 영어를 하며 아랍어의 '라' 발음을 어색하게 내는 여자인데? 산과 황무지를 지나고 탱크들을 맞닥뜨리며 동고동락한 자신이 아니라, 이런 궁전 같은 집에 있는 여자의 편을 든다고? 겁에 질릴 때나 두려울 때 보살펴주면서 코란의 야신 장과 알쿠르시 장을 읽어줬던, 목이 쉬어도 수아드와 손자 마지드를 위해 노래한 자신이다. 그간 수아드에게 자신의 과거, 베이의 아들, 야파와 하이파, 압둘 와합에 대해 얘기 했었다. 거짓말이 아니었다. 압둘 와합은 정말이고, 베이의 아들 또한 마찬가지다. 밤의 파티와 다이아몬드, 흑단 지팡이와 화원 모두가 사실이다. "당신은 움무 쿨쑴보다도 재능이 많아"라는 말은 꿈에서 들은 소리였지만, 봐줄 수 있는 수준이다. 꿈에서 헤어나지 못하는 것이 문제지. 알와시미 부인은 형형색색으로 자신을 꾸민 여자다. 믿음도 없이 흔들리는 여자다. 수아드는 자신의 원칙, 이스라엘과 팔레스타인의 문제, 그녀의 믿음이 흔들리는 것 같았다. 어디서 치솟는지 모를 분노가 느껴졌다. 화난 목소리로 그녀가 말했다.

"일어나세요 할머니, 전 자러 갈래요."

39

알와시미 부인은 모두들 저택을 떠나야 한다고 고집을 부렸다. 길거리의 사람들은 새떼 같았고, 교통 정체로 거리는 수채통처럼 꽉 막혔다. 비와 구름에 태양이 가려졌다. 모든 방송은 샤론의 발언으로 떠들썩했다. 샤론은 아라파트에게 일어난 일의 책임자에 대해 말했다. 텔레비전 스크린은 동에서 서로 향해 뉴욕에 도착했고, 군사 공격과 작전 그 결과물과 사상자, 들것을 보여주었다. 샤론 정부가 다시 외쳤다. 이건 아라파트의 책임이다.

부인은 이번 공격이 인정사정없을 것이라 했다. 유대인들의 라말라 진입은 정찰과 침략을 위한 것이고, 재앙이라고 했다. 가옥을 파괴하는 일도 같은 맥락이다. 어느 집이든 빌딩이든 청년이나 안보군이 숨어 있는 곳은 그야말로 학살의 현장이었고, 화염과 연기가 치솟는 재앙이었다.

알와시미 부인이 말했다.

"난 떠나겠다. 마지드 아니면 나를 노릴 거다."

로라가 화를 내며 말했다.

"지금요? 이 시간에요? 불쌍한 마지드는 꼼짝도 못하고 있어요!"

부인이 일갈을 날렸다.

"다치고 힘없는 사람은 바로 너야. 마음이나 생각이나 어리구나. 세상에서 사랑이란 모두 시간이 흐르면서 시들고 사라진다는 걸 모르는구나."

로라는 어이가 없었다.

"귀한 여자들의 사랑이 대체 뭔데요?"

부인은 대답을 하기는커녕, 공습이 시작되진 않았는지 확인하러 창가로 향했다. 미사일처럼 질주하는 자동차 행렬이 보였다. 남들은 모두 가방을 짊어지고 있었다. 막대기 모양의 빵과 우유, 과일, 기저귀 등을 챙겼다. 지프차를 탄 안보군은 여기저기를 급습했고, 구급차 사이렌 소리에 창문 유리가 다 덜컹거렸고, 장미꽃잎에 얼어붙어 있던 빗방울과 차가운 수증기까지 흔들렸다. 로라가 결연에 차 말했다.

"마지드, 아니면 저를 찾는 거예요."

길고 긴 대화 끝에 모두가 내린 결론에 따르면, 수반 집무실만이 마지드가 있을 만한 유일한 곳이었다. 군인, 경호원, 간호원, 소방대원들이 모두 아라파트 수반의 집무실에 배치되어 있었다.

마지드는 눈을 떴다가 다시 감고 절망하여 중얼댔다. "아라파트는 안 돼!" 하지만 아무도 그 말을 듣지 못했다. 모두 너무 혼란스러웠다. 시끄러운 방송이 나오고 자동차 소음이 들렸다. 안보군들이 확성기 너머로 "곧 공습이 시작됩니다"라고 외쳤다. 청년들은 소총과 기관총을 들고 로터리 근처나 등대, 거리 입구, 수반 본부에 있었다.

눈을 다시 깜빡이고 난 뒤 마지드에게 보이는 것이 있었다. 알악사 사원과 아라파트의 모습이었다. 피하고 싶던 일이 현실이 되었다.

마지드에게 있어 아라파트는 그저 하나의 이미지였다. 어디서나 볼 수 있고, 기묘한 느낌을 가져다주는 이미지. 현실은 거대한 올가미였기에, 그는 저항했다. 그러나 저항 또한 올가미였다. 올가미들 사이에서 배척당하는 이와 저항하는 이가 접점 없는 소용돌이에 빠져 있다. 그 두 사람이 만나게 된다 해도 결국은 폭풍의 눈. 자신이 가지지 못한 것을 상대방에게서 발견하면 자책에 빠지고, 투쟁은 초점 없이 흔들린 사진이 된 채로 굳어버린다. 인간은 테두리 없는 사진 속에서 미동하지 않는 존재가 되었다.

마지드는 상자와 서랍, 침대, 지도, 아라파트의 대형 포스터로 둘러싸인 침대에 누워 있는 자신을 발견했다. 포스터 아래에서 할머니는 우두를 한 뒤, 신이 승리와 이성을 가져다주시길, 공습이 시작되기 전에 마지드가 정신을 차리게 해달라고 기도했다. 할머니가 말했다. "신이시여, 하늘과 천사의 이름으로 마지드를 자유롭게 하소서. 마지드의 인생이 행복과 영광으로 가득하도록 하소서." 마지드가 놀라서 물었다.

"할머니 이게 생시인가요?"

할머니가 마지드를 미소로 바라보며 대답했다.

"물론, 생시이고말고. 네가 아직 잠에서 깨지 않았을 뿐, 정신은 멀쩡하다고 천사들이 말해줬단다. 앉아보렴, 아가. 어떻게 된 일인지 설명해주마."

마지드는 혼란스러웠다.

"네, 네."

2부

1

공격이 개시되었다. 그 전에 모든 통신망과 전화, 안테나, 휴대폰이 먹통이 되었다. 물과 전기도 끊겼고 텔레비전도 나오지 않았다. 세상의 그 어떤 것과도 닿을 수 없었다. 그저 죽음을 알리는 침묵 속에서 개 짖는 소리만이 들렸다.

비 내리는 어두운 새벽부터 시작되었다. 짙은 안개가 세상을 눈처럼 뒤덮었다. 사람들은 허공을 헤매는 유령 같았다. 수천 대의 탱크가 굉음을 내며 안개를 뚫었다. 어둠을 울리는 탱크는 새벽을 뚫고 사방에서 아라파트 수반에게 향했다. 건물 위 경호부대는 공격에 대응하기 위해 준비된 상태였다. 하지만 누구에 맞서야 하는 걸까? 하얀 안개와 기계, 탱크, 전투기의 굉음, 죽음의 침묵이 뒤섞였다. 부대장이 마지드를 바라보고 말했다. "움직이지 마라. 너는 두 번째 열에서 수반의 집무실 문을 지켜라." 동료들과 함께 수반의 집무실을 지켜내야 한다는 뜻이었다. 수반을 보호해야 했다. 여차하면 목숨이라도 바쳐야 한다는 것. 알지도 못할 뿐더러 이해할 수도 없고 믿을 수도 없는 남을 보호해야 했다. 사진으로 본 것이 전부인 사람을 위해 왜 목숨을 바쳐야 하지? 사진 가지고는 위험을 피할 수도 없었고 공격을 당할 뿐인 것이다. 정부와 권력, 중심을 잃고 비틀대는 협약만 아니었다면 수반은 이 세상에서 사라져 정신을 잃었을까? 아파치 헬기가 폭격하는 가운데 파리와 밤의 늑대들 사이에서 뇌진탕을 일으킨 것은 피할 수 없는 운명이었을까?

"돌격, 돌격하라!" 부대장이 명령했다. 미닫이 문 너머에 있을 누군지 모를 표적을 향한 공격이 시작되었다. 명령하는 소리는 더욱 가까워졌고, 그때 마지드는 처음으로 수반을 보았다. 마지드의 동료가 수반에게 경례를 올리려 했지만 수반이 제자리로 돌아가라는 손짓에 멈춰 섰다. 순간 섬광이 비쳤고, 고요해졌다. 눈 깜짝할 사이에 다른 세상 같았다. 수반은 생각보다 키가 작았고 다정한 눈매와 몸짓을 지닌 사람이었다. 불안한 눈빛에는 그의 내면이 고스란히 보였다. 공포와 분노, 슬픔과 분노, 절망과 분노가 보였다. 가족도, 친구도 없다. 세상은 우리를 떠났고, 지도자들은 침묵했다. 미국은 목소리를 냈고, 아랍인들은 숨이 막혔으며, 샤론은 승리를 거뒀다. 아니, 아직 그렇진 않다. 샤론은 수반을 쓰러트릴 수 없다. 확대된 수반의 컬러 사진 속에는 우리 모두가 함께했다. 우리는 그 흐릿한 사진 속에서, 사진이 선명해지기를 기다렸다. 한마음으로 된 단단한 벽처럼.

"이봐, 공격해, 공격하라고."

동료가 한 명 쓰러졌다. 무기를 들은 마지드는 공격에 더 집중했다. 입구에서 한 명이 쓰러졌고 세 명이 부상을 입었다. 동쪽 입구가 먼저 무너졌으며, 그 다음은 서쪽 입구였다. 포화와 탱크로부터 우리를 보호해줄 방어벽 하나 없었다. 불도저가 수많은 차를 바퀴벌레 죽이듯 짓눌렀다. 시멘트 벽과, 바위, 수반 집무실도 마찬가지였다. 그들은 정보국 건물에 쳐들어갔고, 몇 미터 앞까지 임박한 죽음처럼 다가왔다. 수반이 2층으로 내려와 마지드 옆을 지나가며 가볍게 그의 어깨를 토닥거렸다. 이걸로 위로는 충분했고, 목표가 더욱 확실해졌다. 다시 수반과 눈빛을 주고받기 위해 고개를 돌리는 순간, 벽이 무너지면서 마지드는 잔해 더미와 연기 속에 쓰러졌다.

그동안, 수반 본부 정문에서는 수반 경호대와 안보군, 그리고 탱크와 장갑차로 무장한 점령군 간의 치열한 전투가 벌어졌었다. 수반 경호대가 정문 앞에 설치해놨던 금속 방어벽은 공격을 버텨내지 못했다. 전투가 일어난 지 몇 분 지나지 않아, 경호대 소속 장교 한 명이 사망했고, 열여덟 명이 넘는 대원들이 부상을 입었다.

끝없는 폭격으로 빈틈을 만들어가며 점령군은 정보국 본부로 침투할 수 있었다. 이렇게 수반 본부 동쪽이 완전히 점령당했고, 그들과 수반 집무실 사이에는 한 장의 벽만이 있었다. 점령군이 수반 본부를 향해 전진할수록 상황은 극한으로 치달았다. 본부에는 수반을 지키기 위해 온몸을 불사를 특공대원들이 배치되어 있었다.

전투는 더욱 치열해졌다. 일 대 일, 방 대 방으로 교전이 일어났다. 점령군은 정문과 방에 난 구멍을 통해 수반 집무실에 다가왔다. 그때 본부에 있던 모든 이가 알파티하 장을 낭독하고 샤하다*를 읊었다. 점령군의 진격을 막으려는 총알이 사방에서 비처럼 쏟아졌다. 한 시간 반의 대치 끝에서야 특공대원들은 공격을 막아낼 수 있었다.

이후 마지드는 2층으로 올라갔다. 경호원들 사이를 조용히 빠져나가며 수반이 있는 곳으로 향했다. 몇 미터를 사이에 두고 수반을

---

* 이슬람에서 신앙선언을 의미.

응시하며 생각에 빠졌다. 이 남자가 바로 아라파트인가? 할머니는 그가 큰 키에 좋은 체격을 지닌 데다 우레와 같은 목소리, 칼날처럼 날카로운 눈매를 지닌 사내라고 했다. 하지만 눈앞에 보이는 수반은 평범했다. 거인도 아니었고 천둥 같은 목소리를 지니지도 않았다. 두 눈매가 칼날 같기는 했다. 그의 끓어오르는 눈빛에 마지드는 시선을 낮추었다. 부족한 수면과 피로에 고령임에도 불구하고 수반의 눈은 송곳보다도 더욱 날카로웠다. 칼처럼 뚫고 나와 베어버릴 듯 날카로웠다. 수반은 자신과 함께하고 있는 이들을 하나하나 살피면서 삶의 비밀을 찾는 듯했다. 산 사람도, 죽은 사람도, 약한 사람도, 투항한 사람도 있었다. 절망의 순간이다. 무너질지, 항복할지, 극복할지 결정이 필요한 순간이다. 타협은 없다. 무자비한 적에겐 타협이란 없다. 적은 그대의 모든 것을 갈망한다. 그대의 이름, 그대의 육신, 그대의 마음, 그대의 영혼, 그대의 꿈, 그대의 선조들이 남긴 유산. 그리고 그대에게 남는 것이라곤 비참하게 굴복한 개의 꼴로 발밑의 부스러기를 핥는 것뿐. 그대는 개인가? 비참한 존재인가? 동물처럼 우리에 갇혀도 괜찮은가?

수반은 여전히 대원들을 바라보며 그들에게서 삶의 비밀을 찾아내는 중이었다. 공포와 용기의 비밀을 찾았다. 그리고 송별의 기도를 하듯 속삭임에 가깝게 말했다.

"삶을 위한 죽음이여 어서 오라."

그러자 누군가가 외쳤다.

"죽음이여 어서 오라."

이 말을 다시 정정하듯 수반이 목소리를 높였다.

"삶을 위하여!"

그리고 수반은 대원들을 바라보았다. 그들 중 눈가에 눈물이 맺힌 청년이 보였다. 전에 본 적 없는 청년이었다. 상관없다. 어쩔 수 없으니 말이다. 이곳은 피난처요 마지막 덫이다. 수반은 청년에게 가까이 다가가 팔 너비만큼의 거리를 사이에 두고 청년을 바라보았다.

"그대는 전사인가?"

마지드는 침을 삼켰다. 눈물을 보인 부끄러움, 불행과 점령과 혼수상태로 더러워진 삶의 치욕을 삼키고 강해 보이려는 목소리로 대답했다.

"그렇습니다."

수반은 마지드에게 다가가 그의 귀에 속삭였다.

"그럼 이 눈물은 뭔가?"

살이 베이는 듯한 질문이었다. "전 예술가라서 그렇습니다"라는 변명을 하고 싶었지만, 사령관과 동료 전사들 앞에선 부끄러운 마음에 망설여졌다. 마지드가 불안하게 대답했다.

"사람이기 때문입니다."

수반은 고개를 끄덕이며 걸어 나갔다. 그러자 누군가가 소리쳤다.

"영혼과 피를 다해 아라파트 님에게 우리를 바치겠습니다!"

수반의 등 뒤에서 사람들이 소리치자 건물이 흔들렸다. 그러자 수반은 손을 들어올리며 그들의 말을 정정하며 기도를 하는 듯한 침착함으로 말을 꺼냈다.

"영혼과 피를 다해 팔레스타인에게 우리를 바치는 것이다!"

그들이 재창했다.

"영혼과 피를 다해 팔레스타인에게 우리를 바친다!"

다시 건물이 흔들리며, 아직 무너지지 않은 곳들이 같이 흔들렸다. 마지드는 사령관을 보았다가 대원들에게로 시선을 옮겼다. 한명, 한명을 바라보며 가슴이 벅찼다. 예술가인 자신의 눈물이 고인 것처럼, 그들 눈에도 눈물이 고여 있었다.

2

다시 혼수상태에 빠져서 기억을 잃어버릴 것을 대비해 적어놓는다.

고립되었다. 휴대폰이고 안테나고 우리를 바깥세상과, 사람들과 이어줄 모든 것이 끊겼다. 우리는 감옥에 갇혔고, 덫에 빠졌다. 포위망은 더욱 좁혀졌다.

수반이 라디오 무전기에 대고 말했다.

"그는 미쳤습니다. 범죄자입니다. 제발 뭐든 해주십시오!"

라디오를 들은 샤론은 자신의 군대에게 폭격 강화를 주문했다. 폭탄과 미사일이 사방에서 날아왔다. 지옥의 불이었다. 수반은 기자들, 노동자들로 구성된 민간인들을 바라보며 말했다. "캐비닛으로 창문을 막으시오. 그리고 바닥 위에 누우십시오, 어서." 사람들은 바닥에 납작 엎드려 코란의 수라를 낭독했다.

일순간 침묵이 감돌았다. 복도에 있던 경호원 하나가 워키토키로 삼촌에게 작별인사를 하는 것이 들렸다. "절 용서해주세요, 삼촌, 용서해주세요." 다른 사람은 "천국의 향기를 환영합니다"라고 또박또박 적고 있었다. 우리 모두 천국과 죽음의 천사가 문지방에 숨어있다는 것을 깨달았다. 신에게 자비를 갈구하며, 우리를 기억할 사람들을 떠올렸다. 누가 나를 기억할까? 아흐마드, 아버지, 할머니, 로라, 수아드? 이들이 내 어리석음을 용서해줄까? 나의 좋은 점들을 기억해줄까? 내게 장점이 있긴 했던가? 용서하세요, 아버지. 용서해주세요. 그리고 로라. 너에게 내가 상처를 줬던 걸까?

"용서해주세요, 삼촌. 절 용서하세요." 경호원이 다시 말했다.

죽음이 모두에게 드리워져 있었다. 몇몇 사람들은 눈을 감고 현실을 도피했다. 누군가는 웅크린 채 잠들었고, 또 다른 사람은 며칠 내내 깊은 잠에 빠져서 폭탄과 미사일과 총알 소리는 물론 사람들이 욕을 해도 일어나지 않았다.

무전을 들은 샤론은 광장으로 향해 진두지휘를 맡았다. 계획을 짜고, 조직을 꾸렸다. 그동안 세상에는 아라파트와 그와 함께한 사람들이 무사하다고 알려졌다. 아라파트는 무전기에 대고 소리쳤다. "거짓말, 거짓말이다, 샤론, 이 거짓말쟁이 놈아!"

자신을 모욕하는 소리를 들은 샤론은 행동으로 이 문제를 끝내버리겠다고 결심했다. 동부로 이동하던 중, 샤론은 상황이 좋지 않아졌으며 아라파트가 신이 나서 춤을 다 추고 있다는 소식을 들었다.

어째서? 무슨 일이지? 온갖 인종과 국적으로 이뤄진 평화활동가들의 원조가 도착했다는 소식도 전해졌다. 영국, 독일, 미국, 이탈리아, 심지어 유대인들도 있었다. 유대인이? 유대인이 말인가? 놀라운 일이다. 진작 세상이 우리를 잊은 줄 알았다. 가족도, 친구도 없이 사악한 놈들 앞에 놓인 고아인 줄만 알았다. 하지만 그들이 왔다. 정말로 왔다.

다시 혼수상태에 빠져서 기억을 잃어버릴 것을 대비해 적어놓는다.

평화활동가들은 팻말을 들고 구호를 반복하며 등장했다. 군인들은 그들을 겁주려고 공중에 총을 쐈지만, 이에 굴하지 않고 활동가들은 광장으로 전진하며 정문과 바리케이트 근처까지 접근했다. 활동가들을 맞이할 준비를 한 경호원들은 방어벽의 일부를 개방했다. 활동가들은 박수갈채와 함성 속에 본부에 도착했고, 우리의 수반은 그들을 환영하며 맞이했다.

평화활동가 집단의 대표인 클라우디아 라 포스텍이라는 프랑스인 여성이 말했다.

"라말라에서 벌어지는 일들을 듣자, 또 다른 참극이 일어났다는 생각이었습니다. 무슨 수를 써서라도 현장에 와야겠다고 결심했어요."

그녀가 말하길, 대표단원들은 팔레스타인 사람들의 용기로 미국과 이스라엘의 지배구조에 대항할 수 있을 것을 믿고 있다고 했다. 팔레스타인 사람들과 그들의 편에 선 사람들은 승전을 거둘 것이고, 샤론은 패배할 것이라고 했다. 나타야 골란이라는 유태계 캐나다인 여성이 끼어들며 말했다.

"저는 제 아이들이 사랑과 평화로 살기 바랍니다. 점령이 자행되는 한 그 누구도 평화를 누릴 수 없어요……."

마흔 명의 활동가들은 손님대접을 극구 사양했다. 오히려 요리니, 청소니 하는 모든 일을 도맡았다. 몇몇 여자 활동가들은 자투리 재료들로도 요리는 충분히 할 수 있다는 입장이었다. 활동가들은 사탕을 가져와 우리에게 조금씩 나눠주었다. 해가 저물면 우리들의 방으로 뿔뿔이 흩어져, 언제 일어날지 모를 공격을 막아줄 인간 방패 노릇을 했다.

그들은 꿀벌처럼 일했다. 60세의 교수인 제라르는 밤낮으로 현장을 보고하는 글을 썼다. 젊고 매력적인 여성 줄리아는 자신의 셔츠를 찢어 한 청년의 상처에 붕대로 썼다. 모로코에서 온 무함마드 빈 바라카는 아버지의 부고를 들었지만, 수반 본부에 남아있겠다고 했다. 슬픔 속에서도 우리는 니콜슨의 쉰다섯 번째 생일을 축하하기도 했다. 예상치 못하게도, 니콜슨은 생일 케이크와 초콜릿과 축하의 촛불 대신 단 과자와 토마토가 담긴 접시를 나눴다. 우리는 니콜슨에게 팔레스타인 국기와 베들레헴 2,000년 영광의 메달을 걸어주며 잔뜩 입을 맞췄다. 그러고 나서는 이 기묘한 파티의 기념사진을 찍었고, 아직도 이날의 사진은 사랑과 우정, 민족의 형제애의 상징으로 남아있다.

다시 혼수상태에 빠져서 기억을 잃어버릴 것을 대비해 기록을 하고 있긴 하다만, 이 기록이 세상의 빛을 보게 될 때까지 나는 살아있을 수 있을까?

3

활동가들은 우리에게 빵, 치즈와 함께 드로퍼로 물을 나누어주었다. 그렇지만 굶주림과 갈증을 해소하기엔 역부족이었다. 뱃속에서는 난리가 났다. 화장실을 다녀오는 일은 살아 있는 고문이었다. 피바다를 보거나, 갈증과 복통, 불안에 시달렸다. 쥐나 돼지의 생활이 더 나을 지경이었다. 하지만 어떤 동료는 인내야말로 해답이라고 말했다. 다른 동료는 신앙이 해답이라고 말했다. 또 다른 동료는 말하길, 음식과 가족을 생각했다간 그나마 남아있던 힘도 빠지고 정신이 흐트러진다고 했다. 나는 아멘, 이라고 대답했다. 할머니가 더 그리웠고, 향수가 짙어졌다. 할머니가 해주신 속을 채운 호박, 무사칸,* 노릇노릇한 타분**은 현실과 상상 속에서 나를 사로잡았다.

폭격이 멈추면서 불안해졌다. 무슨 속셈이지? 언제 공격하는 걸까? 어느 방향에서? 어떤 무기로 어떻게 맞설 것인가? 식량과 탄약도 없는데? 우리는 기회를 엿보기로 했다. 창고들 중 한 곳은 여전히 무사했다. 그곳에는 물병이 쌓여 있었고, 폭파되지도 않았다. 사람들의 설명을 듣고, 그 창고가 무슨 창고인지 기억해낼 수 있었다. 바로 내가 침대에 누워있고, 할머니가 함께 계셨던 창고였다. 몇 시간, 며칠 전, 아니, 기억나지 않는다. 그때 나는 눈을 떴었고, 시야에 사

---

* 구운 닭고기와 여러 야채를 섞은 팔레스타인 요리.
** 무사칸과 같이 먹는 납작한 빵.

진 하나가 들어왔다. 그 아래에 할머니가 계셨고, 내가 말했다. "할머니, 저 깨어 있어요." 할머니가 대답했다. "그래, 넌 잠들어 있었을 뿐이고, 지금 깨어났단다." 그러고 나서 할머니는 사라졌고, 나는 다시 혼수상태에 빠졌다. 이후 공격이 시작되었다.

그리고 지금, 수많은 특공대원들이 물을 위해 죽음의 위험을 무릅쓰기로 했다. 나도 동행하겠다는 말은 단칼에 거절당했다. 사람들은 내가 불안한 상태란 것을 알았다. 이따금은 제정신이 들어 기억이 돌아오기도 했고, 현실을 떠나 꿈속 세상에 있을 때도 있었다. 그렇기에 나는 무슨 일들이 일어나고 있는지 기록하기 시작했다. 사람들이 내게 한 말, 내가 사람들에게 한 말, 뇌리를 스치는 그 모든 것을 기록했다. 내가 부상을 입기 전의 일을 기억하고 있다. 알와시미, 로라, 수아드, 음악 이전에 있던 일들도 기억한다. 이곳의 삶에서 음악이라곤 찾아볼 수 없다. 어쩌다 누군가가 콧노래를 흥얼거리고, 아잔을 외우기라도 하면, 나는 가슴이 벅차 눈물이 흐를 것 같았고, 할머니와 아흐마드가 그리웠다.

특공대원들은 3층 회의실로 침투해서 적군이 장악한 창고로 이어지는 1층 창문으로 들어갔다. 중간중간 그들은 위장술을 썼다. 적과 대치하는 위험한 상황이 벌어지거나 적이 매복해 있을 가능성에도 불구하고, 특공대원들은 물통을 가져오겠다고 했다. 대원들은 가볍고도 날렵하게 접근했고 숨소리조차 내지 않았다. 물을 가져오는 데는 10분도 채 걸리지 않았다. 대원들은 창문을 통해 물통을 옮겼다. 우리는 승리를 맛보며, 오랜 기다림 뒤의 안도를 느꼈다. 가장 먼

저 물을 마실 이는 특공대원이라는 데는 모두 이견이 없었다.

나는 맑은 공기를 위해, 그들은 물을 위해 죽을 수도 있었다. 혹자는 이런 것이 인생이라고 말한다.

지난 기억이 나를 괴롭혔다. 현실을 떠나 기억 없는 혼수상태로 다시 돌아갔으면 하고 간절히 바랐다. 나 또한 맑은 공기를 위해 죽을 수도 있었다. 숨을 쉬러 바깥으로 나가 보기도 했다. 지금 이곳은 감옥이나 동물 우리 같아졌기 때문이었다. 사람들은 층 전체의 창문을 서랍장, 모래주머니, 방어벽, 포격 후 남은 잔해 등으로 막았고, 화장실도 예외가 아니었다!

숨이 막힐 지경이다. 죽을 것 같다. 숨을 돌리러 바깥으로 나가 계단을 올랐다. 그런 나를 발견한 장교가 내게 말을 걸었다. 커피 한잔 하겠나? 물론요, 마시겠습니다. 이런 상황, 이런 처지, 이런 굶주림과 갈증과 봉쇄 속에서, 커피 한잔이라니! 꿈꾼 적 없던 연회로다. 성대한 연회였다. 기쁜 마음으로 커피를 마시며 자리에 앉았다. 갑자기, 눈 깜짝할 사이에, 내 손은 컵을 놓쳤고 나는 의자와 함께 공중에 떠올랐다. LAU미사일로 세상이 흔들렸고, 나는 반죽 덩어리처럼 벽에 달라붙었다. 성대한 연회와 커피도 잃었다. 있을 수 있는 일. 만에 하나인 일. 봉쇄 속에서 발견한 바닷물 한 방울. 사람들은 말하지, 이게 인생이라고!

4

아흐마드는 움무 수아드*에게 상당히 의지했다. 움무 수아드는 엄마와 집을 대신하는 존재였다. 개인적으로 좋아하는 유형의 사람이기도 했다. 강인하고 다정하며 관대했다. 움무 수아드는 아흐마드가 올 때마다 음식을 한 상 차려주었다. 삼부섹,** 타임 빵, 온갖 종류의 디저트들. 아흐마드의 생일날에는 레몬 잎과 딸기로 장식된 멋진 케이크를 구웠다. 아흐마드는 케이크가 마음에 들어서 사진까지 남겨놓았다. 그때 털실뭉치를 가지고 노는 고양이의 사진도 찍었다. 고양이 때문에 감옥에 가는 고생을 겪었어도 고양이가 좋았다. 움무 수아드에게 감옥 이야기를 들려줄 때면, 아흐마드는 부끄러운 듯 말했다. "고양이가 없었다면 전 정신을 차리지도 못했을 테고, 이 모든 일에 나서지도 않았을 거예요." 그러면서 아흐마드는 적신월사*** 복장과 배지를 가리켰다. 움무 수아드는 아흐마드가 사진은 왜 찍는지 궁금해했다. 아흐마드는 "취미예요"라고 수줍게 대답하며, 사진 몇 장을 보여줬다. 고양이, 키르얏 샤이바 정착촌의 미라, 언덕 위 이사와 마지드, 그 뒤로 보이는 키르얏 샤이바의 아이들과 두려움이 서린 울타리가 담긴 사진들. 움무 수아드는 어째서 울타리가 두려운

---

* 아랍문화 특유의 표현으로, '움무 수아드'란 수아드의 어머니란 뜻. 움무 대신 '아부'가 붙으면 아버지라는 뜻이다.
** 튀긴 만두와 비슷한 레바논 음식. 터키의 영향을 받음.
*** 이슬람권의 적십자사로 붉은 초승달 표장을 사용한다.

존재인지 물었다. 아흐마드는 "그들을 지켜주는 울타리니까요"라고 무미건조하게 대답했다. 움무 수아드가 웃으며 물었다. "이 울타리가 그들을 보호한다고?" "보호하는 게 맞는지는 모르겠네요. 저나 미라나 보보, 고양이도 울타리 밑을 지나간 적이 있어서요." 움무 수아드는 문득 궁금해졌다. "감옥에 다녀온 후에도 울타리를 넘어 봤었니?" 아흐마드는 진지하게 생각을 하더니 혼란스러운 듯 대답했다. "가능하긴 한데, 신만이 아실 일이죠." 아흐마드는 움무 수아드의 얼굴을 응시했다. 왜 이런 걸 묻느냐는 뜻이었다. 아흐마드는 움무 수아드의 과거와 현재, 수감 중인 수아드의 아빠, 수아드를 알고 있었지만, 굳이 입 밖에 꺼내지는 않았다. 움무 수아드에게서 자신의 엄마를 발견했다. 실제로는 엄마를 닮기는커녕 정반대였다. 강인하고 씩씩하고 관대하며 날카로운 화법의 소유자였고 웃음소리로 이웃을 놀라게 했다. 움무 수아드는 대포처럼 쩌렁쩌렁한 목소리로 잡화상인, 빵집 주인, 박하 장사에게 말을 걸었다. "잘 지내셨어요?" 돌아오는 답변은 다음과 같았다. "잘 지내요", "공격이 시작되려나 봐요", "바구니 내려줘요." 움무 수아드는 옥상이나 창문으로 바구니를 줄에 매달아 내렸다. 그러면서 "손님이 와 있어. 빵이랑 고기, 야생 엉겅퀴, 올리브유 한 병 줘요"라고 말했다. 그리고 작업장에 있는 여공들에게 외쳤다. "얘들아, 일 안 하고 뭐하니? 손님이 왔으니 요리를 해야겠네." 아흐마드에겐, "아흐마드, 이 귀여운 녀석아. 오늘은 우리랑 꼭 같이 밥 먹기야." 아흐마드의 얼굴이 붉어졌다. 시선을 돌려보니 여공들이 아흐마드를 보고 있었다. 자리를 급히 피하며 아흐마드가 말했다. "할 일이 있어요." 계단을 내려가던 중 움무 수아드가 외쳤다. "이리 와라, 어서, 착한 아이야, 속상하게 하지 말고. 오늘은 우리랑 같이 점심 먹어야 한단다." 그리고 정오가 되자 아흐마드는 식사를 하러 돌아왔다. 괜히 쑥스럽고, 여자들 앞에서 움무 수아드가 했던 말이 신경 쓰이긴 했지만, 절로 발걸음이 향했다. 먹는 것이란 여전히 즐거운 일이었고, 집에 있는 착각을 불러일으키기도 했으니까.

5

공격이 시작되었다. 확성기 너머로 경보가 들렸다. "나블루스 주민 여러분, 유대인들이 공격 중이오니 대피하십시오." 움무 수아드는 웃음을 터트리며 여공들에게 말했다. "어서 일이나 하렴. 멀뚱히 서서 뭐하니?" 공격 전에 받아놓은 주문 물량도 다 채워놓고 수금도 끝내야 했다. 움무 수아드는 집안의, 작업장의, 여공들의 밥줄을 책임지는 사람이었다. 수아드의 아버지가 수감된 이후로 움무 수아드는 강인해졌다. 처음에는 다른 여자와 다름없이 집안에 틀어박혀 요리하고 숨만 쉬다 임신하고 아이를 낳았다. 고양이나 토끼처럼 아이들을 내리 낳았다. 매해 배가 불러 있었고, 품에 한 아이를 안고, 무릎에 또 다른 아이가 매달려 있었다. 집안은 포화 상태가 되어 더 이상 새로운 우리 하나 놓을 수 없었다. 그리고 유대인들이 그 자리를 채웠다. 그들은 수탉을 가져가고 암탉과 병아리만 남겨놓았다. 움무 수아드는 비명을 지르며 머리카락을 쥐어뜯었다. 그러고는 자리를 털고 일어나 일을 시작했다. 묵직한 금팔찌를 팔아 재봉틀을 샀다. 한 대씩 사들이다 보니 집이 재봉틀로 가득 찼다. 그동안 아이들은 자랐다. 사이드는 시리아로 유학을 갔고, 아지즈는 모로코로 갔다. 마르완은 미국으로 떠났고, 마흐무드는 요르단 계곡 전투에서 세상을 떠났다. 자밀도, 이마드도 떠났다. 움무 수아드에게 아이라고는 수아드뿐이었다. 누가 계집애가 필요 없다고 했던가? 어찌 수아드에게 사랑을 쏟지 않을 수 있으리오? 사람들은 모두 그녀를 움무 수아드라고 불렀다. 딸 수아드는 세상 전부요, 한 떨기 꽃이었다. 아이들의 아비라는 사람이 물려준 것은 걱정과 공포, 청구서와 생활비 부담뿐이었다. 변호사가 필요했고, 면회 때마다 남편의 담배, 음식 비용을 대야 했다. 면회를 가기 며칠 전부턴 키베흐, 삼부섹, 참깨빵, 치즈, 단과자, 케이크를 담은 바구니를 꾸렸다. 처음엔 그렇게 신경 쓰지 않았다. 아이들을 기르고 학교를 보내는 일을 비롯해 의식주 해결이 최우선이었다. 지겨운 일이었다! 다 누굴 위해서인가? 누구 덕분인가? 아내는 신경도 쓰지 않는 남편 덕분일까? 수감되기 전, 남편은 노새처럼 멍청했고, 집안을 시끄럽게 만들곤 했다. 남편이 움무 수아드에게 말했었다. "이 여편네야, 이 무식한 여자야." 움무 수아드가 대답했다. "알았으니까, 일단 진정이나 해요. 조급하게 좀 굴지 말라니까요." 정신없이 이리저리 오가며 설거지를 하고 아이들에게 젖을 먹이고 몸이 불편한 시어머니의 화장실 수발까지 들었다.

이후 남편이 감옥에 갇히고 시어머니가 세상을 떠났다. 아들들이 떠나고 그녀만 홀로 남겨졌다. 그래도 그녀는 더욱 강해졌다. 남편이 오늘이라도 당장 돌아와 "이 멍청한 여자"라고 말한다 해도, 남편이 있는 세상이 더 낫다고 생각한다. 실제로 남편은 감옥에서 여러모로 성장했다. 차분해지기도 했고, 다정하고 유쾌하고 농담까지 하게 되었다. 감옥에서 오히려 인간 구실을 하는 법을 배운 셈이었다. 지금 남편은 쉰 살도 넘었다. 아내의 나이는 마흔넷이었다. 남편은 웃으며 아내에게 말했다. "당신이 마흔네 살 아줌마라고?" 아내는 감옥을 쩌렁쩌렁 울릴 듯 웃었다. 심지어 유대인들이 그녀를 보고 긴장할 정도였다. 호화로운 장신구를 낀 손가락을 자랑스럽게 가리키며 아내가 말했다. "마흔네 살 아줌마라고? 가서 두 번째 부인이나 들이시지!" 남편은 웃으며 말했다. "두 번째 부인이라? 어디서 데려온담?" 그러고는 자신의 검지에 입을 맞추고 유리창 너머의 아내에게 보내며 말했다. "천상의 미녀도 필요 없어. 난 당신을 택할 거야. 정신 나간 바보 같은 여자인 당신." 아내는 또 자지러지게 웃었고, 유대인들이 그녀를 쫓아냈다. 놀라웠다. 유대인들이 남편을 신사로 만들었다!

움무 수아드가 말했다.

"아흐마드야, 여기로 그것들 좀 가져와 보렴."

아흐마드는 쌀자루와 기름통, 라드통을 가져왔다.

"이사를 불러 와라."

움무 수아드가 말했다.

아흐마드는 이사를 불렀고, 이사는 칼릴과 루히와 함자를 불러왔다. 그들은 바닥, 복도와 채소밭 사이에 있는 부엌으로 물건이 담긴 포대를 줄지어 놓았다. 움무 수아드는 이웃 여자들에게 할 일을 정해줬다. 네 명씩 나뉘어서 밥을 짓고, 반죽을 빚고, 요리를 하고, 누에콩, 감자, 껍질콩, 오크라를 다듬었다. 수백 명의 전사와 이웃사람 모두에게 대접할 수 있는 씩씩한 부엌이었다. 가난한 이웃, 혁명의 이웃, 어둠과 공허의 이웃들, 짓밟힌 사람들에게 빛이 비추었다. 한 술 뜨실래요? 와서 같이 먹어요. 한잔 하실래요? 와서 같이 마셔요. 꿀이 함유된 물담배 필요해요? 그리고 시나몬과 커민과 타마린드는 어때요? 우리는 모스크처럼, 보호소처럼, 레스토랑처럼 당신에게 무료로 열려 있어요. 어서 오세요.

어떤 사람들은 유대인들이 교차로에 도착했다고 했다. 과연 어떤 놈들이 쳐들어오는지 확인하러 가자는 청년들도 있었다. 골목, 정원, 구도시, 모스크, 광장 입구, 시장, 수도원마다 지뢰가 묻혀 있었다. 유구한 역사를 지닌 고대 도시들이 사라졌다. 고대 여리고는 바다에 잠겼고, 소돔과 고모라도 자취를 감췄다. 나블루스만이 밤과 낮의 신부처럼, 과거와 현재의 신부처럼 현존하여 남아있는 유산의 박물관이다. 첨탑과 모스크, 시장의 돔, 목욕탕, 시나몬, 비누, 절인 호박향기가 있는 곳이다. 나블루스는 불변하는 신부였다. 흐르는 역사를 타고 도시는 청년으로 자라고, 노인이 되어 큰 어르신이 되었다. 그런 세월 속에서도 아름답고 역사의 향취를 맡을 수 있는 도시였다. 공기는 달콤했고 토지는 비옥하였으며 아몬드와 잣이 넘치는 곳. 과거와 고동치는 심장은 오늘날 위대한 사랑으로 현현한 것이다.

6

아흐마드가 움무 수아드에게 달려왔다.

"유대인들이 공격을 시작했어요."

움무 수아드는 믿을 수 없었다. 공격이니 점령이니 으름장은 몇 번이나 놓았던 그들이지만, 실제 행동으로 옮긴 적은 없었다. 유대인들은 정부에 속한 지역들을 다시 장악하겠다고 엄포를 놓았었다. 하지만 정부의 영토는 난장판에 가까웠다. 사람들은 숨이 넘어가게 웃으며 이렇게 말할 것이다. "정부의 안보군, 난장판 정부, 난장판 무정부 좋아하시네." 정부 치하의 지역들은 찢겨진 셔츠와 같았다. 옷깃은 이곳, 소매는 저곳, 가슴 앞면은 뒤, 단추는 찾아 볼 수도 없는 그런 셔츠였고, 흙탕물 위에 뜬 기름방울이었다. 도대체 무슨 일이 벌어졌냐는 말이 절로 나왔다. 형태도 갖추지 못한 이곳의 지도자들은 또 어떤가. 오이, 토마토, 무, 상추, 파슬리가 바닥도 뚜껑도 옆면도 없는 마분지 상자에 담긴 꼴이었다. 그들은 이 상자를 소금기 있는 땅에서 가져와 헌옷 더미처럼 던졌다. 매트리스를 채우듯 상자 안을 채워 농부, 빈자, 미망인에게 팔아 넘겼다. 사람들도 난장판이었다. 투바스 출신의 농부, 칸 유니스 출신의 베드윈, 라말라에서 온 인텔리. 몇몇 말은 아랍어고, 어떤 말들은 영어였다. 소녀들은 짧은 바지를 입고 놀고, 부인들은 전통 가운과 스카프로 몸을 감쌌다. 기묘한 조합이었다. 여기에 캐나다와 파리와 로마와 런던과 불가리아와 루마니아와 에티오피아에서 온 흑인 정착민들을 더하면 더욱 놀라운 조합이 탄생한다. 듣지도 보지도 못했던 기묘한 지도와 놀이터, 미친 사람들의 광장, 악마 같은 요리사가 육각형의 국자로 자신이 먹을 수프를 젓듯 우리를 휘젓는 모습.

움무 수아드는 아흐마드의 말을 믿지 않고, 여공들에게 "얘들아, 멈춰 서서 뭐하니?" 하고 소리치기만 했다. 총성과 미사일 소리는 일상이 되어 있었다. 일로 복귀하기 전 잠시 귀를 기울이는 라디오, 정오의 아잔 소리, 텔레비전 뉴스 같았다. 아흐마드는 얼이 빠진 채 움무 수아드를 바라보았다. 여공들은 하나 둘 숄을 챙겨 밖으로 뛰어나갔다.

마침내 상황을 파악한 움무 수아드는 계단을 내려갔다. 손에는 실 뭉치가 쥐여 있었다. 그녀는 가자 지구에 있는 가족과 연락이 끊긴 한 청년을 위해 스웨터를 짜고 있던 참이었다. 청년은 훤칠하고 깔끔하고 창창한 나이였다. 수아드의 또래거나 어렸다. 청년은 말하길, 이제 막 결혼을 한 새신랑이며, 자신의 엄마에겐 일곱 명의 딸과 외아들인 자신이 전부이고, 포위가 시작된 후로는 가족과 소식이 닿질 않는다고 했다. 청년은 자치 정부를 위해 안보군에 소속되며 전통 바지 같은 카키색 군복을 입었다. 청년은 자신이 해안가에서 자라선지 추위를 견디기 힘들다고 말했다. 움무 수아드가 말했다. "내가 스웨터를 짜줄 테니 그걸 입으면 될 테다, 가자에서 온 아이야." 움무 수아드는 청년과의 약속을 지키기 위해 서둘렀다. 공격이 시작되기 전에 새신랑이자 일곱 자매를 둔 외아들을 위해서.

한 여공이 돌아왔다. 품에는 젖먹이 아이를 안고, 다른 아이는 그녀의 옷깃을 잡아당기고 있었다. 그녀가 겁에 질려 소리쳤다.

"유대인, 유대인들이에요! 그들이 동쪽에서 쳐들어왔어요, 우리 집을 무너뜨렸어요!"

움무 수아드는 손에 있던 실 뭉치를 떨어트리고 창가로 달려갔다. 동쪽 교차로를 탱크 대열이 둘러싸고 있는 것이 보였다. 서쪽으로는 아무것도 보이지 않았다. 다닥다닥 모여 있는 집들, 첨탑, 옥상 위 안테나와 인공위성 접시가 시야를 가렸다. 보이는 것이라고는 모스크와 치솟는 화재 연기뿐이었다. 폭포와 같은 소리와, 휙 하고 무언가 날아가는 소리, 터지고 분출하는 소리가 들려왔다. 오래된 비누 공장에서 나는 것이었다. 짙은 연기에 휩싸여 기름과 소다로 공장이 불타오르고 있었다. 이후 미사일이 지붕에 떨어져 건물이 흔들렸다. 물건들은 난장판이 되었고, 실과 실패는 이리저리로 흩어졌으며, 창문과 문, 텔레비전이 떨어졌다. 움무 수아드는 계단으로 달려가 소리쳤다. "그들이 공격하고 있어! 공격하고 있다!" 아흐마드가 말했다. "저는 가볼게요. 병원은 만원일 거예요." 아흐마드는 계단을 뛰어 내려오다가 가자에서 온 청년과 마주쳤다. 청년에게 알고 있는 정보가 있는지, 유대인들이 어디까지 왔는지 물어봤다. 청년은 멀뚱히 아흐마드를 바라보다 고개를 돌려 날카롭게 대답했다. "지금 나한테 물어보는 거야? 너야말로 대답해봐."

가자에서 온 청년은 다른 전사나 안보군과 다를 바 없었다. 무슨 상황인지 그도 몰랐다. 지도자들은 말하길, 유대인들이 엄청난 군사력을 가졌고 그들의 탱크와 장갑차와 전투기는 좁디좁은 시장골목을 지나지 못한다고 했다. 무지막지하게 복잡한 골목길은 그들이 지나가지 못할 정도로 좁았고, 어두운 돔과 낮은 지붕들이 있었다. 아무리 대단한 최첨단 무기와 전투기가 동원해도 유대인들은 육지에선 고립무원 신세다. 단순한 무기로 가옥과 가옥을 사이에 두고 전투가 발생해도, 우리는 여기서 자랐기에 속속들이 길을 알았다. 출입구는 물론 비밀 장소와 이웃집도 모두 파악해놓았다. 그들은 이미로 속에서 길을 잃을 것이다. 이 골목과 뒷길들은 실로 미로와 같았다. 주민이 아닌 이상 빠져나올 수 없었다. 지상에서 탱크, 장갑차, 아파치 헬기 밖에서 전투를 하게 되면 그들이 마주할 것은 죽음이요, 우리는 그들에겐 악마일 것이다. 가옥 뒤, 어둠 속, 유령처럼 위아래를 뛰어다니며 우리는 그들을 놀라게 해줄 테다. 그리고 죽음을 보여줘야지.

하지만 교전은 일어나지 않았다. 유대인들은 탱크와 장갑차 안에서 나오지 않았다. 전투기로 폭탄을 투하하고, 골목길 안을 향해 장갑차는 미사일을 발사했다. 삼 층 건물보다도 더 높은 차량도 있었다. 유대인의 모습은 코빼기도 보이질 않았다. 대포, 안테나, 카메라만이 위에서 주변을 찍고 어둠과 빛을 뚫었다. 이사와 무사처럼 미리 매수당한 이들은 설치되어 있던 지뢰의 뇌관을 제거했다. 청년들은 그들에게 배신자라고 외치며, 불길로부터 몸을 피했다. 한 자유의 전사가 탱크 옆에서 자폭했다. 그 외에도 비범하고 용감한 시도들이 있었다. 하지만 탱크와 군인들, 레이저와 장갑차로 공기 중과 골목길에는 우르르 울리는 소리가 들렸다. 골목길이 완전히 뒤집히고 파괴되었다. 불길은 마구 치솟았고, 건물들은 완전히 가루가 되었다. 유대인들이 확성기 너머로 외쳤다.

"항복하라, 항복하라, 항복하라. 나블루스의 개새끼들아, 너희를 없애버리기 위해 우리가 왔다."

우리의 청년들이 외쳤다. "시장 중앙으로 물러나, 어서! 후퇴해!" 그러자 하나둘 물러났다. 누군가는 서 있던 자리에서 그대로 죽었고, 벽 뒤로 용케 숨는 사람도 있었지만, 금세 머리 위 벽이 무너졌다. 사람들은 비명을 질렀고, 부상자들은 울부짖었다. 도시는 참혹한 혼돈에 빠졌다. 가상현실 같은 지진이 일어난 듯했다. 공포 영화나 우주 정복의 한 장면이었다. 그것도 아니라면, 말로만 듣던 심판의 날이 도래한 것이었다.

7

그들은 여전히 음식을 차리며 밥과 콩, 수프 그릇을 나눠주었다. 여자들은 요리를 하고, 안보군은 빈민과 이재민에게 음식을 분배했다. 사람들은 외곽에서 도심으로 도망쳤다. 일부 저항세력은 여전히 용감하게 싸웠다. 요르단에서의 명성을 거뒀던 알카라미 전투의 기억을 떠올리며 적을 쳐부수려 했다. 그러나 불안정한 상황, 허술

한 조직력, 부족한 무기와 정보력으로 남은 저항 세력은 숲속에서 길 잃은 아이가 되었다. 어떻게 어디로 가야 하는지 모른 채 지도부와 분리되었다. 그 자리에 남아 공격하다 죽었다. 다른 이에게 무슨 일이 일어나는지도 몰랐다. 주민들은 곧바로 아이들과 이불을 짊어지고 도망쳤다. 쥐처럼 골목길과 어둠 속을 달렸다. 이번 공격은 전례 없는 상상 그 이상의 것이었다. 1948년의 나크바도 이렇게 공포스럽지는 않았다. 1967년은 1948년보다 더 무시무시했다. 아랍인들이 전투 한 번 해보지 못하고 패배했다. 그리고 1973년은 먼 곳, 사막에서 일어났던 일이었다. 라디오, 신문, 잡지로만 그때의 전투를 접했다. 이번 공격에는 유혈학살과 공중전이 이뤄지고, 대포와 미사일과 전투기와 장갑차가 동반되었다. 불도저는 눈 깜짝할 사이에 건물을 밀어버렸다. 최고급 메르세데스라 한들 불도저 앞에선 파이 반죽처럼 납작해지는 신세였다. 그저 텔레비전으로 미국 영화, 그러니까 〈우주 정복〉, 〈스타워즈〉, 〈람보〉, 〈제임스 본드〉, 〈바이오닉 맨〉이나 봐온 사람들에게 이번 공격은 영화나 텔레비전에나 나올 한 장면이었다. 미국과 인디언들이 떠오르고 베트남도 생각났다. 위대한 람보가 등장해 아무렇지 않게 웃으며 적들을 물리치는 모습. 농담을 하고, 여자들과 사랑에 빠지는 장면. 제임스 본드처럼, 람보처럼, 미국처럼, 영화처럼 공격이 이뤄졌다. 형언할 수도 없고, 어떻게 저항할 수도 없는 일이었다. 도망만이 최선책이었다. 도망, 도망뿐이었다. 주민들은 도심으로 도망쳤다. 마당은 이재민과 부상자와 아이들과 젊은이들의 울음소리로 가득했다. 부상자들은 벽이나 구석에 모여 있었다. 모스크에 있는 침대가 수백 명의 환자, 팔이나 다리가 잘린 사람들, 불타고 갈기갈기 찢어진 시체로 가득했고 가스와 화재로 인한 악취, 벌어진 내장에서 새어 나오는 대변, 지려버린 소변 냄새가 진동을 했기 때문이다. 누구는 그 자리에서 소변을 쌌고, 아이는 토하며 대변을 보았다. 나머지는 새까맣게 탄 듯한 개의 꼴이었다. 한 부상자가 외쳤다. 신이시여 우리를 구하소서. 이번엔 수십 명이 외쳤다. 신이시여 우리를 구하소서. 그러나 신은 탱크 안의 승자와 함께 하시고 모스크는 잊으셨다.

아비규환 속에서 아흐마드는 입을 벌린 채 서 있었다. 눈물은 말랐다. 도대체 뭘 어떻게 해야 되는지를 알 수가 없었다.

"마취약을 놓고, 수혈을 하도록." 의사가 주변에 있는 사람들에게 외쳤다. 그러자 한 간호사가 뒤에서 외쳤다. "마취약도 피도 없어요. 마취약은 다 떨어졌고, 피는 정전 때문에 상했어요." 의사는 몸을 돌려 어디 홀린 사람처럼 아흐마드를 보았다. 아흐마드는 길 잃은 사람처럼 부상자 사이에 있었다. 사람들이 자신의 다리를 붙잡고 할퀴어도 아흐마드는 조각처럼 서 있기만 했다. 의사가 아흐마드에게 외쳤다. "비켜." 그러나 아흐마드는 미동도 하지 않았다. 의사가 다시 신경질적으로 외쳤다. "야, 너, 제정신이냐, 어서 이쪽으로 와." 누군가가 바지를 잡아당기는 손길에 아흐마드는 바닥에 쓰러졌다. 쓰러지고 나니 오히려 정신이 들어 그제야 도망가려 했지만, 간호사가 능숙하게 그를 붙잡아 뺨을 때렸다. "무슨 일인 거죠?" 의사가 외쳤다. "여기 와 봐라." 간호사가 아흐마드의 등을 떠밀었다. 그곳에서 아흐마드는 개복된 배, 살점, 피, 타버린 몸을 보고는 정신을 잃었다.

이후 정신을 차린 아흐마드는 울음을 터트렸다. 그런 아흐마드에게 의사는 정신 차리라고 했다. "이리 와라, 오늘은 너의 날이니 영웅답게 해 봐. 사람들이 죽어가고 있어." 아흐마드는 힘겹게 일어나 발걸음을 재촉했다. 파편을 맞고 다리가 잘린 청년을 붙잡고 두 눈을 질끈 감았다. 마취도 하지 않은 채 나머지 다리를 절단해야 했다. 아흐마드는 눈을 감고 청년을 꽉 붙잡았다. 시간이 흐르자, 눈 하나 깜빡이지 않고 사람들을 보살폈다. 상처를 꿰매고, 화상 부위를 소독하고, 골절에 부목을 대고, 교정도 하고, 주사도 놓았다. 무감각해졌고, 기계처럼 움직였으며, 비명을 들어도 놀라지 않았다. 환자들에게 뭐든 주고 싶은 마음이었다. 심장이든 피든 뭐라도 주고 싶었다. 가능하다면 영혼, 또는 그 이상을 주고 싶었다. 이들은 기댈 곳 하나 없는 고아였다. 먹을 것도 없고, 그들을 보살펴주시는 신도 없다. 도대체 이들이 왜 이런 일을 겪는가? 무슨 일을 저질렀길래? 도둑질? 약탈? 살인? 방화? 지금 처한 현실로 충분하지 않은가? 이들은 질병과 가난과 실업과 추위 속에 알몸으로 던져져 있다. 미국과 이스라엘이 그 화근이었다. 신이시여, 어째서? 당신은 어딜 보고 계십니까?

"신이시여, 어디에 계시나요!"

아흐마드가 외치는 걸 들은 셰이크[*]는 아흐마드의 머리에 손을 얹고 코란의 야신장^{**}을 낭독하기 시작했다.

---

* 아랍어로 장로, 족장을 의미.
** 코란의 제36장.

"따라 하라, 따라 하라, 날 따라 말하라. 전능하신 분이여. 정복자
시여. 우리를 그대에게 바치나니, 이 재앙과 이 악과 이 사악함을 앗
아가 주소서. 우리를 용서하시어 천국에서 그대의 종 되게 하소서.
만물의 왕이시여. 날 따라 말하라."

아흐마드는 몇 번이고 이 구절을 되뇌었다. 진정을 되찾고 입이
뻐근한 기분이 들 정도로 반복해서 말했다. 그러고는 도살장 한가운
데에서 잠이 들었다.

"왕 중의 왕이시여, 우리를 용서하소서."

8

공격이 시작된 지 나흘째였다. 여전히 사람들은 요리를 하고 식
사를 했다. 하우쉬 알아투트 마을의 부엌은 모든 것을 내어주고 있
었다. 가자 청년이 움무 수아드에게 말했다. "움무 수아드, 제가 입
을 만한 따뜻한 옷이 있나요? 겉옷이나 낡은 숄 같은 거요." 움무 수
아드는 추위를 타는 청년이 걱정스러웠다. 공격이 시작되면서 소년
에게 스웨터를 짜주겠다는 약속을 아직 지키지 못하고 있었다. 무언
가 결심한 듯, 움무 수아드가 대답했다. "밥 지어지는 걸 보고 있어
라, 한 번 찾아보고 오마." 청년은 일 분마다 뚜껑을 열어 밥이 잘 익
고 있는지 확인했다. 몇 분 뒤, 움무 수아드가 수아드의 오래된 스웨

터 한 벌을 가져왔다. 소녀나 입을 만한 밝은 색의 스웨터였다. 청년은 부끄러운 듯 웃었다. 움무 수아드가 말했다.

"이걸 입도록 해. 누가 알겠니?"

청년은 구석에 서서 겉옷을 벗고 카키색 군복 위에 스웨터를 껴입었다. 청년이 말했다.

"아무래도 겉옷이 너무 크긴 했나 봐요."

움무 수아드는 웃으며 뼈가 있는 농담을 던졌다.

"아주 그냥 되는 대로 잔뜩 넓혀 놨겠지! 다 알고 있었던 거네."

움무 수아드가 왜 이런 말을 했는지 이해한 청년은 미소를 지었다. 권력자들은 이 군복을 입은 사람이 폭격을 당하고 쓰러질 것을 알고 있었다. 그래서 충분히 폭격을 당해도 괜찮게끔 넉넉히 옷을 넓히고 우리마저 넓혀 놓은 것이었다. 청년과 움무 수아드는 서로 미소를 지었다. 청년은 마치 아흐마드 같았다. 움무 수아드를 많이 의지했고, 예민하고 수줍음을 잘 타고 따뜻함을 갈구했다.

잠시 눈을 붙일 몇 시간의 짬이 생긴 아흐마드가 조용히 돌아왔다.

"병원 상황이 말이죠……."

아흐마드는 고개를 저었다.

이미 아흐마드의 의중을 이해한 움무 수아드는 아흐마드를 창고로 데려갔다. 낡은 침대, 베개, 이불이 마련되어 있었다. 아흐마드는 신발도 벗지 않은 채 침대에 몸을 묻고 잠을 청했지만 쉽게 잠에 들지 못했다. 이불로 얼굴을 가리고 셰이크가 했던 말을 떠올렸다.

"왕 중의 왕이시여, 우리를 용서하소서. 왕 중의 왕이시여."

움무 수아드가 쟁반에 쌀, 고기, 콩을 담아 왔다. 아흐마드의 곁에 앉아서 그녀가 말했다.

"어서 한 술 뜨도록 해라. 그래야 힘이 나지. 봉사도 체력이 있어야 하는 거야."

아흐마드가 고개를 저으며 말했다.

"졸려요."

움무 수아드는 아흐마드의 등을 쓰다듬고 말했다.

"그래도 먹어야지. 일단 몸이 우선 아니겠니."

아흐마드는 계속해서 사양했다.

"저 피곤해요."

움무 수아드는 쌀과 고기, 콩을 쟁반에 담아왔고, 아흐마드 옆에 앉아서 말을 꺼냈다. "어서 먹어. 그래야 기운을 차리지. 봉사도 힘이 있어야 하는 거야." 아흐마드는 고개를 저었다. "졸려요." 움무 수아드는 아흐마드의 등을 쓰다듬었다. "일어나라, 아들아, 먹어야만 해. 일도 먹어야 하는 거래도." 그래도 아흐마드는 사양했다. "피곤해요." 움무 수아드는 아흐마드의 어깨를 토닥이며 말했다. "넌 아직 어리니 먹어야 한단다. 네 앞날이 얼마나 창창한데. 어서 먹어서 어른이 되어야 하지 않겠니."

아흐마드가 무의식중에 외쳤다.

"자란다고요? 어른이 된다고요? 뭘 위해서요? 누굴 위해서요? 지금 겪는 것만으로도 충분한데 어른이 되라니, 차라리 죽겠어요."

움무 수아드는 아흐마드의 등을 치며 훈계를 했다.

"바보 같은 소리 마라. 믿음을 가져. 단지 신께서 우리의 믿음을 시험하시는 거야. 그분의 지혜란다. 대포와 전투기, 미사일로 공격한들, 우리의 믿음이 더 강하단다."

아흐마드가 외쳤다.

"무슨 믿음이요? 대체 어떤 믿음이요?"

아흐마드는 흐느끼며 울었다. 움무 수아드는 그런 아흐마드를 쓰다듬으며 자신이 기억하는 모든 코란 구절과 기도문을 읊었다. 이런 환경에 처하면, 정신적으로 무엇이든 감당하기 힘들고 기억력도 잃게 된다. 하지만 믿음이 있다면 해낼 수 있었다.

"그분 외에는 신이 없다고 말하거라. 그분은 영원히 살아계시며, 그분에겐 세월이란 없고, 그분은 잠에 드는 일이 없단다. 천국과 세상만물이 그분 것이로다. 신의 이름을 말하거라. 신의 이름을 여러 번, 열 번, 스무 번, 그 이상을 말하거라."

움무 수아드 뒤에 있던 가자 청년이 아흐마드가 그녀의 말을 따라 하는 것을 들었다.

"만물의 왕이시여, 우리를 용서하소서. 만물의 왕이시여."

움무 수아드는 쉿 하고 손가락을 입에 갖다 대고는, 밥과 콩이 담긴 쟁반을 들고 나왔다.

"자도록 내버려두고, 우린 나가도록 하자."

움무 수아드가 문간 옆 벤치에 놓인 깔개와 쿠션을 정리하고는 말했다.

"어서 너도 가서 자라. 밤이 늦었다."

가자 청년은 고개를 저으며 한숨을 쉬었다.

"누가 잠을 제대로 잘 수 있겠어요. 저만 해도 꼬빡 이틀 밤을 새웠는데요."

청년이 곱디고운 열일곱 살 신부 사진을 꺼냈다. 사람들이 서안지구로 청년을 데려와 안보군에 들여보내기 전까지만 해도 삼 일 동안은 신랑으로 지냈다고 한다. 그리고 신부를 보지 못한 채 삼 년이 흘렀다. 삼 일과 삼 년. 신랑으로 보낸 삼 일, 서안지구에서 안보군에 속해 보낸 삼 년. 청년이 탄식하며 물었다.

"새신랑과 군인 중에 뭐가 더 낫나요?"

움무 수아드는 대답 없이, 사진 속 열일곱 살짜리 신부를 자세히 들여다보았다.

"움무 수아드, 저 엄마가 보고 싶어요."

청년이 어린아이처럼 말했다. 움무 수아드는 고개를 끄덕이며 수아드, 사이드, 아이즈, 마르완과 같은 자신의 아이들이 생각났고, 철창 너머에 갇힌 신세인 남편도 떠올랐다.

"신이시여, 어째서 우리를 사랑하는 이와 헤어져 영영 만날 수 없게 하셨나요? 어째서 우리를 헤어지게 하셨나요? 왜 우리는 과부로, 고아로, 반쪽짜리 인생으로 살게 하셨나요? 전지전능하신 신이시여, 우리를 가엾게 여기시어 용서하소서. 사람들은 신성을 모독하며 죄를 짓고 있습니다. 그래서 벌을 받는 것이지요. 하지만, 신이시여, 신이시여, 신이시여."

청년이 어린이 같은 말투로 말했다.

"잠이 안 와요. 설거지랑 부엌 정리를 해놓을게요."

움무 수아드는 청년의 말뜻을 이해했다.

"그래, 어서 가서 치우도록 하렴."

청년이 말하길, 그는 모친에게 자기는 싸우지 않겠다고 약속했다. 그리고 지금 그가 있는 이곳은 싸움을 피할 수 없는 곳. 어떻게 해야 할까? 어머니와의 약속을 어기고 싸움에 나설까, 아니면 어머니의 말을 들을까? 움무 수아드는 이 문제에 대해 잠시 생각해봤다. 청년에게 싸우라고 하는 건 그를 오도하는 일일뿐더러 어머니와의 신성한 약속을 깨게 하는 것이다. 싸우지 말라고 하는 건 청년이 직무 유기를 하여 반역을 저지르도록 충동질하는 것이었다. 일단은 병사였다! 하지만, 엄밀히 청년은 병사도, 경찰도, 그 어떤 종류의 군인도 아니었다. 진정 청년은 무엇인가? 움무 수아드도, 청년 자신도, 그 누구도 알 길이 없었다. 문제를 해결하겠다고 하던 사람들이나 군복을 입은 사람들도 몰랐다. 움무 수아드는 곰곰이 생각했다. 카키색 군복에는 논리라고는 없었다. 이를 입은 청년은 병사도, 군인도, 경찰도 아니었고, 그 어떤 전투와도 무관했다. 그런데도 왜 청년은 모친과의 약속을 어기면서까지, 죽고 죽이며 싸워야 하는가? 애초에 사람들이 왜 싸워야만 하는가? 세상의 모든 어머니가 자식에게 신신당부를 하여도, 우리는 남을 죽이고 싸웠을까? 탱크를 탄 유대인들에겐 어머니가 없는 걸까? 어머니가 말려도 사람을 죽이고 싸울까? 그리고 제일 중요한 의문은, 애시당초 왜 가자 청년이 싸워야 하냔 말이다. 전투를 위해 고용되지도 않은 그였다. 배신도, 비겁함도 아니다. 움무 수아드가 해결책을 내놓았다.

"약속은 빚과 같단다. 굳이 싸우지 마라. 어머니 말씀을 들어."

청년은 고개를 끄덕였지만, 여전히 길 잃은 사람처럼 혼란스러워 보였고, 신경질적으로 담배만 피우고 있었다. 청년이 움무 수아드에게 말했다.

"부엌을 치우고 설거지도 해놓을게요. 도대체가 잠이 안 오네요."

움무 수아드가 말했다.

"그래, 그럼 치워놔라."

청년은 바닥에 깔아놓은 깔개를 치우고, 바짓단을 접은 뒤 부엌에 낀 기름때와 핏방울을 닦았다.

청소를 마친 뒤, 움무 수아드는 청년과 함께 소파에 앉았다.

"그럼 이제 커피를 마시자꾸나."

"좋아요."

청년은 마치 그녀의 아들처럼 커피 물을 준비했다. 움무 수아드는 청년이 마치 친아들이나 이웃집 아들, 또는 아흐마드 같이 느껴졌다. 실제로 이 청년이 온 곳은 가자 지구였고, 움무 수아드의 자녀들은 먼 곳으로 떠났다. 이 청년도 삼 년 째 어머니와 떨어져 있다. 청년이 어머니에게 돌아가고, 사이드를 비롯한 자녀들이 돌아오면 어떨까? 행운과 삶과 기회의 미래가 있는 곳에 사는 아이들에겐 미래가 있다. 하지만 여기엔 뭐가 있지? 가자에서 온 청년이 얻은 건 무엇일까?

움무 수아드는 가자에서 온 청년을 바라보았다. 참 잘생기고 훤칠했다. 젊은 나이에 소녀처럼 날씬했다. 여덟 명의 자식 중 외동아들이었으니, 그의 어머니는 아들을 금지옥엽 키웠다. 아들은 피 한 방울 보는 일 없이 곱게만 자랐다. 이틀 전, 어느 남자가 피를 흘리는 걸 보고 청년이 헐떡이며 말했다.

"피, 피예요!"

청년이 외쳤다.

"사람들이 그 사람의 다리를 자르고 배를 갈랐어요."

움무 수아드가 말했다.

"사내자식이 무슨 소리니. 더 강해질 수 있게끔 예언자께 기도를 드리렴."

그러자 청년은 울먹이며 중얼거렸다.

"전 이런 것에 익숙하지 않아요. 난생 처음이라고요."

살면서 본 적 없는 광경이었다. 도축 당한 짐승 꼴로 배가 터진 사람들. 몸이 갈기갈기 찢겨 계곡에 널브러져 있던 모습. 무화과처럼 으깨진 머리 같은 걸 봤을 리 없었다. 하지만 앞으로는 보게 될 것이다. 어째서 가자에서 온 청년이 그런 장면을 목격해야만 하는가? 진정해라, 자리에 앉아라라고 말해주었다. 소녀처럼 흐느끼는 청년의 손을 붙잡았다. 그랬던 청년이 지금 커피를 끓이고 있다.

청년의 동료들이 와서 말했다.

"이제 네 순서야, 가자에서 온 새신랑아."

서로 분노에 찬 눈빛을 교환했지만, 미워할 시간도 없다. 청년이 알아듣기 좋도록 누군가가 이야기를 시작했다.

"지금 상황은 괜찮아. 검문소도 안전해. 검문소에서 무언가 발견할 시에 우리한테 연락하는 게 네가 할 일의 전부야."

청년은 순순히 알겠다고 대답했다. 청년이 바깥으로 나가려는데 움무 수아드가 그를 불렀다.

"커피 마시고 가야지!"

청년은 쓸쓸한 표정으로 커피를 사양하며 밖으로 향했다.

몇 분 뒤, 마당을 뒤흔드는 포격 소리가 들렸다. 누군가 나간 뒤, 비명을 지르며 돌아왔다.

"이 불쌍한 가자 녀석이!"

움무 수아드는 베일도 쓰지 않고 맨발로 뛰어나갔다. 쓰레기와 빈 병, 진흙에 발을 헛디디며 청년을 찾아 뛰었다. 청년은 조각조각 흩어져 있었다. 배가 쩨진 채, 몸의 일부가 여기저기 나뒹굴었다. 움무 수아드는 비통함에 스스로를 때리며 미친 듯이 비명을 질렀다.

"새신랑이! 앞길이 구만 리인 이 아이를! 신이시여 이 아이를 도와주세요! 이게 무슨 일이냐! 네 어머니도 참 불쌍하시다, 이런 재앙이!"

움무 수아드는 미친 사람처럼 주먹으로 자신을 때리며 울고 몸을 벌벌 떨었다. 그런 그녀를 아흐마드가 집으로 데려오며 말했다.

"가요! 집으로 가요!"

그녀는 아흐마드를 멀뚱히 바라보았고, 아흐마드 또한 멍하니 그녀를 바라보았다. 정신이 나가 그녀가 말했다.

"저 아이가 나를 위해 커피를 끓여줬는데, 정작 저 아이는 마시지도 못했어. 저 애를 위해 스웨터를 짰는데 입지를 못했어. 앞날이 창창한 새신랑인데. 저 애 엄마 불쌍해서 어떡하니, 이런 재앙이 일어날 수가 있나!"

아흐마드는 고개를 끄덕이며 완고하게 말했다.

"가요, 집으로 가요. 그게 저 사람 운명이에요."

9

"나블루스의 개새끼들아! 네놈들을 엿먹이러 우리가 왔다!"

첨탑마다 설치된 확성기 너머로 그들이 외쳤다. 신을 부르고자 달아놓은 확성기였지만, 신은 멀리 계셨다. 나블루스는 서서히 불타고 있었다.

움무 수아드가 말했다.

"신에게 용서를 구해라, 아흐마드. 신께서 우리의 인내를 시험하시려고 이 고통을 내리셨다."

그는 걸어가며 손을 저었다. 그리고 말했다.

"그만하세요."

아흐마드에게 있어 인내와 믿음, 말도 안 되는 시험은 신이 자신의 우직한 종들을 위해 내린 것이었다. 이 종들은 그 누구보다도 참을성이 좋다. 악마의 물로 반죽된 점토에서 만들어진 존재들이었기에 그러했다. 강인한 사람이라 불린 종자다. 하지만 지금까지 보고 들은 것으론 아흐마드는 이해할 수가 없다. 어떤 신이 인간을 이 따위 시험에 들게 하실까? 반백 년도 넘어, 한 세대에서 다른 세대로, 셋, 넷, 다섯, 여섯 세대에 이어지는 시험. 이 정도로는 부족한 걸까? 충분하지 않은 걸까?

모스크의 셰이크가 아흐마드에게 말했었다. "신에게 용서를 구하렴, 아흐마드야. 이것이 운명이고, 너의 운명이고, 아부 라미와 가자 청년의 운명이란다."

아부 라미는 안보군의 고위 장교였다. 움무 수아드의 집에서 밥과 오크라를 먹으며 말했다.

"불쌍한 정부다. 불쌍하기도 하지. 정부는 우리의 권력이기도 하다. 아흐마드야, 우리가 나쁜 사람들이냐?"

아흐마드는 아부 라미의 눈을 바라보았다. 아흐마드가 다녔던 데이르 알라틴 성당 유치원에서 본 가톨릭 신부의 눈과 비슷했다. 머리가 하얗게 새고, 검은 가운에 프라이팬처럼 큰 십자가를 목에 건 신부는 천사 같았다. 신부는 아흐마드를 다정하게 쓰다듬어 주었고, 아흐마드가 묵주를 가지고 놀도록 했다. 아흐마드를 위해 노래를 부르기도 했다. "아흐마드, 아흐마드, 귀엽고 작은 아흐마드, 아흐마드 엄마는 아들을 정말 사랑해, 아빠는 더더욱 사랑해. 묵주와 목걸이 중 무엇이 더 좋으니?" 신부의 말을 알아듣지 못한 아흐마드는 묵주를 가지고 놀기만 했고, 그런 아흐마드의 머리를 신부가 어루만져주었다. 신부의 눈을 보면 우유, 비둘기, 여름날의 하늘, 산들바람이 생각났는데, 아부 라미의 눈이 그런 느낌이었다.

식사 중에 아부 라미가 말했다.

"정부도 참 불쌍하지! 보통 고생이 아니야."

가자 청년의 일로 아직도 마음이 괴로웠던 움무 수아드가 물었다.

"그럼 우리는 누구 때문에 불쌍하죠?"

"이스라엘 때문이지."

"우리는 이스라엘 소리만 들으면 미쳐버렸고, 그 결과로 더 극악무도한 억압이 가해졌어요."

아부 라미는 이해한다는 듯이 침착하게 말했다.

"움무 수아드, 누가 권력을 쥐고 있지? 당신이야? 아니면 나? 우리는 팔레스타인과 같아. 하지만 신생아와 같은 상태야. 아직 산고 중일 수도. 하지만 나중엔 세상에 태어나 어른이 되면서 머리도 자랄 거야. 내 말이 맞지 않아?"

움무 수아드는 냄비 아래를 국자로 저으며 고개를 끄덕였다.

"당신이 옳아요."

아부 라미가 말했다.

"좋아. 이제 우린 친구지?"

움무 수아드가 눈물 어린 눈으로 아부 라미를 쳐다보았다.

"가자에서 온 아이만 생각하면 마음이 갈기갈기 찢어지는 것 같아요. 우리 아이들이 목숨을 잃어가며 양처럼 도살당하고 있는데 두 눈 감고 잠을 잘 수가 없어요."

아부 라미가 고개를 끄덕이며 담배를 피웠다. 눈은 아흐마드를 마주본 채 아부 라미가 말했다.

"인내, 바로 인내야. 우리의 여왕이여, 위대한 여성 중의 여성이

여. 마을의 어머니시여. 선택받은 부인이시여, 가장 아름다운 어머니시여."

그의 위로에 움무 수아드는 웃음이 나왔다. 아부 라미는 새끼 사자처럼 혈기왕성한 젊은이들을 비롯해 마을의 여인네들 앞에서도 자신을 여왕님, 이 마을의 어머니, 선택받은 부인이라고 불렀었다. 청년들과 이웃들은 웃었고 그들이 장난으로 물었다.

"당신이 선택받은 부인이자 마을의 어머니인가요?"

움무 수아드가 자랑스럽게 말했다.

"나는 선택받은 부인이요, 이 마을의 어머니다. 무슨 소리들을 하는 거니?"

사람들이 외쳤다.

"앞으론 '아멘' 하고 식사해야겠네요."

움무 수아드는 사람들이 먹고 마실 것을 차려주고, 그들이 죽으면 애도하며 울었다. 셰이크는 '이건 운명이자 숙명'이라고 말한다. 움무 수아드는 아흐마드에게 "더 이상 신을 모독하지 마라. 이는 운명이자 숙명인 게야"라고 말한다. 그러면 아흐마드는 투덜대며 '그만하세요'라고 대답한다. 하지만 아부 라미와 청년들이 말하기론 움무 수아드는 선택받은 부인이고, 여인 중 가장 으뜸이며 마을의 어머니였다.

그랬던 아부 라미도 세상과 작별을 고했다. 환갑이 되도록 살았지만, 움무 수아드는 그를 애도했다. 아부 라미는 항복의 날에 죽었다. 그날 밤, 숨을 거두기 몇 시간 전까지만 해도 아부 라미는 움무 수아드네 부엌에서 저녁식사를 하고 커피를 마셨다. 아부 라미가 말했다.

"움무 수아드, 죽음은 필연이야. 도망칠 수 없는 운명인 것이야. 피할 수 없다면 비겁하게 굴어봤자 무슨 소용이야? 조국을 위한 희생은 가장 고아한 죽음이야. 순교란 중개인 없이 곧바로 천국에 입성할 수 있는 비자와도 같지."

아부 라미도 웃고, 움무 수아드도 웃었다. 움무 수아드가 말했다.

"옳은 말씀이세요, 대단한 언변이셔요."

움무 수아드는 수감 중인 남편을 생각했다. 남편도 이런 농담을 즐겨 했고, 죽음조차도 농담거리로 삼았다. 죽음은 훈장이자, 중개인 없이 천국으로 가는 비자였다. 고문을 당해 죽는 경우를 제외하고, 죽음에 대해 이보다 더 멋지게 표현할 수 있을까! 움무 수아드는 국자를 휘저으며 가자에서 왔던 새신랑 청년을 떠올렸다.

"가자 녀석아, 불쌍한 녀석. 네 어머니도 너무나 불쌍하다. 일곱 명의 자식 중 외동아들인데 말이다. 신이 당신을 도우시기를. 내 속이 다 타고, 애간장이 녹는데 당신은 어떻겠어요. 삼 일의 신부는 또 어떠한가. 단 삼 일 동안의 신부. 그리고 이젠 상복을 입어야 하네, 불쌍한 이여. 그 청춘을 어찌하나. 수아드보다도 훨씬 어린아이일 터. 그리고 수아드야, 넌 어디에 있니. 이 세상 어디에 있니?"

아부 라미가 움무 수아드를 진정시켰다.

"분명히 수아드는 라말라에 있어. 거긴 여기보다 훨씬 안전할 거야. 수반이 계속해서 공격받고 있긴 하지만 그래도 라말라는 무사해. 여기보단 천 배는 괜찮을 거래도."

"수아드가 나블루스에 없어서 정말 다행이지, 이건 신의 축복이에요. 지금까지 일어난 일들을 그 애가 보지 않아서 천만다행이에요. 그래도 말이죠, 누군가를 통해서라도 그 애 소식을 듣고 싶어요. 하지만 사실상 모든 것이 끊겨 있잖아요. 전화, 문자 메시지, 편지도 받을 수 없고, 하다못해 전기나 공기, 물도 끊겼는 걸요. 옥상의 물탱크만 해도 텅텅 비었어요. 그들은 물을 총알 쓰듯 쓰거나 물탱크에 대소변을 보더군요. 대체 왜 그럴까요? 기념이라도 하려고?"

아부 라미가 말했다.

"너무 신경 쓰지 마. 내가 나중에 확인해볼게."

"어떻게요? 그게 가능해요?"

웃으며 아부 라미가 대답했다.

"걱정 마. 내일 가서 보고 올게."

아부 라미는 웃으며 청년들이 모인 곳으로 향했다. 한 청년을 슬쩍 건들기도 하고, 다른 청년에겐 장난을 치며, 담배와 감초사탕을 나눠주었다. 아부 라미는 다정했고, 아이와 청년을 사랑했으며, 아흐마드처럼 먹는 걸 즐겼다.

아흐마드가 말했다.

"아빠도 우리랑 여기 있었으면 얼마나 좋았을까요."

움무 수아드가 말했다.

"네 아버지는 그냥 내버려두렴. 자식들이 서로 떨어져 있는 것만으로도 충분히 힘들 거야. 넌 나블루스, 형은 황야가 아니면 라말라에 있을 거야. 아마 수아드도 네 형이랑 같이 있겠지. 그 아이들의 생사는 신만이 알고 계신다."

"살아있어, 내가 보장해."

아부 라미가 말했다.

움무 수아드가 아부 라미를 바라보며 웃었다.

"당신이 보장한다고요?"

확신에 찬 아부 라미가 대답했다.

"보장하고말고. 나는 당신네들의 대표야. 대표는 언제나 진실만을 말하고 보장하지."

움무 수아드가 박수를 쳤다.

"대표님 만세! 대표님 만세! 재미있어요!"

아부 라미는 윙크를 보내며 웃었다.

"그쯤 해둬. 배 터지겠어."

움무 수아드가 외쳤다.

"더 이상 터질 배도 없네요."

움무 수아드는 가자 청년의 겉옷과 바지를 떠올리고, 그새 슬퍼졌다.

"처음에는 딱 맞았던 옷이, 공격을 당하고 속임수에 놀아나며 늘어나더군요. 그들은 알고 있었죠. 내 말이 맞아요, 틀려요? 그들은 알고 있었어요."

아부 라미가 세상을 떠난 새벽, 움무 수아드는 가자 청년을 잃었을 때처럼 머리를 헝클거나 자신의 얼굴을 때리지 않았다. 대신, 고요히 눈물을 흘리며 그와 나눈 말과 그가 담배와 감초사탕을 나눠주던 모습, 겸손하게 문간 옆 고리버들 의자에서 밥을 먹던 모습을 떠올렸다. 인내심이 강하고 마음이 넓은 사람이었다. 웃음소리는 쩌렁쩌렁했고, 수준급의 농담을 구사했으며, 젊은이들에게 애정을 쏟는 그였다. 청년들의 아버지, 또는 그 이상이었다. 그런 청년들을 고아처럼 남겨놓고는 아부 라미는 떠나버렸다. 그래도 육십 해의 세월은 살았지. 가자 청년, 아흐마드, 수아드를 비롯한 수천 명의 젊은 남녀와 다른 이들처럼 앞으로 창창하진 않았다. 아, 불쌍한 나라여. 아, 영광의 부인이여, 부인 중의 부인이여, 선택받은 부인이여. 모든 젊은이들의 어머니들과 여자들과 가자 청년의 어머니여. 가자 청년의 어머니는 아들을 응석받이로 애지중지 키웠다. 움무 수아드는 한 무리의 아기 새들을 길러, 그 새들이 다 자라자, 세상에서 자신들의 운을 마음껏 시험해보라고 둥지에서 풀어주었다. 그리고 지금도 반복하고 있는 것이다. 남에게 요리를 해 먹이고, 추위에 떨지 않게끔 옷을 해 입히는 일들. 나블루스는 봄에도 뼛속이 깊이 시릴 정도로 추웠다. 화재가 일어나고, 폭탄이 터지고, 총격이 가해져도 나블루스는 얼음처럼 차갑기만 했다.

그날 오전도 평소와 마찬가지였다. 하지만 아부 라미는 작별인사라도 하는 듯 담배와 잔돈을 나눠주었다. 감초사탕, 껌, 민트도 청년들에게 줬다. 그들이 어떤 전선이나 단체에 속했는지는 중요하지 않았다. 파타흐, 하마스, 공산주의, 팔레스타인 해방전선 등 그 누구도 차별받지 않았다. 아부 라미는 이들 모두의 리더이자 아버지였고, 또는 그 이상이었다. 문간 옆 고리버들 의자에 앉아서 오크라 스프,

빵, 치즈, 오일을 섞은 백리향을 먹으며 다른 사람과 이야기를 하던 그는 리더라는 이유로 특별대우를 받지도 않았다.

"모든 지도자가 당신 같았으면 좋겠네요!"

움무 수아드가 아부 라미를 다정하게 애정을 담아 바라보며 말했다.

"모든 권력자들이 당신 같았으면 좋겠어요."

아부 라미가 상냥하게 대답했다.

"그들도 마찬가지야. 나보다 더 대단한 걸. 단지 그들은 아직 어릴 뿐이지. 팔레스타인이 아직 어리잖아. 팔레스타인이 자라서 성인이 되면 우리도 어른이 될 수 있을 거야. 그렇지?"

"언변이 정말 대단하시네요! 우리의 지도자들이 당신 같았으면."

아부 라미는 고개를 저었다.

"신은 관대하셔, 움무 수아드. 신은 무엇이든지 할 수 있으셔."

하지만 신은 겸손하고도 큰 마음, 큰 뜻을 지닌 지도자를 데려가셨다. 그분이 남긴 것은 작은 뜻을 지닌 이들뿐이다. 우리는 어떻게 하나? 신께서는 왜 선한 이를 데려가실까?

생전의 아부 라미가 웃으며 말했었다.

"왜냐면 신은 선한 자를 아끼시거든. 신이 나를 남보다 먼저 데려가시면, 그건 신이 선한 자를 아끼신다는 소리야."

아부 라미는 움무 수아드를 바라보며 웃었다. 지금 그녀는 그를 떠올리며 울고 있다.

"신이시여. 제발 자비를 내려주소서. 아부 라미는 최고의 아버지이자 형제였고, 이 세상 통틀어 최고의 리더였습니다. 그가 세상을 떠나고 우리는 고아가 되었어요. 어째서죠, 신이시여, 왜죠? 당신이 선한 이를 사랑하니까? 그렇다면 나는 정말 화가 납니다. 신이시여, 만물의 왕이시여. 어째서 선한 자를 데려가고 우리를 이토록 비참하게 하십니까?"

움무 수아드는 칠흑처럼 검고 오래된 커튼 틈 사이로 창문을 열어봤다. 실내는 밤처럼 어두웠지만, 바깥은 해가 중천에 떠있었다. 벽 너머에서 두 손을 들어올리고 서 있는 아부 후스니가 보였다. 아부 샤으반도 같이 벽에 붙어서 손을 들고 있었다. 무슨 일이 일어난 것인지 바로 알아챌 수 있었다.

"유대인들이다. 분명히 유대인들이야."

움무 수아드는 앞마당으로 향했고, 그곳에서 군인들을 발견했다. 카키색 군복을 입은 그들은 수염을 기르고 있는 것이 마치 아랍인 같았다. 어딜 가든 카키색 군복만 보였다. 하지만 이윽고 깨달은 것이 있었다. 카키색이라고 모두가 다 같은 카키색이 아니었다. 유대인들의 카키색은 더 좋고 새것이었다. 그들은 안테나 달린 모자를 쓰고, 신식 무기와 수류탄 등 가진 것이 더 많았다. 한 장교가 움무 수아드를 향해 미소를 지으며 말을 꺼냈다. "안녕하세요, 모두의 어머니, 선택받은 부인. 가서 저 안쪽은 끝장났다고 말하세요. 우리는 북을 찢어버렸고, 노래를 멈췄습니다. 다시 피바다가 되는 꼴을 보고 싶지 않다면, 항복하라고 전하세요."

저 개 같은 자식이 아랍어를 했다! 그것도 우리보다도 유창한 아랍어다. 움무 수아드는 청년들에게 가서 아부 라미를 대신해 말했다.

"청년들이여, 위대한 남자들이여, 저 유대인들은 우리가 항복해야 된다고 한다."

모두들 제자리에 얼어붙었다. 폭격, 끊겨버린 통신, 뜰에 군집해 있는 상황, 사람들의 소음, 미사일이 판단력을 흐렸다. 유대인들이 쳐들어와 시장을 휩쓸었고 젊은이들을 죽였으며 지뢰의 신관을 제거했다. 그러고 나서는 불도저와 탱크로 벽을 부수며 진격했다. 이 집 저 집을 지나 하우쉬 알아투트 마을에 이를 때까지. 그곳에는 수용소가 있었고, 마지막 보루이기도 했다.

사람들은 혼란스러웠다. 누구는 항복하자 했고, 누구는 차라리 싸워서 죽는 한이 있어도 항복하지 않겠다고 했다. 성채마다 소거 명령을 알리는 방송이 확성기 너머로 울려 퍼졌다. 돌멩이 하나도 빠짐없이 구도시 전체가 폭격 대상입니다. 몇 분 안에 폭격이 시작되오니, 어서 대피하십시오!

모두 서쪽의 야스미나와 수도원을 향해 달렸다. 맨발로, 알몸으로, 슬리퍼나 샌들만 신고, 자식들을 챙기고, 노인과 장애인, 부상자들도 다 같이 달렸다. 잔해 위, 돌무더기 위, 깨진 유리 파편, 타버린 쓰레기 위, 시체 위, 널브러진 팔과 다리 위를 달렸다. 강렬한 불길에 눈이 멀어버린 사람도, 말을 못하는 벙어리도 달렸다. 부상자들의 비명이 들렸다. "이곳에 폭격이 있을 예정이니, 항복하십시오"라고 말하는 목소리가 확성기 너머로 쩌렁쩌렁 울렸다.

10

오, 조국이여! 청년들의 어머니여, 여인 중의 여인이여, 선택받은 영광의 부인이여! 왜 혼자서 시름에 빠져 계십니까? 당신은 혼자가 아닙니다. 수천, 수만의 고통스럽고 절망스러운 사람들이 당신 곁에 있습니다. 주변을 둘러보세요.

움무 수아드는 주변을 둘러보았다.

딸 수아드가 다녔던 공립학교 강당이 사람들로 가득했다. 이전에 학교 축제나 어머니의 날, 졸업식 때문에 강당에 왔었다. 그때 수아드는 파이루즈의 노래와 애국가를 불렀지. 그랬던 수아드가 지금은 어디에 있나. 라말라에 있을 수도 있겠지만, 정확히는 신만이 알고 계신다. 수아드를 제외한 다른 자식들은 각기 다른 나라에 흩어져 있었고, 남편은 감옥신세요, 자신은 엄청난 인파에 휩쓸려 있다. 아이 울음소리, 어머니와 고아의 탄식, 부상자의 신음소리가 들렸다. 적신월사나 UNRWA로부터는 의약품을 받는 것은 금지되어 있었다. 들리는 것은 텔레비전과 라디오 소리뿐이었다. 텔레비전 화면에 나오는 수백만의 인파는 시위를 하고는 종내 사라졌다. 달라진 것은 없었고, 그저 시위하고 또 시위할 뿐이었다. 아무 것도 없었다. 그래도 일말의 위안을 얻겠다고 텔레비전 화면만 뚫어져라 쳐다봤다. 새로운 소식이 훨씬 그럴싸했고, 우리 소식은 구닥다리가 되었다. 이라크, 예멘과 사우디아라비아, 유고슬라비아, 르완다에 대한 뉴스로 우리 소식은 뒷전이 되었다. 그저 진부하고 낡아빠진 상품일 뿐.

이런 상황에서 움무 수아드를 구해줄 사람이 나타났다. 담요와 스펀지, 매트리스, 거적때기에 누워 있는 인파를 뚫고 그가 나타났다.

"움무 수아드, 수아드는 무사해요. 마지드 형은 정신을 차렸고요. 전 제닌 난민촌에 싸우러 가겠어요."

움무 수아드의 눈에 비친 아흐마드는 수탉의 깃털처럼 머리카락을 길게 헝클어뜨리고 있었다. 길게 자란 턱수염은 구슬프게 원을 그리며 나부꼈다. 아흐마드의 눈빛에 비하자면, 차라리 하이에나의 눈빛이 따뜻했다. 이게 무슨 꼴이지? 무슨 일이 벌어졌나? 흰옷에 배지를 단 차림은 여전했지만, 피는 어디서 묻은 걸까? 통행금지령이 내렸는데도 사망자와 부상자가 발생했단 말인가? 사람들은 그저 닭장에 갇힌 신세였다. 이런 감옥 속에서도 사람들이 죽어나가고 있다고? 이미 충분하지 않았나?

아흐마드가 움무 수아드 옆에 주저앉아 말했다.

"다 지긋지긋해요. 신이니 예언자 무함마드니 입 밖에 꺼내지도 마세요. 전 지금 제정신도 아니고, 살인밖에는 아무것도 생각할 수 없어요. 반드시 죽여버릴 거예요."

아흐마드를 바라보던 움무 수아드의 뺨 위로 눈물이 흘렀다. 이 청년, 아니, 이 아이가 하이에나가 되었다. 상처입고 굶주림에 요동치며 살생을 갈구하는 짐승이 되었다. 나중에는 어떻게 되려고 이럴까? 못 볼 것, 못 들을 것 다 보고 들어버린 이 아이는 지금 사람을 해치겠다고 몸부림치고 있다. 아이는 마음과 생각을 빼앗겼다. 감정도 이성도 없다. 무기는 가지고 있었을까? 지도부나 조직에 떠밀렸던 걸까? 동료는 누구였을까? 모두 끝났다. 오슬로 협정에서 아무것도 남지 않았다. 그들은 협정을 없앴다. 지도부를 공격하고 사람들을 공격하고 협정을 공격했다. 그런데, 이 아이는 어떻게 싸운다는 걸까? 아흐마드는 침묵하고 있었다.

아흐마드는 자신이 무얼 하는지도 모르는 것이 분명했다. 아흐마드가 말하길, 그들이 제닌 난민촌을 불도저로 밀어버렸다고 한다. 수반과 같이 있는 형 마지드와는 무선 수신기로 연락한다고 했다. 수반도 갇힌 신세였다. 아흐마드네 부모님의 상황은 신만이 알고 계실 것이다.

"움무 수아드, 우리는 모든 것을 잃었어요. 전부를요. 나라는 파괴되었고, 사람들은 집에서 쫓겨났고, 농부의 나무는 뿌리 뽑혔고, 가옥과 사원이 파괴되었고, 수백 명이 부상을 입었고, 수천 명이 수감되었어요. 살아갈 의미가 없어요. 움무 수아드, 제가 무슨 말을 할 수 있을까요? 앰뷸런스를 타고 있지만 아무도 구할 수 없었어요. 길거리는 죄다 난장판이 되고 탱크들의 놀이터로 변했지요. 꽃으로 가득하던 교차로는 모조리 파괴되었어요. 분수도 야자수도 없어지면서 그 위를 탱크가 지나갔어요. 나무도 불탔지요. 인도도 사라졌고, 불빛과 전기도 없어요. 신호등에까지 총알을 갈겨대더군요. 볼품없는 경찰서와 우체국, 마을 사무소까지도요. 이러니 제가 무슨 말을 하지요, 움무 수아드?"

"계속 말해보거라. 내게 다 털어 놓아."

"앰뷸런스, 앰뷸런스도 무용지물이에요. 스무 대도 넘는 흰색의 적신월사, 적십자사 소속 앰뷸런스가 있었지요. 하지만 그들이 이 차들을 바퀴벌레처럼 으깨버렸어요. 저도 그 앰뷸런스 중 한 대에 타고 있었지만 기적적으로 살아남았어요. 이러니 제가 무슨 말을 하지요, 움무 수아드?"

움무 수아드가 말했다.

"계속 말해보거라. 다 털어놓으렴."

"그들은 제닌 난민촌도 파괴했어요. 전소된 난민촌은 폐허가 되었어요. 사람들은 쫓겨났죠. 어떤 사람들은 집이 바로 자신들 머리 위에서 무너졌어요. 그 위로는 이스라엘 사람들이 탱크를 타고 지나갔어요. 사람들은 엄동설한에 집밖으로 쫓겨났지요. 자연마저도 가차 없더군요. 그렇게 거칠고 잔인한 사월을 보셨나요? 비와 폭풍, 거센 바람과 추위의 사월이요. 사람들은 어디로 돌아가야 할지, 세상을 피해 어디에 숨을지 몰랐어요. 이런 걸 보신 적 있나요? 영문을 모르겠어요. 전 이따금 죽음이 축복이라 말해요. 또 다른 때엔 신성을 모독해야 된다고 말하죠. 우리가 스스로를 기만하고, 사람들을 속이던 것처럼요. 그래서 신께서 분노하셨을지 몰라요. 우릴 배신한 매국노에 침묵하고 있어서일지도 모르고요. 그래서 신께서 우리를 보살피시지 않는 것일 수 있어요. 움무 수아드, 이사와 이사 비슷한 놈들이 우리를 팔았어요. 수십 명은 되는 놈들이요. 수백이라고도 하더군요. 이사와 그 일당은 지뢰가 어디에 묻혔는지 발설했고, 그 바람에 우리가 숨어있던 곳이 발각되었죠. 그래서 유대인들이 쳐들어 왔을 때 그들은 잘린 철창 위를 지나갔지요. 이사와 그 무리가 울타리가 어디에 있는지, 우리가 어디에 있는지 찾아내서 그랬던 거예요. 당시엔 누가 그런 일을 저질렀는지는 몰랐지만, 나중엔 알게 되었죠. 이게 사람들이 전해준 이야기에요. 사람들이 이사를 도끼로 죽이는 걸 저는 똑똑히 보았어요. 이사의 눈을 잊을 수가 없어요. 이사는 저를 보고 있었어요. 울면서 저를 부르더군요. "아흐마드, 아흐마드" 하면서요. 저는 눈을 뜨지도 감지도 못했고, 미안한 마음은 들지 않았어요. 이사가 정말로 죄를 졌는지, 스파이였는지는 모르겠어요. 이해할 수가 없어요. 이사가 형제들을 배신할 깜냥이 되었을까요? 가족을 팔아넘길 재간이 있었을까요? 친척과 친구들을 팔아넘길 수 있었을까요? 지난 여정 내내 이사와 같이 있었지만, 걔가 배신자라고 느낀 적은 전혀 없었어요. 그런데 어떻게 이사가 배신을 하지요, 아주머니? 어떻게 이사가 우리를 배신했죠?"

움무 수아드는 고개를 떨구고, 마치 진열대에 놓인 상품처럼 마냥 늘어져있는 사람들을 둘러보았다. 도살장에서 자기 차례를 기다리는 양과 같았다. 땅바닥 위에 떨어져 있는 대추, 쓸모없는 땅 위에 떨어져 아무도 줍지 않는 대추 같았다. 짐 나르는 동물, 벌레, 나무, 돌, 흙처럼 모두 팔리기를 기다리고 있는 것 같았다.

아흐마드가 다시 물었다.

"이게 가능한 소린가요?"

움무 수아드는 고개를 끄덕였다.

"물론, 가능해."

아흐마드는 자리를 박차고 일어났다.

"전 제닌 난민촌으로 가겠어요. 가서 싸우겠어요."

움무 수아드가 아흐마드를 불렀지만, 그는 사람들의 소음에 자신을 부르는 목소리를 듣지 못했다. 움무 수아드가 고개를 떨구었다.

"불쌍한 것아, 불쌍한 청춘아."

그녀가 생각하기에 아흐마드는 아직 세상 돌아가는 이치를 모르는 아이였다. 아흐마드의 엄마가 겪게 될 고통은 소년의 어머니와 마찬가지일 것이다. 움무 수아드는 비애에 사무쳐 기력을 잃었다.

"모두가 하나같이 똑같구나."

11

다시 혼수상태에 빠져서 기억을 잃어버릴 것을 대비해 적어놓는다.

봉쇄가 시작된 이후로 여드레가 지났다. 아직 머리가 어지럽고, 벽이 붕괴되며 뇌진탕에 빠지던 때가 기억난다. 벽이 무너지면서 나도 무너졌다. 더 이상 무슨 일이 어떻게 돌아가고 있는지, 어떻게 대응해야 할지 모르겠다. 집중 포격 때문에 집중력이 흐트러진 것일지도 모르겠다. 폭발, 불도저, 폭격은 모든 건물에 예외가 없었고, 담벼락만 남긴 채 무너진 건물 구석에 우리는 옹기종기 모여 있었다. 평화 활동가들은 떠났고, 우리만 광장에 덩그러니 남았다. 아프가니스

탄의 카르자이 정부 식의 대체 정권이 생길지도 모른다는 불안과 걱정이 들었다. 그렇게 되면 우리는 모두 죽을 것이며 사람들의 기억 속에서 잊혀질 것이다.

샤론은 아라파트가 아니꼽다고 몇 번이고 말했었다. 그리고 며칠 전부터 그를 베이루트와 튀니지에서 추적했고, 지금이 바로 아라파트를 없앨 절호의 기회라고 선포했다. 오슬로와 평화의 약속들, 워싱턴 회의에서 오가는 악수와 세계의 시선, 꽃바구니, 마이크, 확성기, 카메라, 스크린 너머의 수억 명의 시청자들, 비몽사몽인 라빈,* 머릿수건을 한 아라파트, 정반대의 두 사람을 한 자리에 모이게 한 놀라운 능력을 소유한 클린턴. 이 모두가 샤론은 거슬렀다. 그래서 불도저와 트랙터로 아라파트를 비롯해 그의 일당을 밀어버리고 아라파트를 해치우려고 했다. 당연히 우리는 두려웠다. 아라파트는 급히 위층으로 향했고 나는 커피잔과 함께 공중제비를 돌았다. 아라파트는 자신과 우리의 처지를 세 단어로 일축했다. '순교자, 순교자, 순교자'라고. 알파티하 장은 읽었으니 우리에겐 평화가 깃들 것이다.

아라파트가 공작을 꾸몄을까? 경호원에 불과한 내가 알 도리는 없다. 나는 2열 또는 3열에 배치되어있다. 특공대가 주 경호 임무를 맡았고 안보군과 제17분대, 10개 팀으로 구성된 경호원들이 아라파트의 문간을 지켰다. 나 같은 요원이 그에게 말을 걸 기회는 전무했다. 그의 의도가 무엇인지, 그가 무슨 생각을 하는지 알기 위해서 향

---

* 이츠하크 라빈(1922~1995), 이스라엘 전 총리.

간에 떠도는 소문에 귀를 기울였다. 우리에게 무슨 일이 있었던 것인지, 앞으로는 어떤 일들이 펼쳐질지 알고 싶었다. 아라파트의 모자가 눈에 들어왔고, 그가 계단을 오르는 것이 보였다. 그때 나는 커피잔과 함께 날아오르며 그의 뒤를 따랐고, 반쯤 무너진 벽 뒤에 기대고 있다 아라파트가 휴대전화를 통해 최초로 한 인터뷰를 들었다. 그가 '순교자, 순교자, 순교자'라고 말하는 순간, 올 것이 왔다 싶었다. 아라파트가 의도한 바는 바로 이것이었다. 순교자, 순교자, 순교자. 그가 말한 것은 순교자 세 명에 불과했으나, 실제로는 삼백 명의 순교자를 뜻하는 것이었다. 우리의 숫자가 삼백이었다. 나는 손을 떨구고 내가 커피잔을 쥐지 않은 것에 대해 신께 감사를 드렸다.

이해가 되기도 했다. 사람들이 말하길, 수반은 계략을 썼다고 했다. 삼차원의 메시지가 세 방향으로 물결처럼 뻗어나갈 것이라 했다. 첫 번째 물결은 우리가 죽음에 굴하지 않고 맞서 싸우겠다는 뜻이다. 샤론은 폭격 당한 건물의 반도 들어오지 못할 것이다. 실제로 살아 있는 살육의 현장을 만들어 놓지 않고서는 불가능하다. 그런 학살은 아라파트를 순교자와 영웅으로 만들 것이고 사람들은 그를 추앙할 것이다. 샤론은 이런 결과를 원치 않았고, 부시와 블레어도 같은 입장이었다.

두 번째 물결은 우리를 향해 내뱉어진 '순교자'라는 말이었다. 흙탕물에서 낚시를 하는 우리에게 하는 말이었다. 수반이 모르게 하는 뒷거래는 불가하다는 의미였다.

세 번째 물결은 미국을 향한 메시지였다. 꺼지란 소리였다. 부시와 블레어는 막다른 길에 처했다는 뜻이었다. 여전히 살아 있을 순교자가 지배할 것이다.

이렇게 지금까지 흘러왔다. 라말라 제일 첫 번째 거리부터 아스완, 사우디아라비아, 시나이 반도, 수단, 수마트라에서까지 사람들이 거리로 나왔다. 세상 모두가 아라파트 만세를 외쳤다. 나도 그중 한 사람이었다.

계략을 세우는 순교자를 본 적 있는가? 나는 보았다. 폭격을 당한 건물 삼 층에서였다. 커피잔과 함께 공중을 날았던 나는 반쯤 무너진 벽 뒷면에 숨어 있었고, 제17분대는 제자리에 있었다. 나는 결론을 내렸다. 카르자이가 이곳에 나타나진 않을 것이고, 나는 살아남을 것이며, 샤론은 메시지를 받을 것이다.

12

아라파트의 정체를 캐내려 했다. 뭘 먹고 마시며 기도는 어떻게 하는지. 지금까지 살아남은 비법이 무엇인지 알고 나니 놀란 마음에 뇌진탕이 다시 오는 줄 알았다. 팔레스타인이 어리든, 성장하든, 청년이든, 늙든지 상관없이 언제나 존재해야 한다는 악몽 같은 꿈을 꾸는 사람이었다. 아라파트는 숨이 넘어갈 때까지 주위를 살피며 공작을 짰다. 두뇌싸움을 하든, 주사위 놀이, 체스, 술래잡기를 하든 상관없다. 팔레스타인만 존재하면 된다. 그런 꿈도 좋지만, 우리는 어떡하라고?

봉쇄 때문에 음식도 물도 화장실도 없는 신세요, 감옥에 갇힌 꼴이었다. 건물의 반은 폭격을 당했고, 나머지는 체처럼 구멍이 나있었다. 보이는 것이라고는 짓눌린 자동차 무덤뿐이다. 경찰들은 경호를 하고 있었고 옥상과 창문, 건물 위엔 저격수가 배치되어 있었다. 그런데 우리는 어떻게 하지? 사람들이 말했다.

"노래해."

이게 대체 무슨 영문 모를 소리인가? 그들이 다시 말했다.

"노래해."

뭐라고? 지금이 노래나 부를 시점인가?

"네가 얼마나 대단한지 노래로 한 번 보여줘 봐. 유대인들이나 지니 특사가 듣고, 이놈들은 죽음이 코앞에 와도 노래를 부를 놈들이라고 알려 줘. 뻥 터져버리겠지."

다음날 지니 특사가 방문했지만, 노래를 들을 기회는 없었다. 터져버린 것은 우리였다. 샤론의 꼭두각시처럼 그가 말했다.

"살인자들."

나와 수배자들을 가리키는 말이었다. 샤론이 이 살인자들을 응징해야 한다고 하자, 아라파트가 말했다.

"우리는 정부를 대표하며 여러 협정을 체결했다. 통치를 하는 것은 샤론이 아닌 이 정부다."

지니는 퇴장했고, 파울이 등장했다. 파울은 같은 노래를 불렀고,

아라파트는 같은 대답을 했다.

파울이 퇴장하고 나선, 우리와 비슷한 사람이 등장했다. 아랍인이자 이집트인이 등장했다. 터프한 남자였던 그가 초콜릿을 들고 왔다고도 하고 바나나를 들고 왔다는 소리도 있었다. 더 나중에는 초콜릿도 바나나도 그 어떤 향기로운 것도 없었다고 한다. 이 이집트인은 심심한 애도를 표하는 편지와 함께 빈 물병을 가져왔다. 나중에서야 안 사실이지만, 무바라크는 우리에게 망고 주스를 보냈다. 하지만 제17분대가 주스를 모두 마셨고, 우리에겐 빈병만 주어졌다. 여기까지가 내가 벌집이 된 반쪽짜리 벽에 기대 엿들은 내용이다. 이래서 사람들이 부패나 부패정부가 어떻다니 하나? 잘 모르겠지만, 그래도 확실한 건 아라파트는 그 망고 주스를 마시지 않았고, 물도 입에 대지 않았다는 것이다. 그는 편지를 흥미롭게 읽었다. 망고는 일부 경호원들에게 줬다. 경호원 중의 한 사람으로서 2열 또는 3열에 속해 있던 나는 덕분에 물 한 모금으로 목을 축였다.

13

'살인자들'은 법정 맨 앞줄에 섰다. 경호원으로서 '살인자들'과 함께 2열 또는 3열에 있던 나는 재판을 받지 않았다. 재판을 받고 안받고는 중요했다. 내가 계약에 포함되는 사람이냐를 결정지었기 때문이다. 이렇게 재판을 받는 건 내키지 않았고 불공평했다. 한편으로는 재판을 진행하는 측이 샤론이 아닌 우리라는 것, 샤론이 나 같은 사람들은 그냥 넘어가고 아라파트와의 약속을 미뤘다는 점이 그럴싸했다. 며칠이 지나고, '살인자들'인 1열의 경호원들에게 무슨 일이 일어났는지 알고 나니 내 처지가 무척이나 딱했다. 그들은 5성급 감옥에서 물과 전기를 쓰며 깨끗한 화장실을 누렸다. 대단한 나라들로부터 최상급의 서비스를 제공받았다. 명성을 가졌을 뿐만 아니라, 기억하기에도 좋은 이름들이었다. 조지, 토니, 존, 블레어. 3열이나 4열에 있던 우리는 따분한 이름을 들어야 했다. 아부 사투르, 아부 나두르, 아부 젤다. 우리는 담 너머 바깥을 경호했다. 건물 위, 창문 위, 구분이 되지 않았다. 그들에겐 혈통도 뿌리도 피부색도 국적도 없었다. 모로코, 뉴욕, 에티오피아, 에스토니아, 로마인지 루마니아인지 하는 곳에서 온 이들. 상황은 평온했다. 전기는 끊겼고, 물과 공기는 말하지 않아도 뻔한 꼴이었단 걸 제외하면.

다 괜찮았지만 아무래도 물이 문제였다. 물과 화장실 없는 삼 주, 삼 일, 세 시간을 상상할 수 있을까. 얼굴과 배와 등과 온몸 구석구석에 물을 축일 수 없다면. 상상할 수 있을까? 나는 가능했다. 수반도 마찬가지였다. 이십 일 하고도 이틀을 겨우 물로 입만 축였다. 입을 제외하고는…… 상상에 맡긴다. 경호원들 중에는 배신자가 있었다는 걸 짚고 넘어간다. 그들은 우리를 배신하고 망고 주스를 마셨고, 우리에겐 빈병만 줬다. 그리고 나선 우두와 개인 위생에 쓸 물을 챙긴 이들을 생각하면 욕이 나온다. 이게 뭔 짓들인가? 그래서 내가 한 마디 하기도 했었다.

"수반께서 주스도 물도 마시지 않았는데 어째서 우두와 개인 청결을 챙길 수 있는지?"

그들이 차분히 대답했다.

"신을 뵈려면 우리가 아름다운 모습으로 싸워야 해. 신은 아름다우시고, 아름다움을 사랑하시니."

14

다시 혼수상태에 빠져서 기억을 잃어버릴 것을 대비해 적어놓는다.

샤론이 또 거짓말을 한다. 1열의 '살인자들'이 최고급 감옥에서 쉐보레와 캐딜락의 최고급 모델을 타고 나왔다. 우리는 눈물을 흘리며 손을 흔들었지만 그들이 아닌 우리를 향한 것이었다. 수반과 내가 포함된 2열은 여전히 갇힌 처지다. 2열이 된 건 내가 승진을 했기 때문이다. 망고 주스와 물병이 가까워졌다. 승진을 했지만 나는 손을 흔들며 매우 분노했다. 수반도 그랬다. 아주 많이. 샤론은 봉쇄를 풀어주겠다는 약속을 했지만 바뀐 것이 없다. 건물 위 경호도, 대단하신 이름들도 우리를 안팎으로 짓누른다. 더 많은 아부 사투르와 아부 나두르와 아부 젤다가 등장했다. 심지어 미국인들까지 등장해서 질서 유지 같은 소리만 계속 떠들었다. 수반이 외쳤다.

"신은 가장 위대하십니다. 여러분, 이게 말이 됩니까? 감옥에 갇혀 있는 포로인 나에게 안보 확충을 요구하다니요?"

이상하기도 하지. 놀라워. 자기네들은 제1열, 제1등급, 5성급의 위대한 나라들에서 왔다지.

다행히도 정세가 괜찮아졌다. 평온한 상황 속, 내 옆엔 기자가 있다. 이 기자는 휴대폰을 붙잡고 업무에 복귀했다. 유대인들이 끊어 놨던 통신을 연결한 덕분이었다. 기자가 친구에게 말했다.

"카말, 어디야?"

카말이 대답했다.

"알하므라로 파견 나가려 해."

"지뢰 조심해. 철책을 피하도록 하고."

"걱정 마. 탱크가 지나간 흔적을 따라 가면 돼. 몇 분 안에 도착할 거 같네."

통화는 이게 전부였다. 카말은 혼자가 아니었다. 카말과 떼거지의 사람들이 등장했다. 그들은 벽에 난 구멍, 잔해, 철책과 망가진 자동차라는 수천 개의 문을 넘어 들어왔다. 기자, 외국인, 시위자들이었다. 우리의 편인 사람들과 가족을 비롯해 친구들까지 등장했다. 로라와 수아드와 할머니까지. 두 번 다시 없을 조우였다.

15

방심할 수는 없었다. 상황이 바뀌진 않았다. 코너에 몰린 수반은 완전히 포위되어 있고, 건물마다 저격수들이 배치된 채였다. 우리는 맘대로 이동할 수도 없었다. 라말라는 봉쇄되었고, 다른 도시와 마을 전부가 고립무원이었다. 온 세상이 그러하였다. 검문소는 샤르다, 칼란디야, 베투니아, 알발루아의 등 곳곳마다 셀 수 없이 많았고, 입구란 입구마다 있었다. 봉쇄는 더욱 세력을 확장했다. 군사작전이 잦아지면서 이에 맞선 반격도 늘어났다. 여기저기서 공격이 있다 보니 소용돌이에 빠진 것 같았다. 그럼에도 불구하고 나는 적응해 나갔다. 권력의 분위기와 그 속의 사람들에 적응했다. 그렇게 정치인으로의, 지도자로의 초석을 다졌다. 어떻게 하면 관직에 오를까 수천 번 생각했다. 지도자와 가까워지는 것은 권력을 의미했다. 직위, 계급, 봉급, 차관, 그 다음에는 장관. 텔레비전 뉴스에 나와서는 분석하고 비판하고, 자신이 도움받은 사람까지 경쟁적으로 비방했다. 그러면서 온갖 전문용어는 감동을 자아냈다. '민주주의', '반 부패', '정부 개편', '국회'라는 말들이 방송과 신문을 점령했다. 나는 의식적이었든, 무의식적이었든 방송가의 경쟁에 가담했다. 그 시발점은 로라였다. 내 여자친구이자 약혼녀로 알려져 있던 로라는 나와 PBC 인터뷰를 진행했었다. 나중에야 알게 된 일이지만, 신이 도우셨던 덕분인지 인터뷰는 꽤 괜찮게 나왔다. 이튿날 로라가 하는 말이, 시청

자들의 반응이 좋았다고 한다. 알자지라, 알아라비야, 아부다비 TV를 비롯해 바레인에서 일하는 동료까지 나에 대한 관심이 지대했다고 한다. 들뜬 로라는 내가 탄짐의 리더이자 유력인사라고 소개했다고 한다. 며칠 만에 나는 뉴스의 헤드라인을 장악하며, 텔레비전 속에선 점잖은 체했다. 카키색 군복을 벗어 던지고 정장을 차려 입었고, 무기를 내려놓고 펜을 잡았다. 이야기하고 설명하며 큰 목소리로 민주주의니 국민의 걱정이니 정부 개편 같은 소리를 했다. 그중에 아는 것 하나 없었음에도, 나조차 내가 하는 말에 홀렸다. 현실의 나는 닭장 같은 봉쇄 속에 저격수와 건물과 자동차 잔해로 둘러싸여, 이스라엘로부터 숨어 있었다. 거리의 언어와는 멀어져버린 나는 사람들의 고동소리를 듣지 못했다. 로라나 텔레비전을 통한 경우를 제외하고 나는 내 사람들에 대해선 아는 것이 없었다. 유식해 보이려는 마음에 나는 아버지의 기사들을 읽어보기 시작했다. 모르는 것은 전화로 아버지에게 설명받았다. 그렇게 이것저것 설명받고 나서는 다시 텔레비전으로 돌아가 요란한 인터뷰와 분석으로 사람들을 감동시키고 더욱 흥분시켰다. 눈 깜짝하는 사이에 텔레비전 속 스타가 되었다. 그런 나를 보며 로라는 만족하는 듯했다. 그녀의 할머니가 나를 높게 평가하고, 세상을 떠난 아들, 알와시미를 떠오르게 한다고 했다. 그 소리를 들으니 마음이 무거웠다. 왜냐면 알와시미는 가타부타 설명할 필요도 없이……. 시간이 지나고 나니 알와시미가 그렇게 못되고 추한 사람은 아니었던 것 같다. 그는 나라와 환경이 낳은 자식이었다. 집시 출신 중에서도 기이한 집시였다. 집시들은 이상하기보다는 우리의 일부와 같다. 우리가 정의와 국민의 정신에 대해 열변을 토하고 있을 때, 집시를 국민으로 취급하지 않는다면 정의는 어디에 있겠는가? 집시도 우리의 일부가 아니라면, 지도부가 될 수 없고 국민이 아니라면 대체 뭐겠는가? 나는 의문에 빠졌다. 그들은 집시인가? 국민인가? 지도부인가? 몇 날 며칠을 이런 생각에 빠졌다가 결국 관뒀다. 휴대전화와 텔레비전으로 바빴다. 상위 계층에 편입되면서 정상을 향해 오르던 중이었고, 이제는 장관직을 꿈꿨다. 도대체가 제대로 된 장관이 없었다. 텔레비전에 등장하며 나는 무엇으로 보나 성과를 꽤 거뒀다. 반반한 외모와 괜찮은 사고방식, 전투 경험까지 갖추었으니 신분 상승은 보장되었다. 어려운 문제는 아버지의 도움으로 풀 수 있다. 이러니 장관이 되는 데에 무슨 문제가 있을까? 재능과 외모와 이성을 겸비한 내가 관직에 오르지 못할 이유가 있을까?

하지만 수아드의 반응은 딴판이었다. 수아드는 날 탐탁지 않게 보았다. 직책과 방송에나 관심을 가진다고 비난했다. 민족의 희망과 민족의 문제는 이루지 못하고 패배한 이들과 다를 바 없다고 했다. 민족의 희망과 민족의 문제라? 문제를 해결해볼 여지가 있긴 할까? 과연 진실이 존재할까? 정의란 것이 있는가? 세상 그 어디에 양심이 존재할까? 나라는 우리를 버렸다. 그래서 우리도 나라를 버리고 무기를 들었다. 우리를 따르던 사람들이 있었지만 결국에는 떠나버렸다. 이젠 누굴 죽여야 하는지 모르겠다. 샤론을 죽이든지 아니면 그가 우리를 죽이든지. 그것도 아니라면 시간이 우리를 죽이든가. 시간이란 참 대단하다. 시간의 품속에서 역사는 부식한다. 시간이 지나며 만물은 시들고 움츠러드는 것이 인간과도 같다. 바닥을 기던 아이가 걸음마를 뗀다. 그러고 나선 양 날개로 하늘을 나는 꿈을 꾸는 순진한 청년이 되고, 두 발로 멀쩡히 걷는 것에 만족하는 중년이 되었다가, 등이 굽고 지팡이를 짚은 노인이 된다. 종국에는 다시 아이처럼 배를 깔고 바닥을 긴다. 아래를 향해 추락한다. 공허와 파괴, 무덤 속 침묵을 향해 내려간다. 이것이 인간이요, 역사다. 민족의 문제이자 사람들의 인생사다. 모든 것에는 끝이 있고, 모든 것이 시간이 흐르면서 그 빛을 소실한다.

이런 말을 로라와 수아드에게 꺼내볼까 했지만, 둘은 성난 벌떼처럼 화를 냈다. 수천 개의 침을 쏘는 듯한 그들 앞에서 나는 어떻게 시선을 피할지를 몰랐다. 매 순간 죽음을 직면한다는 일의 의미를 모르는 사람에게 무슨 말을 할까? 물 한 모금 못 마시는 박탈을 겪지 못한 사람에게 무슨 말을 할까? 무력과 대포 앞에서 무너지고, 봉쇄에 피 흘리며 죽을 고비를 넘겨보지 않은 사람에게 무슨 말을 할까? 인간이 역사와 같다는 것에 의심할 여지가 있는가? 역사와 민족의 문제가 같다는 것도 의심할 여지가 있는가? 민족의 문제는 사랑의 결실과도 같다. 달콤하게 시작되어 단단하고 강해졌다가 나중에는 시들고 사라져버린다는 것. 지배하는 것은 인간이 아니라 시간이다. 그러니 어떤 의무에 대해서 떠들 수 있을까? 어떤 시간에 대해?

16

수아드는 교차로와 수반 본부가 있는 광장에 멈춰 섰다. 수많은 인파가 오가는 모습 속에 차량과 언론인, 외국인, 무장 군인들이 보였고, 건물과 차의 잔해들도 보였다. 참으로 곤란한 시점이었다. 수반은 수감되었지만, 정치계 인사들과 일부 장관들, 아니 대부분의 장관들이 앞다투어 방송에 출연했다. 마이크를 쥐고 여기저기서 목소리를 높이느라 녹음 분량을 다 소진해버릴 정도였다. 그러면 로라가 상냥하게 사과하는 투로 말했다.

"이만 마치겠습니다. 감사합니다. 라말라 수반 본부 앞에서 PBC였습니다."

그렇게 녹음기와 카메라를 정지시킨 로라의 뒤를 따라가던 마지드는 무언가를 따지기 시작했다. 먼발치에서 두 사람이 손짓을 하는 모습이 보였다가, 나중에는 고개를 저으며 멀어졌다. 화가 단단히 올라 손을 흔들고 있었다. 로라가 씩씩대며 수아드에게 와서 말했다.

"마지드는 미쳤어, 완전히 미쳤어!"

로라가 울음을 터트렸다.

마지드는 지겨울 정도로 로라를 독점하려고 했다. 또는 그 이상이었다. 로라가 자신의 도구인 것처럼 대했다. 이 사람을 만나라, 저 사람은 만나지 마라, 이 사람이 하는 말은 듣지 마라, 저 사람이 하는 말에는 귀 기울이지 마라, 이 사람은 정신이 없고, 저 사람은 생각이 없고 이해하지 못한다, 나는 이해한다, 나는 알고 있다, 내 생각은 깊숙한 내면에서 나온 것이고, 너는 동굴 안에서 일어나는 일은 모르는 제삼자다. 처음에는 로라도 순순히 마지드의 말을 따랐지만, 마지드가 자신에게 가한 봉쇄가 지겨워졌다. 그러면서 의문이 생겼다. 마지드의 진심, 자신의 진심에 대한 의문이었다. 이런 것이 정치의 현실이고 정치인과 통치자들의 본 모습인가? 여자인 우리가 무엇을 알고 있을까? 무엇을 느끼고, 무엇을 하고 있는가? 별 것 없다. 수아드가 말하길, 남자에게 우리는 장식품에 불과했다. 로라는 환상에 빠져 있던 어린 시절이 떠올랐다. 마지드의 눈빛, 입술, 목소리, 말, 애정어린 다정한 시, 민족의 문제, 감정의 불꽃이 떠올랐다. 지금은 무엇이 남아있나? 추억, 이해심 넘치는 눈빛, 흥분한 말의 메아리, 다정한 시만이 남았다. 마지드는 다정하고 자상했지만, 나중에는 모진 사람이었다. 그 안에 있던 전사가 등장하면서, 연인이 사라졌다. 마지드는 로라에 대해 아무런 것도 궁금해하지 않으며 몇 달을 보내다 나중에서야 갑작스럽게 자신을 찾았다. 마지드는 로라에게 전화해 가볍게 질책할 것이다.

"어디야?"

마치 자신의 부재와 자신과 로라가 받는 고통을 책임질 사람은 로라인 것 같았다. 결국 그가 내뱉은 말들은 로라에게 상처를 입혔고, 이에 로라는 저항했다. 두 사람 사이의 인연은 끊어졌다. 어느 지도자의 아내가 했던 말이 있다.

"우연한 기회가 아닌 이상에 남편을 볼 수 없어요. 그것도 찰나에 불과하죠. 그러고는 우리는 서로를 잊고, 나는 내가 어떤 남자의 아내라는 것만 기억합니다. 한 남자의 영혼에 속박되어 있어요. 난 그저 그의 아이들의 어머니이며 그의 가정을 꾸리고 있어요. 이게 바로 지도자들의 아내인 여자들인 우리, 탄짐과 함께 하는 여자의 운명이에요. 우리의 운명이요!"

수아드가 말했다.

"내 운명은 그렇지 않아. 난 어머니도 아내도 아냐. 남자의 유령과 그림자에 붙잡히지 않아. 그가 지도자가 되면, 유령이나 다름없다고? 그럼 어째서 내가 존재하지?"

지금 마지드는 지도부 사람들과 기자들 사이에 있다. 수아드는 불완전한 노래가 되어버린 과거에 대한 향수에 빠졌다. 나중에 마지드가 수아드를 보면 무슨 말을 할까 상상했다. 삼 년이나 사 년, 오 년 뒤를 생각하다가 위대한 사랑과 그 의미에 대해 부질없는 생각에 빠져버렸다. 팔레스타인의 유령이 된 남자들뿐이다. 마음속에는 여전히 마지드가 있지만, 애인으로도 친구로도 아니었다. 수아드의 마음 속 마지드는 그 어떤 날씨에도 흔들리지 않는 조각처럼 굳건하고 강인한 남자였다.

17

마지드는 인파로 가득한 광장에서 수아드를 발견했지만, 발걸음을 옮기진 않았다. 그저 수아드가 있는 쪽을 잠깐 눈길을 주고는 경호원과 안보군 사이를 지나 계단을 올랐다.

수아드의 심장이 뛰었다. 마지드가 이제 고개를 돌리겠지, 지금이야! 그러지 않는다면, 날 잊었다는 뜻. 하지만 고개를 돌린다면 날여전히 기억하고 지난 일을 여전히 잊지 않았다는 뜻이다.

마지막 계단을 올랐을 때, 마지드는 느릿하게 고개를 돌려 짧은 시선을 보냈다. 자신을 바라보던 수아드가 놀라서 어쩔 줄 모르는 듯 보였다. 마지드는 시선을 거두어 경호원들 사이를 뚫고 안으로 들어가며 자취를 감췄다.

몇 년 전, 마지드를 사랑하던 때의 수아드는 꿈과 감정으로 가득했다. 그로 인해 마음이 타올랐다. 정열에 찬 눈빛과 다정한 목소리는 잔잔하게 흐르는 물결처럼 수아드를 사로잡았다. 모든 감정과 영혼과 몸과 마음을 다해 사랑했다. 사랑을 하며 잊었던 것들을 기억해냈다. 분단된 조국, 분단된 정체성, 연줄 끝에 걸려 수아드를 부르는 듯한 영혼이 떠올랐다. 지금 이렇게 그와 마주치는 것은 슬픔과 갈망, 강렬한 유년시절의 즐거움, 달콤한 노래의 홍수와 같았다. 사랑은 환상이었나, 아니면 둘도 없는 사실이었나? 수아드가 서안지구에 있을 때 마지드는 타지에서 망명 중이었다. 거기서 마지드는 전투와 패배를 반복하고 있었다. 다마스쿠스든 베이루트든 튀니스든 상관없었다. 그 모두가 망명지였고, 버려졌고, 분리당한 곳이었다. 아주 가깝고도 멀었다. 하지만 마지드는 여전히 멀기만 하다. 마지드는 권력의 일부가 되었고, 수아드는 광장 한복판에 사람들과 함께다. 기다려도 마지드는 다가오지 않았다. 해결책도, 사랑도 나타나지 않았다. 깨어 있는 정신으로 수아드와 사람들에게 우리가 어디까지 왔는지, 어떻게 왔는지, 어디로 향하는지 말해줄 지도자를 기다렸다.

여전히 수아드는 광장에 내버려둔 채, 마지드는 먼 곳을 바라보았다. 수아드는 예전의 상실감을 느끼며, 마지드에게 달려가 뒤통수에 대고 그가 한 번도 들어본 적 없을 말을 하고 싶었다.

"넌 미쳤어, 나처럼. 나보다 나을 것도 없지. 넌 날 결국 찾지 못했지만, 난 널 찾았어. 그리고 팔레스타인처럼 너를 잃어버렸어. 넌 나의 것일까, 아니면 팔레스타인의 것일까? 네가 팔레스타인의 것이라면 아멘이라고 대답하자. 하지만 네가 세상을 떠돌며 나와 팔레스타인에게서 멀어지고 벌처럼 빙빙 돌기만 할 수도 있어. 그것도 꿀과 꽃도 없는데 배회하는 벌일 수도 있어. 최악이지."

로라가 말했다.

"마지드는 미쳤어! 차관이 된 다음에 장관직에 오르고 싶어 해. 지금 수배자인데다, 벽과 저격수로 갇힌 신세인 사람이 장관이나 대사가 되길 꿈꾸다니? 그런 사람을 받아줄 정부가 어디 있니?"

수아드가 대답했다.

"마지드는 만회 중이야."

로라가 소리쳤다.

"무엇을 만회해?"

로라가 소리쳤다.

"무엇을 만회해? 무너진 가옥들과 파괴된 도시를 돌이킬 수 있어? 지옥까지 닿을 만큼 길고 긴 순교자 행렬을? 이걸 들어봐."

로라는 녹음기를 켜서 크고 작은 남자들의 크고 작은 대화를 들려주었다. 폐허와 늪과 끝없는 굴과 가로막힌 길에서 나누는 이야기들이었다. 꿀과 벌집이 없는 벌들이었다.

18

"이리 와."

마지드가 말했다. 침묵을 깨트린 그의 음성은 이내 흐릿해지며 사그라졌다.

수아드는 자신과 마지드 사이의 모든 것이 끝났다고 생각했다. 하지만 의심과 두려움과 비관으로 수아드를 집어삼키며 갑자기 그가 나타났다. 수아드가 말했다.

"우린 끝났어. 사랑도 끝났어. 내 마음과 이상을 너에게 줬고, 넌 내 감각이자 감정이었어. 넌 바로 그 남자이자, 마법사, 포획자였어.

그러더니 내 마음을 업신여기며 비웃더군. 사랑이니 아니면 족쇄니? 해방자였니 아니면 노예상인이었니? 너로 인해 고통스러워하고, 무시받으며 "팔레스타인이여, 영원하라"라고 말하면서 수모를 겪어야 해? 너는 나의 허락으로만 형을 집행할 수 있어. 무릎 꿇지 않겠어. 사슬은 끊어졌어."

수아드는 마지드에게서 갈라진 멜로디, 잃어버린 마음, 패배한 나라의 그림자를 발견했다. 비행기, 대포, 파괴된 거리, 벙커, 잃어버린 사람들, 도로와 검문소의 인파가 보였다. 마지드 뒤에 있는 창문 너머로 라말라와 알비레*와 예루살렘 국경이 보였다. 마지드는 멀리 있었다. 침묵 속에 깊은 생각에 빠져 이 굴에서 빠져나갈 때를 기다리고 있었다. 서안지구와 예루살렘의 국경과 검문소 앞에 길게 늘어진 사람들의 줄. 마지드는 그곳에 갈 수도 없고, 스스로 해방될 수도 없었으며, 검문소와 금지된 장소들을 통과할 수도 없었다.

수아드는 마지드 옆에 앉아 창문 너머를 보았다. 소나무의 가장자리가 크리스마스나 부활절의 양초 같았다. 길거리나 예전엔 길이었을 곳에 소나무가 있었다. 그 아래엔 불도저로 패인 자국이 나 있었고, 하수구와 잔해, 쓰레기, 파이프가 보였다. 파이프에서는 오수와 함께 전쟁의 잔해가 흘렀다. 수아드는 처음 느꼈던 감정과 사랑으로 어지러웠던 날들을 기억했다. 그녀는 바람에 휘날리는 나비 같았고, 마지드의 눈은 수선화나 스포트라이트 같이 수아드를 옷 안과

---

* 팔레스타인 자치 정부 요르단 강 서안 지구의 도시.

뼛속까지 밝혔다. 왜 우리의 마음이 뛰고 상처를 받으면 모든 것들이 변할까? 왜 세상이란 도망칠 수 없는 아름다움이라는 착각이 들까? 왜 열정이 식고 사소한 것이 사라지는 일이 이토록 고통스러워 신음하는 걸까? 한 마디의 속삭임, 한 마디의 말, 하나의 어조, 하나의 몸짓. 이 모든 아름다움이 전쟁통에도 분명히 존재했다. 도시가 파괴되고 건물이 무너져도 사랑은 꽃처럼 피어났다. 가시 속에 피어나는 한 송이의 선인장 꽃처럼 피었다. 그러고 나면 모든 것은 더 깊은 의미와 더 넓은 흔적을 지닌 채 자라났다. 더 아름답고 귀하게 변모해 더 많은 고통을 안겼다. 이런 미치광이 같은 발작을 막아줄 고삐 하나 없이 우리는 자라야 할까? 어째서 우리는 꿈을 꿀까? 어째서 자유로울까? 왜 가슴은 뛰어오르고, 바람결에 비밀을 털어놓을까? 그래 봤자 땅으로 떨어지면 비극과 서러움뿐인데. 가슴 깊은 곳 찢겨서 불길을 솟구치고 심장은 피를 흘린다. 어제의 상처여! 오늘의 상처여! 조국이여!

수아드가 말했다.

"예전으로 돌아가고 싶어? 그나마 우리 인생에 남아 있는 것들을 되살리고 싶어? 상처와 전쟁의 잔해와 환상 속에서 자라나는 나라의 분열된 영혼 조각들……희망이 있니? 길이 있기는 해?"

마지드가 말했다.

"우리가 바로 그 길이야."

수아드는 마지드를 바라보았다. 그는 설득력이 없는 눈을 하고 있었다. 예전의 수아드는 마지드의 꿈을 꾸곤 했다. 그가 다가와 자신을 안아주고, 외로운 밤을 밝혀주고, 삶의 감각을 되살려주길 바랐다. 그녀의 감정은 화산 같았다. 지금보다 어렸을 때의 그녀는 이런 사랑을 원했다. 하지만 두려웠다. 세상의 틀이 무서웠다. 마지드도 마찬가지였다. 익숙한 것을 잃는 일과 자신의 한계가 두려웠다. 금지되고 허락되지 않은 일과 성에 대한 혐오. 마지드의 내면 깊은 곳에서 자라난 의혹은 파악할 길이 없었다. 여자는 그저 순간의 발작과 같은 걷잡을 수 없는 감각이자 욕정, 홀림, 남자다움을 훔쳐가는 귀신이라는 생각이었다. 여자는 불이고 그림자였다. 여자는 그저 말이었고 자신은 그 말을 타는 기수였다.

마지드가 말했다.

"이리 와."

수아드는 무서웠다. 다시 과거로 돌아가, 예전처럼 사랑과 성과 여성의 몸에 대한 추한 시선을 받게 될까 무서웠다. 그의 몸과 자신의 몸. 갈망하면서도 도망가던 것. 상실하여 살아온 것. 여성의 수수께끼, 감정과 순결한 사람의 수수께끼, 우정과 자유로운 이해의 수수께끼를 풀지 못했다.

수아드가 마지드를 갈망하는가? 그녀가 그를 안을 것인가? 그를 제어해 슬픔과 혼란, 감정의 무질서 속에 자라난 무언가를 제어할 수 있을까? 그녀도, 그도 알 수 없었다. 수수께끼였다.

19

꼬불꼬불한 비탈길과 나무와 가시덤불 사이에 난 산길을 넘어 수아드는 나블루스로 돌아왔다. 봉쇄는 여전히 강력했다. 역사와 정체성 그 자체였던 나블루스가 밤낮을 가리지 않고 공습에 고통받고 있었다. 공습, 암살, 침입은 건물은 물론 생활에 잔인한 흔적을 남겼다. 그렇지만, 수아드는 나블루스로 돌아와야만 했다. 아버지가 출소했기 때문이었다. 포로 교환 덕분에 석방이 되었다. 모두에게 해당되는 것은 아니었기에 의지와 젊음이 아직 남아있는 포로들은 남았다. 수아드의 아버지는 너무 일찍 늙어버렸다. 감옥에서의 세월이 그를 잠식하고 육체를 좀먹어, 그는 시름시름 앓았다. 위와 대장에 용종이 생겼고 폐부전으로 고생했다. 관절과 연골에 염증이 생겼으며 치질도 심했다.

수아드의 엄마가 딸에게 멍하니 말했다.

"아버지가 주무시도록 내버려 두렴. 깨우지 마라. 주사 없이는 잠도 못 자니 얼마나 불쌍하니. 쉬도록 내버려 두자꾸나."

수아드는 부엌에 앉아, 깊은 생각에 빠졌다. 마지드가 수아드에게 청혼한 것이었다. 그의 청혼에 수아드가 말했었다. "기다려 줘. 생각을 좀 해보고, 가족들과도 상의해보겠어." 마지드가 대답했다. "세월은 우리에게서 도망가고, 인생은 스쳐 지나가고 있어." 수아드가 말했다. "토대 없는 결혼은 파도 앞 모래성에 불과해. 네가 원하는 게 결혼이야, 아니면 순간의 쾌락이야?" 마지드는 우울과 불안이 담긴 눈빛으로 수아드를 바라보았고, 이에 수아드의 마음은 찢어졌다. 수아드는 라말라에 남아서 마지드와 생사를 함께 하고 싶었다. 그에게 온 마음과 힘을 주고 싶었다. 벌집을 차지하고 싶었다. 마지드와 같은 사람들로 광장은 가득했다. 그런 사람들이 텔레비전 화면과 직책을 차지했다. 사람들은 사분오열이었고, 안보에는 공백이 생겼고, 혼란은 더욱 가중되었다. 구조와 통치체제, 다양한 집단과 사람들의 관습에도 어려움이 있었다. 정부는 무질서였고, 가정 내에도 억압이 존재했고, 교육과 분배와 정의와 인권은 엉망이었다. 이스라엘은 박해와 공격과 강압을 행하는 가운데 무지함으로 어떻게 현명한 국가를 세울 수 있을까? 허약한 육신이 어찌 질병을 이길까? 좀먹은 국민이 무력과 정착이라는 이름의 해충에 맞설 수가 있을까? 마지드가 수아드를 마지막으로 만나던 때 말했다.

"우리는 함께 할거야. 같이 노력하고 저항해서 무너진 것을 세우자."

수아드가 마지드를 바라보았다. 갈등과 와해의 상황, 산처럼 쌓인 의심을 마주한 그의 무력함이 느껴졌다. 우리는 지금 이스라엘에 맞서고 있고, 이스라엘의 배후엔 미국과 서양의 과학이 있다. 국민은 뿌리부터 시작해 망가진 지도부와 문명을 가지고서, 하루하루 먹고 사는 일조차도 버거운 처지다. 빈곤, 무지, 분열. 사람들은 신이 해결책을 내려주시길 기다리며 모스크로 향한다. 우리는 우리의 세상에서 도망친 이들에게 저항한다. 이들은 혁신과 환상을 가져왔고, 이로써 정신은 파괴되었고, 그나마 남아있던 일말의 이성조차 갈려

버렸고, 심연만이 깊어졌다. 그런 존재와 우리가 맞서고 있는 것이었다. 이는 우리를 석기시대로 끌고 갈 뿐이다. 백만 년은 퇴보했다. 유산은 부질없고, 체제는 떡잎부터 글렀다. 그런데 여기서 어떻게 국가를 세울까? 남들이 무너뜨리고 있는데? 마지드가 수아드에게 이 모든 것을 말했고, 수아드의 대답은 아멘이었다. 그런데, 수아드가 마지드를 필요로 할 때 그는 갑자기 사라졌다. 들리지도 보이지도 않았고, 어디서도 종적을 찾을 수 없었다. 전화나 휴대전화도 연결되지 않았다. 지도자의 부인이었던 여자가 했던 말과 그녀가 짊어지고 있던 것들이 떠올랐다.

"남자의 유령뿐일 여자로 살아갈 수 있겠나요?"

수아드의 아버지가 딸에게 분명한 어조로 말했다.

"내 딸아, 자고로 여자에게 필요한 건 말이다, 남편이란다. 보호를 받아야 해. 너도 이제 어른이잖니. 남편이 있고, 집이 있고, 자식이 있고, 너와 네 인생을 보살피는 남자가 필요해. 아무 남자가 아니라 바로 이 남자다. 딱 부러지는 성격에, 신망이 두텁고, 좋은 마음씨를 가진데다가 앞날이 훤한 남자야. 당신 같은 사람과 가족이 되는 것은 영광이라고 대신 말 좀 해주렴. 당장 전화해서, 승낙하겠다고 말해라. 어서. 축하한다."

수아드의 어머니가 낮은 목소리로 속삭였다.

"잠시만요, 할 얘기가 있어요."

아버지가 거칠게 대답했다.

"뭔 얘기를 누구랑 하겠다는 거야, 움무 수아드? 당신 딸은 이제 나이가 꽉 찼어. 우리가 평생 같이 살 수도 없어. 자식들이라고는 모두 떠나 외국에 있으면서 안부 한 번 묻지를 않잖아. 딸이 그저 여기 눌러 앉아 노처녀로 인생을 마치길 바라기라도 하는 거야?"

딸이 노처녀가 된다니! 혼기 놓친 처녀와 남자의 그림자. 아버지 당신조차 영예롭게도 감옥에 있던 사람인데 잘도 하는 말이다. 다른 사람이라고 뭐 다르진 않겠지.

아빠 뒤에서 엄마가 수아드에게 눈짓을 보냈다. 따라오라는 신호였다. 엄마가 자리를 뜨려고 하자 아빠가 말했다.

"약 가져다 줘. 차도 타 오고. 밖이 추우니 창문을 닫아."

20

엄마는 딸을 데리고 다락으로 향했다. 빵집 굴뚝, 돔, 목욕탕, 높게 솟은 첨탑과 옛 궁전의 아치 등 나블루스는 여느 때와 다름없었다. 지금 우리는 어디에 와 있는 걸까? 과거와 현재는 여기에 있는데, 도대체 미래는 어디에 있을까?

엄마가 말을 꺼냈다.

"내 딸아, 내가 네 아버지와 살아왔듯이 그 남자와 그렇게 살고 싶다면 오늘이라도 당장 떠나라. 기어이 결혼을 하겠다면, 내일까지 기다리지도 마. 보호 받으며 아이와 모성애를 누리며 남자의 그림자와 살겠다면 그렇게 해. 벽의 그림자보단 낫겠지. 하지만 슬픔과 걱정 없는 삶을 원한다면, 그 무엇과도 엮이지 않은 남자와 결혼해. 그 남자는 마치 네 아버지 같구나. 지휘관이라 하니 더 심할 수도 있어. 사랑 같은 소리 하지 마라. 사랑은 사람을 기만할 뿐이야. 잘 생각해 봐. 난 분명히 말했다."

수아드가 말했다. "그래요. 하지만 제 마음은 어떻게 하죠?"

"마음을 단단히 먹어. 약해빠진 마음으로는 눈물만 짜는 여자 신세뿐이야. 겁에 질려 울기만 하면서 인생을 살고 싶어? 절망에 빠져 훌쩍대고 싶니? 한밤중에 대문에 귀를 가져다 대고서 군인이나 혁명가들이 남편을 데리러 오지 않을까 하는 걱정이나 하고 싶어? 그러면 넌 홀몸으로 아이들을 책임져야 할 테고 먹고 사는 일은 가시밭길일 거야. 혼란스러운 시기에 네 몸은 고통으로 가득 차겠지. 지금이야 젊고 감정이란 것이 살아있겠지만 나중엔 남편이 널 내팽개칠 거야. 병영을 떠돌고 회의를 하겠지. 남편을 찾아가면 그가 말하겠지. "바빠, 내겐 책임질 일들이 있어. 팔레스타인을 걱정하고, 탄짐의 지시에 온 신경을 집중하고 있어." 그래, 다 좋다고 치자. 그러면 너는 어쩐단 말이니? 네 마음과 네 몸과 너의 요구는? 그의 아이들은 누가 보살핀단 말이니? 그의 집과 식사와 그가 필요로 하는 것들은? 분명하게 말할게. 다시 생각했으면 좋겠다. 강해져. 네 마음이 결정하게 놔두지 마."

혼란스러우면서도 이상한 마음이 들은 수아드가 말했다.

"그래요. 하지만 제 생각은요!"

엄마가 딸을 바라보며 슬픔에 빠진 채 고개를 저었다. 엄마는 다락 가장자리를 향해 몇 발자국을 떼고는 멈춰 서서 아무 말도 없었다.

단순한 감정, 사람, 꿈의 문제가 아니다. 더 심각한 문제다. 수아드에겐 감정과 이성과 생각과 감각이 뒤섞인 문제였다. 어렸을 적 그를 사랑한 과거의 문제나, 작금의 봉쇄 속에서 그를 사랑하고 있는 현재의 문제도 아니었다. 미래에 어떤 남자와 함께 할 것인가? 꿈에는 관심이 없고 팔레스타인과 이스라엘의 문제는 염두에 두지도 않는 남자와 결혼할 수 있을까? 날개도 없이 짊어진 짐도 없이 오로지 본인만 존재하는 남자와 결혼할 수 있을까? 수아드 자체와 수아드의 생각, 문화, 그녀 아버지의 역사, 그녀가 살아온 환경, 현실, 남자 때문에 일어날 일들은 생각하지 않는 남자다. 수아드가 마주할 현실은 어떻게 하고? 가난과 파괴는? 수아드는 어떡하고? 사람들과 조국, 국가의 문제를 위해 행동하지 않는 남자라면, 그게 과연 남자가 맞을까? 수아드의 사랑을 받으며 그녀와 함께 살 만한 남자란 말인가?

수아드는 느릿하게 어머니의 뒤로 가 하늘의 석양을 바라보았다. 순교자들과 희생자들, 그리고 나블루스라는 피를 향유처럼 바른 듯했다. 나블루스와 자신의 처지가 같다는 생각이 들었다. 삶의 의미와 깊이, 희망을 안겨다 줄 진정한 남자가 필요했다. 하지만, "너를 돌봐줄 남편이 있어야 해"라고 말하던 아버지가 떠올랐다. 당신 같은 사람과 결혼했다가는 보호는커녕 엄청난 부담과 잔인함, 공포, 박탈만이 남는다는 것을 잊으셨다. 아버지는 잊었다 해도, 또는 잊어가고 있다 해도, 수아드는 자신을 키워주고 모든 것을 알려준 어머니를 생각하지 않을 수 있을까? 온 가족을 책임지고, 공습이 일어나도 작업장에서 일했다. 감옥까지 다녀온 투사인 아버지의 빈자리를 채우며 수감생활과 변호를 비롯해 병수발을 맡은 사람이 과연 누구였던가? 자식들도 다를 바 없다. 수염이 다 자란 어른인 자식들이 아직까지도 어머니에게 편지를 보낸다. "세상에서 가장 사랑하는 어머니, 돈 좀 빌려주실 수 있나요? 신께서 허락하시는 대로 갚을게요." 신께서 허락을 하시질 않으니 문제다. 이런 와중에 아버지가 한다는 소리가, 여자는 자기를 보살펴줄 남편이 필요하단다. 가장 역할을 한 건 어머니였다는 것을 잊으신 것이다. 어머니가 확성기 소리, 슬로건, 선언문, 훈장이나 승리의 횃불 하나 없이 이 모든 것을 해냈다는 걸 잊었다.

21

수아드는 교차로에서 아흐마드를 발견했다. 앞면에 적십자와 적신월이 새겨진 흰옷을 입은 아흐마드는 앰뷸런스에서 내리고 있었다. 수아드가 부르자 아흐마드가 다가왔다. 가게와 상점 주인들은 그에게 손을 뻗으며 인사했다. "들어와서 커피나 한잔 하지"라거나, "차라도 한잔?"이라고 말했다. 누군가는 "크나페* 들겠는가?"라고 말

---

* 레반트, 팔레스타인 지역의 전통 단 과자.

했다. 아흐마드는 어른처럼 손을 머리에 올리는 관례적인 자세로 진지하게 인사했다. "정말 감사합니다. 나중에 기회가 되면 같이 커피 마시도록 하죠."

수아드가 아흐마드에게 말을 건넸다.

"대단한데. 너 꽤 유명인사가 됐구나!"

아흐마드가 고개를 끄덕이며 정신이 없다는 투로 말했다.

"구호 활동 때문이야."

수아드가 좀 더 설명해달라는 눈빛을 보냈다.

"공습 동안에 사람들을 치료하면서 알게 되었어."

수아드가 용기를 북돋아주듯 웃었다.

"네 말은, 그 사람들이 널 알게 되었다는 거구나."

아흐마드가 고개를 끄덕였다.

"그러면, 이제 뭘 할 거야?"

엄마에게 들은 이야기가 있었지만, 그래도 호기심이 생겨 물었다. 아흐마드는 대답하지 않고 그저 정처 없이 걷기만 했다. 불안함이 들면서도 궁금해졌다.

"이제 뭘 할 거니? 공부는 어떡하고? 엄마랑 아빠는?"

아흐마드는 대답하지 않았다. 그러자 수아드는 아흐마드의 팔을 붙잡아 멈춰 세우고 그를 응시하였다. 아흐마드는 수아드의 어깨 너머 먼 발치를 바라보며 가던 길을 멈췄다. 수아드가 끈질기게 물어봤다.

"학교는 어떻게 하고? 엄마랑 아빠는 어떻게 하고?"

아흐마드는 여전히 요지부동이었다. 수아드가 몰아붙이듯 말했다.

"지금 누구랑 살고 있어?"

아흐마드는 침묵으로 일관했다. 그의 팔을 잡아당겨 인도에 있는 긴 나무 벤치에 앉히며 수아드가 말했다. "앉아." 아흐마드는 넋 나간 사람처럼 벤치 근처에 서 있기만 했다. 그런 그를 수아드가 끌어당겨 마지못해 자리에 앉았지만 말없이 가만히 있을 뿐이었다.

"내 말 들어볼래, 아흐마드? 착하지, 우리 아기. 이젠 다 컸네."

'아기'라는 말이 망치가 되어 아흐마드를 강타했다. 수아드를 비난하듯이 바라봤다. 이에 수아드는 자신이 무슨 말을 했는지 눈치채고 정정했다.

"그래, 너 이제 어른이 다 되었다는 소리야."

아흐마드는 키로나 덩치로나 또래보다 훨씬 더 커 보였다. 생각도 컸겠지만, 학교와 부모님은 어쩌고?

수아드가 실망스럽다는 듯 물었다.

"공부를 하지 않고 이러고 있어도 돼?"

아흐마드는 회피하며 고개를 돌렸고, 수아드가 그의 팔을 붙잡고 따졌다.

"공부 안 할 거야?"

아흐마드는 대답하지 않았다.

"아버지가 허락은 하셨고?"

여전히 대답 없는 아흐마드에게 수아드가 재차 물었다.

"배우지 않을 작정인 거니?"

그 순간, 아흐마드가 고개를 돌려 수아드를 바라보았다. 그러자 수아드는 또박또박 말을 이었다.

"배우지 않으면 무지해질 뿐이야."

아흐마드가 무미건조하게 대답했다.

"나 지금 적십자에 있어."

"넌 아직 어려! 네가 몇 살이었더라?"

아흐마드가 불만스럽게 대답했다.

"무슨 상관이야?"

"아주 상관 많거든. 난 네 누나와 같아. 마지드 같고. 아니, 더 가까울지도 몰라."

아흐마드는 고개를 끄덕이며 중얼거렸다.

"더 가까울지도 모른다……."

아흐마드의 일거수일투족을 예의 주시하며 수아드는 사람들이 마지드에 대해 한 말이 생각났다. 가족에겐 무관심한 채, 방송과 승진과 높은 자리에만 빠져 있다고 했다. 불안한 예감에 수아드가 말했다.

"그래, 아빠는 뭐라 하셔?"

아흐마드가 어깨를 가볍게 들썩였고, 수아드는 상황이 좋지 않게 돌아간다는 생각을 했다.

"아빠가 허락하신 거야?"

"뭘?"

"지금 네 상황 말이야. 학교에 나가지 않고 공부도 하지 않으면서 가족과 떨어져서 스스로를 망각하고 있는 것 말이야!"

아흐마드가 차갑게 대답했다.

"아니, 망각하지 않았는데?"

"망각했어. 네가 노동자처럼 살면서, 여기저기를 떠돌며 살 수 있어? 떠돌이 생활을 하며 미래에 대한 계획도 없이 살 수 있어?"

아흐마드가 냉소적인 웃음을 지으며 말했다.

"미래라고?"

"그래, 우리 아기가 미래 없이 살 수 있겠어?"

'아기'라는 말이 아흐마드를 충동질했다. '미래'라는 단어도 그랬다. 아흐마드가 딱딱하게 대답했다.

"어떤 미래? 사람들 못 봤어? 저기 있는 사람들을 봐봐."

아흐마드가 가리킨 곳에는 여러 무리의 노동자들과 대학을 졸업했거나 아직 학생인 청년들이 보였다. 나이와 상관없이 모두들 교차로 근처에 옹기종기 앉아 있었다. 일거리를 기다렸지만, 일을 얻게 되리란 희망은 없이 그저 앉아 있을 뿐이었다.

수아드는 대답이 없었고, 아흐마드가 이어서 말했다.

"적어도 난 일을 하고 있어. 하지만 저 사람들은……."

아흐마드는 순간 입을 다물고 먼 곳을 바라보며 생각에 빠졌다. 멀고 먼 곳만을 바라보았다.

"만약 내가 저기 있다면, 나랑 누나가 저기 있다면, 미래에 대해 떠들 수 있을까?"

갑자기 아흐마드가 가던 길을 멈췄고, 수아드가 불안한 듯 물었다.

"어디로 가려고?"

아흐마드가 멍하게 대답했다.

"할 일이 있어."

수아드는 인부들 사이로 아흐마드가 사라지는 모습을 바라만 보았다.

22

아흐마드는 노동자들 틈바구니에서 지냈다. 진정한 노동자라기보단 하루 벌어 하루 사는 막일꾼에 가까웠다. 칼킬야의 들판에서 일하던 그들 앞에 무서운 벽이 나타나 일용할 양식과 밥벌이를 잃었다. 주민들은 새장에 갇혀 굶주리며 혼란에 빠졌다. 사람들은 저항하거나 도망쳤다. 어떤 청년들은 복수를 위해 하마스에 가담했다. 버스가 폭발하고, 키르얏 샤이바 정착촌에 미사일이 발사되었다. 봉쇄는 더욱 거세져, 노동자 수천 명이 쫓겨나 나블루스에 피신했다. 일부는 모스크에 은신하거나 어쭙잖은 곳에서 살 수 있었다. 운이 좋은 사람들은 일용직을 얻거나 가게나 작업장, 공장에서 일했다. 아흐마드는 칼킬야에서 온 학생 두 명과 같이 살았다. 그들 덕에 아흐마드는 매주 목요일 오후면 대학에 가서 세미나와 회의에 참석하거나 책과 여러 간행물을 읽었다. 그렇게 아흐마드는 세상이 넓어지고, 성인 남자가 된 기분이 들었다. 침략은 아흐마드를 송두리째 뒤

흔들었다. 더 이상 어린아이 취급은 용납되지 않았다. 턱과 코밑이 거뭇거뭇해졌고 천장에 머리가 닿을 만큼 키가 껑충 자랐다. 팔뚝은 부상자와 시신을 거뜬히 나를 정도로 강해졌다. 크고도 책임감 있는 유능한 남자가 된 것 같았다. 그래서 아흐마드는 고향으로 돌아왔을 때, 아버지가 어디에 가는지, 어디에 있었는지 캐묻자 적십자와 적신월사로 돌아가야겠다고 결심했다. 다시 흰 유니폼을 입고 솜털이 수염이 되어 자라도록 내버려 두었다. 사원에 들러 코란을 읽는 일도 그만두었다.

모스크의 셰이크가 아흐마드에게 말했었다.

"사람의 마음속 가장 귀한 이가 누구냐는 질문에 선지자께서 말씀하셨다. "네 어머니로다, 또 네 어머니로다, 그리고 네 어머니로다, 그러고 나서 네 아버지로다.""

아흐마드는 모임에서 만난 학생들이 '팔레스타인'이라 대답했다고 말했다. 셰이크가 말했다.

"팔레스타인은 어머니의 마음이다. 팔레스타인은 어머니요 어머니의 마음이자 어머니의 가슴이며 어머니의 자궁이로다. 팔레스타인 없이 어머니가 존재할 수 있는가? 물론 그럴 수 없다. 그리하여 팔레스타인은 모든 어머니의 어머니인 것이다. 그리고 선지자는 말씀하셨다. "네 의무는 어머니를 위한 것이며, 그 다음도 어머니를 위한 것이고, 그 다음도 어머니는 위한 것이니, 그러고 나서 네 아버지를 위한 것이노라." 이것이 선지자의 말씀이시다. 그대는 무슨 말을 하겠는가?"

아흐마드는 팔레스타인이 어머니 중의 어머니시라고 대답했다.
셰이크는 잠잠의 성수로 그의 이마를 매만지며 말했다.

"그대는 노력하는 자로다."

아흐마드는 자신이 더 커지고, 온 세상이 넓어진 것 같았다.

학생들은 그에게 말하길, 고립의 벽이 현재 아인 알미르잔까지
닿았다고 한다. 아흐마드는 믿을 수 없었다. 그의 마음속에서, 벽이
란 '저 너머'에 있는 것이었다, 누군가의 땅, 자신의 땅이 아닌 곳에
있는 것이었다. 끔찍한 벽은 매독이나 암, 불임 같았다. 항상 다른 세
상 이야기였고, 다른 사람들이나 걸리고 나에겐 닥치지 않을 그런
것이었다. 그리하여, 아흐마드도 여타 다른 사람들처럼 시간이 지난
후에야 납득할 수 있었다. 그가 현실을 인정했을 때, 벽은 이미 하늘
에 닿을 만큼 높았고, 그 길이는 만리장성 같았다. 있는 힘을 다해 뛰
어가 도착했을 때엔 시위자들과 무장 군인 간의 충돌이 이미 한바탕
일어난 뒤였다. 평화 운동가들은 소수만이 남아있었다. 그들은 좌절
감에 빠져 언덕 위에 주저앉아서 포스터와 출판물을 주워 담으며 또
다른 시위, 또 다른 교전을 준비하고 있었다. 아흐마드는 멈춰 서서
주변을 둘러보았다. 소작농들이 외국인과 평화 운동가들에게 도움
을 애걸하는 모습을 보았다. 또한 신부들과 보수적인 좌파 잔존 세
력들과, 가톨릭 사제들을 보았고, 그리고 미라를 보았다.

미라는 자라 있었다. 키가 커지고 몸집도 커지고 더 예뻐졌다. 열
배는 더 예뻐졌다. 아흐마드의 심장이 뛰었다. 두 해, 세 해 또는 그
이상을 만나지 못한 미라였다. 그날 밤 고양이 사건 이후 미라를 보

앗을 때, 그녀는 레이스 장식이 된 짧은 원피스 잠옷을 입고 있었다. 지금의 미라는 청바지를 입고, 머리를 묶지 않았다. 오히려 고양이의 털처럼 머리카락을 짧게 친 모습이었고, 더 아름다웠다. 영원한 사랑이 있을까? 심장이 요동치고, 피가 정수리로 솟구치는 감각을 느끼며 생각해봤다. 몇 걸음을 옮겨 바위 위에 앉아 골똘히 생각했다. 영원한 사랑이란 것이 있을까? 이건 사랑일까, 아니면 저주일까? 이 사랑은 허용된 사랑일까? 모스크의 셰이크는 뭐라고 말할까? 나블루스의 학생들과 칼킬야에서 온 유민들은 뭐라고 말할까? 그러고 나서 아흐마드는 미라가 자신을 속이고, 고양이를 훔쳤던 때의 그 배신감을 떠올렸다. 그 이후로는 감옥살이, 고문, 침략, 형과의 소원함, 아버지의 충격이 뒤따랐다. 아버지는 더 이상 예전의 아버지가 아니었다. 마지드도 그러했다. 아흐마드 본인도 그랬다. 그런데 어째서 심장은 뛰고 또 뛰는가?! 사랑인가 아니면 저주인가?

아흐마드의 아버지가 다가와서 그에게 말했다. "어서 집으로 가자. 우리를 도와다오." 그는 말하길, 좌파들과 평화 운동가들이 불도저에 대한 새로운 공격을 계획하고 있다고 말했다. 불도저라고? 불도저?! 그는 씁쓸한 조소를 내비쳤다. 불도저라니? 불도저?! 그는 얼빠진 사람처럼 계속 말을 되뇌었다. 불도저라고!! 아버지가 앞장서 걸었고, 아흐마드는 그 뒤를 따랐다. 그러고 나서 그는 고개를 돌려, 히브리어가 적힌 담장 사진을 들고 있는 미라를 보았다. "대체 뭐지? 아마도, 아마도 가능한 건가." 아흐마드는 그렇기만을 바랐다. 그의 심장이 여전히 뛰고 있었다. 하지만 집에 도착해서 엄마를 보자 미라와의 가능성은 잊어버렸다. 더 엄청난 것을 목격했다. 엄마와 몇몇 이웃 여자들이 트렁크와 박스 위에 앉아 있었다. 유리 박스, 책 박스, 부엌용품 조리도구 박스, 사진 박스. 방들은 포스터를 제외하고는 텅 비어 있었다. 침대도 커버가 벗겨진 상태였다.

어머니는 벽이 그들의 집을 통과할 것이라고 하셨다. 아버지는 벽이 아마 자신의 육신 위를 지나갈 것이라고 하셨다.

하지만, 진정을 되찾았다. 그들이 불도저와 굴삭기와 군인들의 총알을 장전한 채 왔고, 아버지는 피를 흘리며 밖으로 나왔다.

아흐마드는 난민촌에서 친구들과 함께 앉아있는 아버지를 발견했다. 아버지는 박하를 넣은 차를 마시며 절망스럽게 말했다. "올게 왔구나! 형에게 가서 전하렴." 하지만 아흐마드가 형에게 갔을 때, 마지드는 신경질적으로 주변을 둘러보며 말했다. "회의가 있어. 기다려." 아흐마드는 광장에 서서 형을 기다렸다. 형은 텔레비전에 등장해 '벽'과 '폭발'과 '자살'이라는 말을 내뱉었다. 하지만 형은 '사람들'에 대해선 침묵했다. 사람들은 이제 검문소 너머, 라는 먼 곳에 있었다. 정부는 고립되었고 형은 추격을 당하는 처지였다. 형은 벽에 대해 이야기하며 아흐마드를 잊었다. 아흐마드는 천천히 발걸음을 돌리다 나중엔 재빠르게 자리를 옮겼다. 그 순간 아흐마드는 형이 더 이상 자신들의 형이 아님을 깨달았다. 아버지는 난민촌에 남아 그곳에서 돌아가실 것이다. 수천 명이 그곳에서 죽을 것이고, 미라도 거기서 죽겠지.

아니다, 미라는 죽지 않았다. 그의 마음이 죽기 시작했던 것이다.

그래서 수아드가 교차로에서 아흐마드를 발견했을 때, 얼이 빠져 중얼대고 있었던 것이다. "벽, 폭발, 벽, 자살, 내일 모든 것이 다 사라질 거야."

23

가톨릭 신부가 아흐마드의 앞을 지나갔다. 아흐마드는 등 뒤의 앰뷸런스를 쳐다보며 언덕에 앉아 있었다. 신부가 다가와 다정히 말했다. "아흐마드, 네 소식은 많이 들었다." 멋쩍은 듯 아흐마드가 물었다. "좋은 소식이요? 아니면 나쁜 소식이요?" "좋은 소식이지, 좋고 말고. 너는 좋은 청년이고, 네 마음도 고우니 좋은 소식이란다. 추한 세상이 너의 마음을 할퀴지 않게 해라."

아흐마드는 고개를 끄덕이고는 머뭇거리며 말을 꺼냈다. "예, 신부님." 하지만 그의 마음은 무너지는 기분이었다. 여전히 그는 디지털카메라로 미라를 뒤쫓고 있었다. 미라는 더 이상 어린 애들 장난은 하지 않는 다 큰 처녀였다. 청바지를 입었다가 나중에는 반바지를 입었다. 어느 날은 등에 주근깨가 난 한 마리 물고기 같이 수영복을 입고 있었다. 수영복과 그녀의 등에 난 주근깨. 수영복을 입은 헐벗은 두 다리. 아흐마드는 다시 두려워졌다. 꽃과 나비처럼 미라의 주변에는 젊은 남자들이 있었다. 미라가 바로 꽃이었다. 그리고 나서 발견한 것은 언덕 아래에 평화 운동가들이 탄 대형 버스로, 거기에 미라도 포함되어 있었다.

신부가 말했다.

"기억해봐라, 아흐마드. 네가 어릴 적에 말이다, 내 묵주를 가지고 어떻게 놀았는지, 너에게 어떻게 노래를 불러줬는지 말이다."

아흐마드는 부끄러워하며 고개를 끄덕였다.

"네, 기억나요."

그는 바위 위 그의 옆에 앉아 지평선을 바라보며 붉은 옥상과 정착촌의 울타리와 분리장벽의 경계를 바라보았다. 신부가 확신에 찬 어조로 말했다.

"난 인간이 어떤 일을 저지르든 간에, 그 행동보다 더 선한 존재라고 믿는다."

아흐마드는 대답하지 않았다. 그저 기억 속에 모든 일들과 말들과 불도저와 이사와 마지드, 그러고 나서는 미라가 스쳐 지나갔다. 미라는 정착민보다 선할까? 이사는 배신보다 선할까? 마지드는 권력보다 선할까? 누가 그걸 믿을 수 있을까?

"너와 이야기를 하고 싶단다."

아흐마드는 고개를 돌려 신부의 코 언저리를 바라보며 아무 말도 하지 않았다. 그랬다. 신부가 이곳에 들른 것은 우연이 아니었다. 아버지가 보낸 것이다.

아흐마드가 말했다.

"아버지가 신부님을 보냈나요?"

신부는 웃으며 진지하게 말했다.

"너는 언제나 똑똑한 아이였지. 물론 아흐마드, 네 아버지는 불안해 하셔. 아버지이니 당연히 걱정이 되지 않겠니?"

아흐마드는 신부에게 고개를 돌리며 말했다.

"신부님은 두려우신가요?"

신부는 혼란스러워졌다. 어떻게 대답을 해야 될지 몰랐다. 두렵다고 한다면, 자신 스스로와 자신이 말하고 설교한 것과 모순되는 것이다. 만약 두렵지 않다면, 이것은 인간의 우환에, 전쟁의 걱정에, 그 모든 공포와 그 모든 살생에 대한 공포에 무감하다는 소리가 되기 때문이었다. 그 무엇보다도, 그도 한낱 사람이었고, 수도원도 결국 사람이 사는 집이었다. 미사일은 수도원과 민가를 가리며 떨어지지 않는다. 어찌 두렵지 않겠는가? 당연히 두렵다. 하지만 꼭 그렇게 말해야만 하나? 그걸 누구에게 말해야 하나? 현실과 멀어져 스스로를 잊은 소년에게? 지금 드는 두려움은, 아이의 아버지가 말한 것처럼 아이가 정신 나간 행동을 하는 것에 기인했다.

아흐마드는 신부를 정면으로 바라보며 다시 물었다.

"신부님, 당신은 두렵지 않으신가요?"

신부가 인내의 웃음을 지었다.

"난 네가 걱정된다."

"신부님 본인은 걱정되지 않고요?"

"당연히 모든 인간과 마찬가지로 나도 걱정된다. 자연스러운 일이야."

"예수께서는 두려워하지 않으셨나요?"

"누구를?"

"유대인과 십자가, 고문과 진실을 말하는 것을요."

"물론 그분께서는 두려워하지 않으셨다."

아흐마드는 심술궂은 표정으로 웃으며, 손에 쥐고 있던 돌 하나를 몇 미터 너머로 던졌다. 돌멩이는 길바닥을 구르며 정착촌의 울타리와 분리장벽의 벽으로 향했다. 신부는 이를 주의 깊게 보고 걱정스럽게 말했다.

"하지만 예수께서는 살인자가 아니셨다."

"누가 살인자였나요?"

마치 덫에 빠진 기분이었다. 현명한 안내자의 역할을 취하는 대신 덫에 빠졌다. 자신의 말, 예수의 언행을 방어하는 자신을 발견했다. 예수께서 두려워하셨던가? 물론 그분은 두려워하지 않으셨다. 그것이 바로 예수께서 잊히지 않고 혁명의 불씨가 되고 신자가 따르는 이유다. 그런데 왜 자신은 반대의 경우를 상상하는 것일까? 어째서 살생을 두려워하는 것일까? 이 소년은 결국 살생을 저지르게 될까?

"예전에 그림 그리지 않았었니? 어떻게 되가니?"

"바람과 함께 사라졌어요."

"불가능해. 모든 것은 사라질 수 있지만 재능과 예술적인 감각은 그렇지 않아. 너는 예술가야. 재능이 있단다. 나는 이전에 말하길, 네가 예술가가 될 거라고 했었다. 예술은 어디로 갔니?"

"바람과 함께 사라졌어요."

아흐마드가 고집스럽게 말했다.

"그럴 수 없어. 예술은 사라지지 않는다. 잠에 들거나 졸 수는 있어. 칼날처럼 녹이 슬 수는 있어. 하지만 약간만 갈아주면, 그리고 인내와 연습과 함께라면, 다시 빛난단다. 넌 지금 어디에 있니?"

"응급요원 일을 하고 있어요."

"응급요원 일로는 충분하지 않아. 꼭 공부를 해야 해. 부모님의 보살핌 아래 집에서 살아야 한다. 나중에 자라서 어른이 되면, 너 스스로 결정을 내릴 수 있다."

아흐마드가 퉁명스럽게 말했다.

"전 이미 다 자랐어요."

"물론, 그렇고말고. 내 말은 그래도 공부를 꼭 해야 된다는 소리란다. 공부해서 성공해야지. 네가 잘만 하면 유학도 갈 수 있게 도와주마."

아흐마드가 냉소를 지었다.

"유학이라고요?"

그는 마지드와 알와시미의 약속을 떠올렸다. 포도와 야생 오이도 떠올랐다. 그 장면 전부가 생각났고, 비르 제이트와 콘서트, 마지드 형이 노래를 부르던 일이 떠올랐다. 마지드가 처했던 상황에 자신이 지금 처해 있다! 이런 상황에서, 이런 환경에서, 계속되는 폭격과 전투 속에서, 지금 우리가 유학이니 그림이니 하는 것을 떠들고 있단 말인가?

신부가 말했다.

"인간 자체는 자신의 행동보다 훨씬 더 선한 존재라고 확신한다.

유대인조차도 그렇지. 유대인을 보았니? 그들이 점령하는 사람들이니? 식민지배를 하는 사람들이니? 샤론에게 투표한 인종주의자들이니? 분명히 그들 가운데에도 좋은 사람들이 있는 걸. 저기 서 있는 소녀가 보이니?"

"미라 말씀하시는 건가요?"

"미라를 알아? 미라랑 얘기해 본 적 있니?"

아흐마드는 고개를 끄덕였다, 그리고 고양이와 그 모든 것들이 생각났다. 이사와 미라의 아버지가 떠올랐고, 그리고 레이스가 장식된 잠옷 원피스를 입은 미라가 떠올랐다. 하지만 신부는 아흐마드가 고개를 끄덕이는 것을 감지하지 못하고 열변을 토했다.

"미라조차도, 정착민인 미라 아버지조차도 그가 하는 행동보다 훨씬 더 좋은 사람이다. 세상은 그런 것이야. 이상한 세상이지. 모두가 다 그래. 네가 그 사람들의 입장이라면 넌 뭘 하겠니?"

"죽이고 도살하고 집을 부숴버릴 거예요."

"내 뜻은 그게 아니란다. 인간은 언제나 자신의 행동에 책임을 질 수 없어. 정착촌 주민도 이러한 현실, 역겹고 엉망진창인 현실, 혐오와 공포와 두려움으로 뒤섞인 현실을 살 때면, 공격이 즉 방어가 된다는 것을 이해하겠지. 하지만 나중에 그는 정신을 차리고 후회할 수도 있어. 인간은 후회할 수 있어. 우리가 그들을 깨우면, 뉘우칠 수 있어."

"어떻게 정신을 차리게 하죠?"

"평화를 전파하면 된단다. 사랑과 평화로써 우리는 이 모든 폭력을 몰아낼 수 있어. 하지만 살인과 군사 작전으로는 우리는 절대 살아남을 수도 누군가를 구할 수도 없다. 폭력을 통해서는 구원받을 수 없다. 예수님께서 하신 말씀이지. 이슬람에서도, 그들의 종교에서도, 평화와 사랑은 만물의 지향점이란다. 넌 어떻게 생각하니?"

"제 생각은 어두워지기 전에 우리가 일어나야 된다는 거예요. 해가 졌어요."

"아니 아직이다. 거의 저물고 있는 게지. 30분이나 한 시간 정도 후에 진다. 저기 언덕 너머로 내려가고 있구나. 태양을 보거라! 하늘의 색채를, 석양을, 유칼립투스 나무 아래 옥상의 색깔을 보거라! 토양과 레몬과 여름 꽃들의 냄새를 맡아보겠니? 맡아봐라. 석양의 풀과 흙의 냄새를 맡아 보거라. 향기를 맡아보고, 세상을 바라보거라. 잠에 들기 전 새가 지저귀는 소리를 들어보거라. 세상은 참 이상하지. 형언할 수 없는 아름다움이야. 하지만 인간은 이해할 수 없어. 인간의 이성이란 것이 얼마나 짧고 시야는 얼마나 좁은지. 세상은 돈과 명예와 권력과 정치고, 본인은 잊고, 인생은 단지 여행, 우주를 향한 짧은 여행, 어머니의 자궁에서 출발해 대지의 흙을 향한 짧은 여행임을 망각했구나. 짧은 여행이 끝난 후에는 영원한 침묵과 주님을 영접하는 일이 남지. 주님께서 인간을 마주하시고는 심판을 내리신단다. 너는 사랑을 하였느냐? 너는 미워하였느냐? 너는 살인을 했느냐? 너라는 인간 존재는 너의 행동은 내버려두고 한 줌의 흙과 영혼의 아름다움만을 가지고 갈거니? 이게 우리 사는 세상에 남은 전부란다. 한 줌의 흙과 영혼의 아름다움. 이게 남은 전부란다. 내 말 들고 있니?"

"물론 듣고 있어요."

"어떻게 생각하니?"

아흐마드는 대답하지 않았다. 그의 내면이 끓어오르고 있었다. 모든 사람들, 모든 가족과 친구와 모든 세상과 그 세상의 사람들이 자신을 포위하고 있는 기분이 들었다. 군인들이 자행하는 고문으로 충분하지 않나? 이스라엘의 봉쇄로 충분하지 않나? 사르다, 하와라, 칼란디야의 검문소, 매일같이 이 마을에서 저 마을, 이 도시에서 저 도시로 넘어갈 때면 거쳐야 하는 수백 개의 검문소로는 부족한가? 앰뷸런스를 타지 않고서는 나블루스와 아인 알미르잔 외부로는 한 뼘도 나갈 수가 없었다. 그리고 지금 그들이 아흐마드를 둘러싸고 그의 신경을 포위하고 있다. 신경과 심장과 영혼의 장벽. 내면의 장벽이다. 그들은 뭐라고 말하는가? 어째서 두려워하는가? 내가 개입될까 두려워하나? 바보 같은 소리! 텔레비전 화면에 등장한 그들을 기억했다. 아흐마드 또래 또는 몇 살 정도 나이를 더 먹었을 뿐인 어린 청년들을. 하지만 마음속에선, 영혼에선, 용기와 대담함에 있어선 부러운 일이다!

신부가 말했다.

"오르간 앞에 앉아 찬송가를 연주하고, 주님을 노래하면 내 영혼이 저 멀리 날아가는 기분이 든단다. 내 영혼이 날아올라 나에게서 벗어나 천장과 제단 위 스테인드글라스와 성모와 예수님의 십자가를 뚫고 나간단다. 아흐마드야, 스테인드글라스의 색이 기억나니?

두 해인가 세 해 전 여름날이 기억나니? 왜 네가 성당에 와서 유화 교실에 참석했잖니? 네 그림이 얼마나 아름다웠는지 기억나니? 정말 멋졌단다, 최고였어. 마치 만화경 같았단다. 내가 너한테 이 색들을 물었을 때, 너는 제단 위의 스테인드글라스를 가리켰지. 기억나니? 나는 잊지 않았단다. 그때 내가 말했지. 이 아이는 분명히 대단한 예술가가 될 거라고. 네 아버지는 내가 이런 말을 할 때 믿지를 않았어, 하지만 다채로운 그림을 보고 나서는 달라졌지. 그림은 어디에 있니? 아흐마드야. 그림들을 버리고 잊었다는 말은 하지 마라. 제발."

아흐마드는 조소적으로 웃으며 우울한 말투로 말했다.

"그런 말 안 해요."

"그림들은 어디에 있니?"

"엄마가 상자에 우리 집 그림이랑 같이 박스에 넣어놨어요."

신부는 알캇삼의 집을 떠올렸다. 아직 폭격을 당하지는 않았지만, 장벽이 그의 집 위로 지나갈 것이란 사실은 변하지 않았다. 그 마을의 모든 집 위로. 그리고 박스 안의 예민한 그림은 집안의 사진들과 뒤엉켜 있을 것이다. 주제를 바꿔야겠다는 생각에, 신부는 그림 이야기를 제쳐두고 다시 오르간 얘기로 넘어갔다.

"제단의 모습과 오르간 소리가 기억나는구나. 내가 연주하고 사람들이 노래를 부를 때 말이다. 사람들의 찬송을 들으면 내 마음은 날갯짓을 하며 날아오른단다. 그리고 나 자신도 날아오르고 사람들도 날고 있는 기분이지. 세상은 천국과 같고 사람들은 새처럼 보여. 노래를 하는 사람들은 어찌나 아름다운지! 나는 울고 있는 너를 보았었지. 네가 나에게 물었지. 그리고 난 찬송이라고 대답했다. 나무 아래에서 나는 네 옆에 멈춰 서서 저 멀리 사람들의 소리를 들었다. 찬송을 들으니 나도 너처럼 눈물이 났어. 나도 음악과 그림과 예술과 영혼의 아름다움을 사랑하니까. 세상은 아름답고 사람들도 아름답다. 그중 가장 아름다운 것은 사람의 마음으로, 그것이 세상을 순수하게 만들고 선을 널리 퍼트리는 것이지. 신이 이 순간을 축복해주시길. 아버지가 널 그리워하신단다, 아흐마드."

"어제 뵈었어요."

"오늘도 뵙도록 해라."

"오늘은 됐어요."

"그래, 그럼 그 다음엔?"

아흐마드는 대답하지 않았다. 무슨 의도로 그런 말을 하는지 이해할 수 없었다. 그래, 그 다음엔, 그 다음에 뭐가? 아버지도 말한다, 그래, 그 다음엔? 수아드가 말한다, 그래, 그 다음엔? 엄마도 형도 이 신부도 그렇다. 대체 뭐를 원하는 거지? 내가 그들에게 나는 앞으로 사람을 죽이든지 안 죽이든지 하겠어요라고 말하길 바라는 건가? 내가 순교하기로 마음먹었다고 말하길 바라나? 마치 순교란 것이 단순한 일인 것처럼? 웃기시네!

"그래, 그 다음엔? 뭘 할 거니?"

"전 구조대에 있을 예정이에요."

"구조대 말고, 뭘 할 거니? 누구랑 살고 있니? 책은 읽고 있고?"

이건 심문이요, 분명한 의심이다. 아흐마드는 자신의 영혼이 새장

안에 갇혀 퍼덕거리는 것 같았다. 하지만 성질을 누르고 말했다.

"책은 안 읽어요. 그럴 시간 없어요."

"아냐, 그럴 수 없어. 반드시 공부해야 해. 너는 언제나 열심히 책을 읽었잖니. 꼭 책을 읽어야 해. 책을 읽으면 네 정신이 넓어지고 마음을 다잡을 수 있을 거야."

정신을 넓히고 마음을 다잡는다고? 아흐마드는 비웃으며 거세게 대들 듯 말했다.

"코란을 읽어요."

신부는 혼란스러웠고, 재빨리 대답했다.

"그래, 물론, 그럴 수 있지. 그래도 다른 것도 읽어야 한단다."

아흐마드의 조소는 분노로 더욱 거세졌다. 그가 대들 듯 대답했다.

"신약을 읽을까요?"

신부는 고개를 돌렸다. 이 아이가 조롱하기 시작했다는 것을 알아챘다. 신부가 대답하지 않자 아흐마드가 다시 물었다.

"토라를 읽을까요?"

신부는 대답하지 않았다. 그는 새로운 노선을 생각했다. 아흐마드의 마음에 다가가려 했지만, 그는 이미 사람들의 장벽에 갇혀 버린 지 오래였다. 염치도 없어졌다. 아흐마드가 언성을 높였다.

"십자군 전쟁에 대해 읽을까요? 홀로코스트와 나치, 가스실에 대해 읽을까요? 우리의 신부님, 나치와 가스실 베를린에 대해서요. 화해하는 것이 좋으니 과거는 잊으라고요? 아뇨. 우리는 잊지 않았어요. 현재는 당연히 잊었죠. 그런데 잊을 수 없는 것을 잊으라고 하시니. 저는 잊지 않았어요. 이 오물과 피 속에서 어찌 잊지요? 제가 걱정되세요? 아니에요, 걱정할 것 없어요. 저는 구조대에 있어요. 아버지에게 말씀해 주세요. 저는 구조대에 있고, 구조대 일 외에는 아무 계획도 없어요. 계획이란 게 하나 있어도 나쁘진 않겠네요."

아흐마드는 뒤를 바라보았다. 신부는 마치 목소리를 잃은 사람처럼 웅얼거리고 있었다. 부끄럽고 미안함이 동시에 느껴졌다. 재빨리 말했다.

"죄송해요. 아버지시여 저를 용서하소서. 저를 용서하소서."

그는 몇 걸음 옮기면서 중얼거렸다. "나에겐 아무것도 없다. 내게 뜻이 있었다면 좋겠구나."

24

수아드는 교차로에서 다시 아흐마드를 발견했다. 그를 불러 세워서 점심식사를 먹으러 오라고 청했다. "오늘 맛있는 음식을 차릴 건데."

아흐마드가 대답하지 않자 수아드가 말했다. "무사칸이랑 양젖 요구르트!"

아흐마드의 가슴이 뛰었다. 무사칸은 아흐마드에게 있어 위장의 축복이고 감각의 향연인 음식이니까. 그리고 그 맛과 향을 제하고서라도, 신선한 타분 빵 위에 얹은 기름, 그것도 올리브유에 빠져있는

닭고기의 모습과, 양파, 신선한 요구르트에 빠져 크림까지. 오 신이
시여! 아흐마드는 문득 살아있는 기분이 들면서, 순간 한여름 속 봄
날을 느낀 기분이었다. "알았어." 아흐마드가 부끄러워하며 대답했
다. "가도록 할게." 수아드는 아흐마드 앞에 서서 즐거운 듯 웃으며
말했다. "좋아. 그런데 왜 울상이야?" 아흐마드는 그저 웃었고, 수아
드는 그의 뺨을 꼬집었다. 그리고 다시 우울해졌다.

　며칠 전부터 그는 마른 음식들을 제외하고는 아무것도 먹지 못했
다. 바질과 요구르트를 넣은 샌드위치가 전부였다. 빵과 치즈, 병아
리 콩과 누에콩 정도. 지금 아흐마드는 자신이 좋아하고 사랑해 마
지않는 음식을 먹자는 감동적인 초대를 받았다. 아흐마드는 시간을
때우려 시장을 돌아다녔고, 차와 크나페를 먹자는 상점 주인의 초대
를 거절하려 했다. 입맛을 망칠 필요가 없었을 뿐더러 여유롭게 먹
으려면 말이다. 하지만 아흐마드가 수아드의 집에 도착했을 때 자신
을 기다리고 있는 아버지를 발견했다. 이건 덫이었나? 덫이라기보
다는 우연이었다. 마침 아버지는 수아드의 아버지가 출소한 김에 안
부를 전할 겸 왔었다. 또한 언제 무너질지도 모르는 아인 알미르
잔의 집 대신 나블루스에 집을 한 채 임대하려고 온 자리였다.

　아버지는 "어서 와라"라는 말로 무미건조한 인사를 했다. 아버지
는 아흐마드가 신부에게 버릇없게 말했다는 걸 알았고, 수아드와 수
아드의 형제 사이드와 얘기하는 데 집중하고 있었다. 사이드는 특별
히 암만에서 자신의 아버지를 환영하러, 그리고 어머니에게 얼마나
암만 물가가 비싼지 말하러 왔다. "저한테 빌려주실 돈 좀 있나요?

제가 나중에 갚아드릴게요."

수아드의 오빠는 성공하지 못한 변호사로 일하고 있었다. 다마스쿠스에서 좋은 성적으로 대학을 졸업하고 명망 있는 변호사 아래에서 견습생 생활도 했다. 하지만 그가 자란 환경과 아버지의 이력은 그를 신경질적으로, 그리고 철학적인 논쟁을 좋아하도록 만들었다. 그렇게 오빠는 사람들과 멀어졌다. 여태까지도 변변한 성과 없이, 그가 느끼는 좌절만 늘었다. 직업적 실패와 턱없는 주머니 사정 때문이었다. 그의 실패는 그의 성격을 반영했다. 그는 강압적이고, 신경이 날카롭고, 모든 것을 다 안다고 떠드는 사람이 되었다. 당연히 수아드와 수아드의 엄마를 답답하게 만들었다. 그렇게 방문객 파들 알캇삼도 답답하게끔 했다. 그는 세월이 지나면서 잘나가는 언론인으로서 독자를 거느린 능력을 증명한 사람이었다. 품행방정하고, 쉽게 다가갈 수 있는 사람이었다. 또한 그는 아웃사이더가 아닌 내부의 사람이었다. 그래서 누군가 밖에서 다가와 서안지구 사람들에게 "이걸 해야 된다", "이걸 고쳐야 한다"라고 말하거나 정치 놀음의 비밀을 설명하거나 투쟁의 근본을 설명하는 것은 그에게 있어 매우 어려운 일이었다.

수아드의 오빠는 말했다. "군사 작전은 이어져야만 해, 그리고 버스, 비행기, 작은 카페, 음식점 하나도 빼놓지 않고." 그는 아흐마드를 향해 고개를 돌려 물었다. "넌 어떻게 생각해?" 아흐마드는 바로 입맛을 잃었다. 그러면서, 자신이 맛있는 음식에 자신의 신경과 입맛을 대가로 치르고 있다고 느꼈다. 아흐마드는 천천히 음식을 음미

하며, 어깨를 으쓱하고는 대답하지 않았다. 그러자 아흐마드의 아버지가 갓 출소한 수아드네 아버지에게 시선을 돌려 이 주제에 대해 어떻게 생각하는지 물었다. 가족과 인간만사와 담을 쌓은 채 감옥에서 보낸 세월 이후로도 여전히 사람들의 존경과 높은 평가를 받고 있는 이였다. 그래서 그의 대답은 암만에 살고 있는 그의 아들의 대답과 비슷하다고 볼 수 있었다. 언론인 알캇삼이 수아드네 아버지에게 교묘하게 물었다.

"사람들과 팔레스타인과 이스라엘 문제에서 최선이 무얼까요? 그중 하나만을 잃는 것, 또는 전부를 잃는 것?"

흥분해서 변호사인 수아드 오빠가 소리쳤다. "지금 조국이 일 킬로 한 근에 팔리는 도축된 동물이라는 소립니까? 귀한 조국은 거래의 대상이 아니에요. 하지만 우리를 팔아먹는 지도자들은 자기네들의 가위로 조국을 나누고 있죠. 반으로, 네 조각으로, 다섯 조각으로. 두 해, 세 해가 지나고 나면 더 이상 팔아먹을 것도 없을 겁니다!"

언론인 알캇삼은 고개를 저으며 슬프게 말했다. "진실에는 아무 것도 남지 않는다. 그들은 이미 모든 것을 가졌어. 하지만 우리가 올바른 일을 어떻게 하는지, 올바른 전략을 어떻게 사용하는지 배운다면, 그들로부터 무언가를 얻어내는 것이 가능할 수 있어."

변호사가 대들 듯이 말했다.

"아뇨, 그들이 모두를 가져가지 않았어요. 우리는 그 사람들의 일거수일투족을 관찰하고 있어요. 젖먹이 아이가 있어도 우리는 포기하지 않아요. 우리는 무릎 꿇지 않아요."

언론인은 웃으며 그의 주변을 바라보며 이런 말이 가진 여파를 확인해봤다. 이런 건 시나 지도자들과 금요일의 사원 설교에서 골백 번 수천 번 들은 말이었다. 그는 수아드를 힐끗 쳐다보았다. 또한 움무 수아드가 화를 억누르고 아들을 흘겨보고 있는 것을 보았다. 자신의 아들은 음식을 바라보기만 할 뿐 손은 대지 않고 있었다. 그러자 아버지는 아흐마드에게 긴장을 풀고 분위기를 바꿔 보고자 장난스럽게 말을 걸었다. "무사칸 어떠냐, 아흐마드야? 요리한 사람처럼 멋진 음식이지, 그렇지 않니?"

그는 움무 수아드를 바라보며 칭찬을 떠들었다.

"대단한 솜씨세요, 움무 사이드, 가장 위대하신 어머니가 요리하신 최고의 무사칸이네요."

그녀의 남편이 고개를 끄덕이며 옹호하며 말했다.

"암, 그렇지, 그렇고말고. 가장 위대한 어머니요, 부인이고, 세상에서 가장 대단한 요리사라니까. 정말 맛있어, 움무 사이드. 내가 몇 년이고 꿈꿔온 순간이야! 최고의 친구들과 사랑하는 이들과, 당신이 만든 멋진 음식 말이지. 당신은 정말 최고 중의 최고야."

그러나 변호사는 논쟁을 관두고 싶지 않았다. 그래서 다시 그는 같은 주제로 날카롭게 말했다. "우리가 모든 것을 잊고 반이라도 넙죽 받아들일 거라고 말하는 사람들은 패배자들이에요. 역사를 제대로 본 사람이라면 억압은 영원할 수가 없고, 식민은 결국 사라질 것이라는 것을 보고, 알 거예요."

수아드가 말했다. "알겠어, 사이드 오빠. 밥이나 먹자."

수아드는 연륜 있는 언론인에게 미안함을 담은 눈빛을 보냈고, 미안하다는 말투로 말했다.

"아저씨, 사이드 오빠는 아저씨의 글들을 읽지 않았어요. 오빠는 알 꾸드스지를 읽어볼 수가 없어서요. 만약 오빠가 아저씨 기사를 읽었다면, 이런 소리를 하지 않았을 거예요."

사이드는 동생을 쳐다보며, 으름장을 놓듯이 말했다.

"네가 무슨 상관이야? 내가 이 아저씨랑 얘기하고 있거든."

움무 수아드가 오빠와 여동생 간의 싸움이 일어나지 않도록 끼어들었다.

"그만해, 사이드. 식사나 맛있게 하자꾸나. 우리가 정말 이렇게 밑도 끝도 없는 소리로 언성 높여야 쓰겠니? 평범하게 밥을 먹도록 하자."

변호사는 고개를 저으며 유감스럽다는 듯 말했다.

"거 참, 이상해요! 정말 이상해! 텔레비전에서 우리는 무기를 들고, 매일 같이 군사작전을 진행하는 모습을 봤어요. 하지만 지금 보아하니 전혀 신경도 쓰지 않고 있군요. 여기 앉아서 밥 먹고 서로 듣기 좋은 소리나 서로 해주면서 같이 웃고 있네요. 여러분들 중 누구는 말하길, "우리가 반을 차지하고 잊어버리자"라고 말하고 누구는 "우리가 사분의 일을 차지하자"라고 말하네요. 그리고 우리는 누굴 믿어야 될지 모르는 아웃사이더에요. 텔레비전에 나온 걸 믿어야 하나요 아니면 실제로 두 눈으로 보고 있는 사실을 믿어야 하나요?"

수아드가 화를 억누르고 말했다.

"우리의 현실에 무슨 문제라도 있는지, 선생?"

사이드가 거세게 말했다.

"비참한 현실이야. 패배당한 현실이야, 해방될 수 없는 현실이야. 나는, 청년들이, 나이 상관없이 모든 청년들이 무기를 들고 전투에 눈코 뜰 새 없을 거라고 생각했었어."

그는 아흐마드를 정면으로 쳐다보더니 불쾌하다는 듯이 말했다.

"보아하니 여러분은 관심은커녕 그저 앉아서 먹을 줄만 알고, 조국은 잃어버리고 있네요."

움무 수아드가 아들에게 날카로운 시선을 보내며, 그의 아버지에게 속삭였다.

"엄마의 눈에는 원숭이도 사슴같이 보인다는 말을 한 사람이 누구였죠?"

출소한 아버지는 짜증스럽게 중얼거렸다.

"신 외엔 그 어떤 힘도 전능도 없단다. 됐어. 식사나 하자!"

알캇삼이 차분하고 침착하게, 그리고 완전히 식사를 그만둔 아들을 흘깃 쳐다보며 말했다.

"괜찮아요. 그냥 하고 싶은 말 하게, 속에 있는 말 다 꺼내게 내버려 두세요. 사이드, 네 생각에는, 우리가 앉아서 웃고 놀고만 있는 것 같으냐? 우리도 근심 걱정이 대단한데 누구도 관심 가져주지 않아. 아랍도, 유엔도, 유럽도, 너 같은 현지인, 외국 나가서 살고 있는 사람들조차도 말이다. 우린 작고, 약하기 때문에 현명하게 행동해야 한다. 나도 너도 정부가 조종하는 것도 아닌 물결에 편승할 수는 없는 거야. 정부는 실수했고, 우리를 이런 비극으로 이끌었어. 우리는 우리보다도 더 큰 무기를 들고, 우리보다도 더 위대한 슬로건을 외치며, 적들에게는 그들의 극악무도한 만행을 덮어줄 방패 역할을 해줄 군사작전을 했지. 우리가 영리했다면, 이런 현실에서 무기를 들고 군사작전을 꾀하는 것이 적합한 무기가 아니라는 것을 알았다면."

입맛 없이 음식을 깔짝대던 아흐마드가 고개를 숙이고 물었다.

"그래요. 그러면 어떻게 저항하죠?"

수아드네 오빠가 건방진 말투로 대답했다.

"돌로 저항하겠다고 하지 않을까나."

수아드가 말했다.

"돌이 뭐 어째서, 변호사 양반? 덕분에 세계의 동정이라도 받을 수 있었어. 지금보다 낫지."

수아드 오빠가 가장 맛있는 닭고기 부위를 고르며 말했다.

"그래, 그래. 군사 작전 소식이 들렸을 때 우리가 어떻게 했지. 온갖 방송국과 모로코에서 레바논에 이르는 아랍의 거리에선 모두들 박수 치며 말하지. 영웅이다, 용감하다, 애국자다, 해방이다. 그러면 우리는 고개를 빳빳이 들고, 아, 우리가 아랍을 수호한다 자랑스럽다, 이러고 있지."

수아드가 비꼬며 말했다.

"그래 오빠도 참 자랑스럽겠어."

수아드 오빠는 화가 난 눈빛으로 동생을 바라보았다. 동생의 한마디는 따귀를 백 번은 맞는 기분이었다. 그 어떤 관습과 종교에서 감히 여자애가 오라버니에게 갚을 수 없는 부채를 짊어지게 할 수 있던가? 어떤 식으로든 자신에게 죄책감을 짊어지게 하는 걸까. "자랑스럽겠어"라는 말인즉슨, 오빠는 그동안 자신이 짊어진 부채로 고개를 들지 못하고 다녔다는 걸까. 하지만 동생이 틀렸다. 부채는 부채고, 나중에 갚으면 되는 것. 부모에게 꾼 부채는 도둑질이 아니다. 그러니 동생은 응당 입이나 다물고 잠자코 있어야 하는 법. 수아드 오빠가 아버지에게 농담조로 말했다.

"어서 쟤 좀 시집보내야겠네요."

아버지가 대답했다.

"이미 누가 청혼을 했다."

오빠는 기뻐서 대답했다.

"와, 거참 잘됐네요. 왜 더 일찍 말씀하시지 않았어요? 어떤 운 좋은 녀석이죠? 누가 불쌍한 바보 녀석인 건가요?"

"정부 공무원이다. 나사렛 출신이야. 네 생각은 어떠냐?"

"당장 서둘러서 붙잡아야죠."

수아드와 알캇삼만 빼고 모두가 웃었다. "아뇨, 서두를 일은 아니라고 봅니다만." 알캇삼이 신경질적으로 말을 꺼냈다. "제가 보기엔, 신중하셔야 될 일이라고 생각됩니다. 정부가 지금 좋은 꼴이 아니지 않습니까."

수아드가 답답한 듯 말했다.

"공격을 받고 있어서요?"

"내 뜻은 정부가 부패했고, 중심도 없다는 거야."

아흐마드가 혼란스럽다는 듯 말했다.

"마지드 형도 그중 하나거든요."

알캇삼은 고개를 끄덕이며, 쓸쓸한 듯 말했다.

"마지드, 마지드. 우린 그 애를 잃었어."

수아드의 변호사 오빠가 비관적으로 말했다.

"마지드 알캇삼이야 지금 슈퍼스타죠. 텔레비전 뉴스에 항상 나오잖아요. 근데 걔는 노래할 때가 훨씬 괜찮았어요. 제 말이 맞대도요. 노래하고 춤추던 때가 더 좋아보였죠."

수아드가 마지드를 옹호했다.

"사이드 오빠, 마지드는 투사였어."

사이드는 조소했다.

"그거야 다 지난 일이지."

아흐마드는 자신의 형이 빈사 상태로 트럭 트렁크에 부탄가스통과 함께 실려 다녔던 여정이 떠올랐다. 공격 동안 형이 속삭였지. "강해져. 용기를 가져. 두려워하지 마."

"형은 총에 맞았어. 투쟁을 하다 그렇게 된 거야. 한 동안 마비가 와 있었다고."

사이드가 별것 아닌 일인 양 물었다.

"지금은 어떠니?"

어머니가 아들을 흘겨보며 말했다.

"됐다, 사이드. 너 오늘따라 왜 이러니?"

아들에게 눈치를 줘도, 워낙 논쟁을 즐기는 아들이었다. 사이드는 논쟁이야말로 일종의 저항이라고 생각했다. 자신의 권리를 지키고, 모두의 권리를 지키는 일이라고 보았다. 자신은 골수 팔레스타인이니 정부에 대한 권리, 국민에 대한 권리, 국가와 사람들, 영토, 세계에 대한 권리를 떠들 자격이 있었다. 왜 법을 공부했겠는가?

사이드가 다정한 느낌으로 말했다.

"마지드가 아니라, 정부에 대해서 말하고 있는 거예요, 엄마."

수아드가 말했다.

"정부가 무슨 문제인데? 어디 망망대해에서 정부가 튀어나왔어?"

어머니는 고개를 절레절레 저었다. 아부 라미와 그가 했던 말들이 떠올랐다. 가자에서 온 청년의 바지가 떠올랐다. 모두가 한마음 한뜻이던 때가 떠올랐다. 그땐 장벽이 있었고, 공격이 있었다. 아파치 헬기의 공격과, 대포와, 타오르는 불길이 있었다. 그때 이 아들은 어디 있었나? 아부 라미나 가자에서 온 청년보다 이 아들이 과연 가까웠을까?

흥분한 듯한 사이드가 말했다.

"엄마. 정부는 부패했고, 없어져야 해요."

수아드가 소리쳤다.

"어디로 없어지라고?"

사이드가 말했다.

"현 정부를 대체할 것이 오면 해결될 일이야."

수아드가 대들 듯 말했다.

"누가 대체하지? 확실히 오빠 아니겠고."

사이드는 안경 너머로 수아드를 노려보았다. 오만상을 찌푸렸고, 호흡은 거칠었다. 어머니의 눈에 비친 두 자녀는 서로가 서로를 잡아먹을 듯했다. 수아드의 팔을 잡아당겨 진정시켰다. 아들의 뺨에 손을 얹고 말했다.

"들어봐라, 사이드. 넌 지금 암만에서 왔지. 맘에 드는 일은 하나도 없고. 네가 무슨 말을 했나 돌이켜보렴. 이분을 봐라. (마지드의 아버지를 가리키며) 이분은 집이 무너졌고 아들과 멀어졌어. 그리고 이 아이를 봐라. (아흐마드를 가리키며) 이 아이는 공습으로 마음을 잃고, 방황하고 있어. 그리고 이 남자를 봐라. (자신의 무력하고 병든 남편을 가리키며) 이 남자는 자신의 세월과 건강과 젊음과 기력을 잃었어. 감옥에서 나왔을 때는 사람 구실을 반도 못하게 되었지. 그리고 이 소녀를 봐라. (수아드를 가리키며) 이 소녀는 죽음을 목격하면서도 비명 한 번 지르질 못했다. 그리고 사이드, 나의 아들아. 나는 너의 엄마이자 수아드의 엄마고, 모든 이의 엄마란다. 솔직히, 난 지쳤어. 감히 암만이 고생스럽다고 말하지 마라. 절대로."

어머니는 빈 접시를 정리해 부엌으로 향했다. 아흐마드는 자리를 박차고 일어나 문을 나섰다. 뒤에서 아흐마드를 잡으려는 외침이 들렸다. 여전히 아흐마드 몫의 그릇엔 음식이 많이 남아 있었다. 하지만 아흐마드는 계단을 뛰어 내려갔다. 수아드가 계단으로 나와 아흐마드를 불렀지만, 아흐마드는 고개도 돌리지 않고 손을 흔들며 말했다.

"됐어. 난 다 먹었어."

25

라말라로 향하는 길, 수아드의 심장은 사랑의 외침에 답하듯 뛰어올랐다. 자신이 무슨 말을 할지, 그가 무슨 말을 할지 상상했다. 그의 두 눈과 입술과 손길이 떠올랐다. 아직 어렸던 때 그를 사랑했다. 그때 그녀는 마치 한 송이의 꽃이었고 그는 한 마리의 나비였으며 세상은 봄날이었다. 정신이 혼미했고, 온몸이 녹아내리는 것 같았다. 다리 대신 흰 날개를 달고 나무 사이, 예루살렘의 언덕 사이를 날아 튀니지로, 베이루트로, 제라쉬의 열주(列柱)로 향했다. 현재는 역사와 유적과 문제와 작렬하는 감정으로 뒤섞여 있다. 이상하고도 놀라운 일이다. 한 사람 안에 세상이 요약되어 있다니. 이게 사랑인가? 오히려 그 이상이다. 그는 남자란 무엇인지, 인간이 무엇인지, 문제는 무엇이며, 점령당한 나라란 무엇인지 보여줬다. 그는 남자이며, 인간이고, 팔레스타인과 이스라엘 문제이며, 점령당한 나라다. 이 땅을 밟고 서 있는 그녀에게 있어, 남성이란 바로 이 남자를 말하는 것이고, 사랑을 하는 남자, 사랑에 불타오르는 남자, 자신의 신념에 죽음도 불사하는 남자였다. 그러고 나서 무슨 일이 생겼던가? 어째서 그들은 헤어진 것일까? 그녀는 그의 또 다른 얼굴을 발견했다. 고함을 내지르며 본성이 드러날 때면 그는 말했다. 너는 내 여자고 나는 왕이다. 정말로 그가 이런 말을 하지는 않았지만, 행동이 그러했다. 시선, 움직임, 손길, 손짓, 그 모든 것이 거울에 비치는 상처럼 다가왔다.

지금 여기서 그녀는 모든 것을 거듭한다, 또 다시, 수천 번이고 그를 사랑한다. 그가 세상을 떠나고, 다시 태어난다 해도 그녀는 그를 두 번이고 세 번이고 사랑할 것이다. 그러고 나서 그녀가 그를 떠날 것이다. 그의 모습은 언제나 그녀를 사로잡지만, 그가 분노하고 본성이 드러날 때면 그녀는 도망갈 것이다. 두려워하겠고, 뒷걸음질을 칠 것이다. 지금 그녀는 다시 그에게로 발걸음을 옮긴다. 차원도 깊이도 가늠할 수 없는 그의 모습으로 다시 돌아간다. 사랑이 감각을 밝히고 봄을 찾아왔기 때문이다.

그에게 연락을 해보려 했고, 사람들은 그가 가자로 갔다고 말했다. 다시 연락을 취하려 했고, 사람들은 그가 암만으로 갔다고 말했다. 다시 연락을 하려 하니, 사람들은 그가 아라파트와 있다고 말했다. 또 연락을 하려 하면, 사람들은 그가 장관들과 회의를 하고 있다고 말했다. 며칠이, 몇 주가 흘렀다. 작렬하던 감정은 온기를 잃어갔다. 악몽 같은 의심이 다시 찾아왔다. 더 이상 사랑의 자장가는 없다. 그를 사랑함으로써만이 그녀의 세상이 의미가 있다고 말하기 위해 그를 만나기를 간곡히 기다리지 않는다. 더 이상 사랑의 노래를 듣지 않는다. 그녀는 두려워졌고, 정신이 없었다. 그녀의 세상이 좁아 들어오고 색채를 잃는 기분이었다. 그의 인생에 있어 그녀는 어디에 있을까? 그녀의 자리는 무엇일까? 인생의 동반자나 집안의 한 기둥이자, 투사의 쉼터일까? 그를 만나길 바라며 일도 하지 않은 채 남게 될까, 그를 만나는 것이 아니라 기다리는 것, 자신의 것이 아닌 남자를 기다리는 것. 그는 모두의 것이다. 공공재나 다름없다. 광장 한가운데 세워진 동상처럼. 순국열사를 위한. *그는 그녀의 것이 아니라. 모두의 것이다.*

26

수아드는 비틀거리며 밖으로 나왔다. 관계가 이미 끝났다는 것은 알고 있었다. 적어도 몇 달, 몇 년은 아니면 영원히 굳어버린 관계라는 것도 알았다. 그는 그녀에 대해 묻지 않고, 그녀도 그에 대해 묻지 않는다. 사랑을 잃고, 기쁨을 잃고, 봄의 녹음을 잃었다. 서럽고 거칠던 날들로 돌아가고 있다. 더 이상 그녀는 아무것도 기다리지 않는다. 세상은 춥고 존재는 공허했다. 귀한 것도, 행복한 것도 없다. 소망을 이뤄주는 것도, 약속이나 희망을 가져오는 것도 없다. 모든 것이 패배했고, 짓밟혔고, 좌절했다. 개인은 모두의 고통과 전쟁의 폐허와 수반 관저의 쪼개진 건물 파편과 뒤섞였다. 정부와 주요 인사들의 자리가 있는 수반 관저는 여전히 흩어진 꿈처럼, 내일의 약속처럼 너덜너덜 남루하였다. 수아드에게 더 이상 기쁨을 주는 것은 없었다. 기다릴 것도 없었다.

마지드가 수아드를 불렀다. 고급 정장을 입고 넥타이를 맨 마지드가 보였다. 파괴된 것들과 정신없이 쌓인 자동차 산, 잔해들로 둘러싸인 광장을 가로질러 오는 마지드의 모습은 마치 웅장한 장례식에서 결혼식을 진행하는 모습이었다. 기이한 모습이고 불협화음이다. 모든 것이 무너지고 부서졌는데 정장과 넥타이만 멀쩡하다! 마치 무대 위의 일류 배우처럼 완벽한 걸음걸이였다. 분노는 어디에 있나? 예술가는? 그의 광기는 어디에 있나? 예술가와 혁명가는 사라지고 권력을 향해 돌진하는 사람만이 남았다. 내일 그는 정상 또는 절벽을 향할 것이다. 핏빛 카펫 위로. 그리고 우리는 그의 꽁무니를 따라 끌려간다.

마지드는 폐허 가운데에 있는 넓은 사무실로 수아드를 안내했다. 마지드의 사무실은 광장처럼 넓었고, 가구들은 새 것이었으며, 커튼이 쳐있고, 큰 책장이 있었으며, 가장 큰 사이즈의 텔레비전, 비디오, 스크린이 있었다. 이 무슨 사치인가? 이 분위기는 뭐지? 이게 우리의 패배의 분위기인가? 팔레스타인이 꿈꾸던 것인가? 난민 캠프와 이재민들, 구원과 자선을 기다리며 걸인처럼 배척받으며 산, 인생의 쓴맛을 보며 패배한 민족에게 어울리는 분위기인가? 최고급 넥타이와 우아한 정장을 입은 이상한 민족!

마지드가 수아드에게 자신은 무척 바쁘지만, 수아드가 도와줬으면 하는 것이 있다고 말했다. 지리적 거리와, 도시의 장벽으로 그는 가족들의 소식을 거의 듣지 못했기 때문이었다. 최근에 그가 들은 바에 따르면 수아드는 나블루스에 들어갈 수 있었고, 마지드의 아버지와 아흐마드를 봤다고 했다. "정말이야?" 수아드는 고개를 끄덕이며 말했다. "그래." "아버지가 아인 알미르잔에 있는 집 대신, 나블루스에서 거처를 찾고 계시고, 아흐마드는 구조대 활동에 몰두해 있다는 것이 사실이야?" 수아드는 고개를 끄덕이며 말했다. "그래." "할머니가 가장 최근에 있었던 공격으로 돌아가신 것도 사실이야?" 수아드가 말했다. "그래." 갑작스럽게 마지드가 소리를 질렀다. "그리고 나, 마지드는 가장 마지막에 안 거고?"

불신을 담아 수아드는 마지드를 응시했다. 어째서 모든 텔레비전이고 휴대폰이고 비디오장치고 거대한 스크린이 있는 건가? 모두 무용지물이다. 그런데 어째서 이런 것들을 사들이고, 설치해놓고, 그런 것들을 위해 심장의 피를 뽑아서 돈을 쓰는가? 장식하려고? 모두가 다 장식용!

그가 애가 타는 듯이 말했다.

"그렇다면, 내가, 내가 장남인데, 큰아들인데, 가장 마지막으로 알거나 상담을 하는 사람이란 말이지?"

"네가 물어보기라도 한 적 있었나?"

그는 수아드를 바라보았다. 몇 분 전에 말라버린 눈물 자국이 남겨진 흙빛 얼굴을 보았다. 눈물의 흔적은 여전히 남아 있었고, 목소리는 절망에 차 있었다. 그가 재빨리 물었다. "무슨 일이야?"

수아드는 고개를 저으며 슬프게 말했다.

"아냐, 아무것도 없어."

"무슨 일인지 말해봐."

그녀가 완강히 말했다. "아무것도 아니라고."

"그래, 됐어. 그렇다면 지금 상황이 이렇단 말이지. 할머니는 돌아가셨고, 아흐마드는 학교에 나가질 않고, 우리 가족은 아인 알미르잔을 떠나고, 그리고 나는 이런 소식을 남의 입을 통해서야 듣고!"

수아드는 마지드를 바라보며 슬픔과 후회스러운 마음으로 고개를 저었다. 이게 무슨 일인가? 이것이 권력이 유망한 청년에게 약속하는 것인가? 직책이란 것이 예술가의 영혼에 저지른 일인가? 그녀는 대학교 강당에서 노래하던 마지드를 떠올렸다. 그리고 모든 사람들이 얼마나 열광했는지 떠올렸다. 마지드가 수배를 당하고 있을 때 밤중에 저녁을 먹으려 사람들의 눈을 피해 몰래 왔던 일이 생각났다. 빈사 상태로 옷더미 아래에 깔려 있던 그가 떠올랐다. 이것이 예술가이자 혁명가요, 알캇삼의 아들이 남긴 것인가? 사무실과 정장과 넥타이?

마지드가 조롱조로 말했다. 거의 거짓말에 가까웠다.

"결혼 소식이 들리던데?"

수아드가 차갑게 대답했다.

"결정되지 않았어."

마지드는 활짝 웃으며, 갑자기 유쾌하게 말했다.

"나 약혼했다."

수아드가 절망스럽게 말을 덧붙였다.

"당연히 로라겠지."

마지드가 웃으며 소리쳤다. "아냐, 전혀 아냐!"

수아드가 마지드를 바라보았다. 그러자 그는 가슴에 손을 얹고 반복해서 말했다.

"로라 알와시미? 전혀, 아니거든."

수아드는 자리를 박차고 일어섰다. 마지드도 일어섰고 등 뒤로는 서재가 있었다. 그가 방어하듯 말했다. "로라는 아내로는 적합하지 않아."

수아드는 대답이 없었다. 그녀는 문 쪽으로 몇 걸음 발을 옮겼다.

"나사렛에서 온 남자도 너한테 적합하지 않아."

수아드가 마지드 쪽으로 고개를 돌려 그를 응시했다. 그러자 재빨리 마지드가 말했다.

"그는 불쌍한 남자야. 간신히 살아간다고. 세상이 변하지 않듯이!"

수아드가 날카롭게 말했다.

"넌 변했어."

마지드는 못들은 척하며 비꼬았다.

"네가 겨우 찾은 사람이 그 나사렛 녀석이야? 그 패배자를? 너와 나 사이에, 모두가 불쌍한 사람이야. 나한테 물어봐, 난 그들을 알아. 모두를 알아. 한 명 한 명 속속들이 안다고."

"너 자신은 아니?"

마지드는 수아드가 한 말을 생각해보려 시선을 옮겼고, 수아드는 서재를 나가며 문을 잠갔다.

27

아흐마드는 카메라를 잡고 다시 사진을 찍었다. 처음에는 앰뷸런스 앞에서만 있었지만 장면을 포착하고 사건에 다가가고 구조대원 활동은 잊었다. 온갖 인종과 국적으로 이뤄진 시위대와 평화 사절단 무리는 엄숙한 침묵 속에 장대한 벽에 접근하고 있었다. 행렬은 함성 없는 장례 행렬 같았고, 탱크와 군인들에 대한 도발을 보이지 않았고, 돌발행동이나 무질서함도 없었다. 모범적인 행렬이었고, 날씨까지 화창했다. 창공과 산들바람, 풀과 흙냄새. 모든 것이 꿈꾸는 듯 동화 같았다. 우윳빛깔의 바위들과 은빛의 올리브 과수원과 헤나처럼 붉은 토양. 언덕 위에 펼쳐진 투명한 여름날들은 아름다움을 초월하는 것이었다. 셔츠와 스웨터의 색채는 봄꽃 같았다. 빨강, 초록, 노랑, 파랑, 예술 작품의 배경 같았다.

"레바논이여, 하늘의 조각이여, 내 입술의 너의 이름은 기도로다." 사진을 찍는 동안 와디 사피의 노래가 그를 사로잡았다. 그러자 아흐마드는 흥얼거리며, 레바논이 이렇게나 아름다울까 하고 궁금해졌다. 아흐마드는 레바논도, 시리아도, 요르단조차도 다리도 건너보지 못했다. 여기서 사는 내내 이 공간, 이 지역에서 죄수처럼 살아왔다. 여기서 태어나서 여기서 자라고 이곳에서 일어나는 사건들을 겪고, 밖으로 탈출하는 꿈을 꿨다. 형은 전에 말했었다. 암만은 영화 같다고, 궁궐과 다리와 나이트클럽과, 넓은 거리와 유원지들이 있다고. 거기엔 5성급 호텔이 있고, 아랍에미리트와 사우디의 아랍인들이 그곳에 묵으면서, 검은 금을 뚝뚝 떨어트린다고 했다. 검은 금? 석유로 된 금이란다, 이 바보야. 석유로 된 금! 석유로 된 금과, 보석과 자동차가 영화 같고, 빌라와 실오라기만 걸친 소녀들도 영화 같고, 춤추며 뛰어 다니는 것도 영화 같아. 그리고 우리는 지금 이 축사에서 닭장 속 병아리 신세지. 형이 곧잘 하던 말이었다. 하지만 지금 형은 멀어졌다. 지위와 권력이 형을 사로잡았다. 마지막으로 본 형은, 텔레비전에 나와 슬프게 중얼대고 있던 모습이었다. "영화 같아요, 암만 같고, 석유로 된 금 같고, 5성급 호텔 같아요. 영화 같아요." 하지만 지금, 아몬드와 올리브나무 언덕과 토지와 이곳에서 멈추는 맑은 선율, 이 공기 위에, 이 그림 속 벨벳 위에, 우리가 대지 위에 있다.

팔레스타인이여, 하늘의 조각이여, 내 입 속 너의 이름은 기도이니. 넘치는 감정이 아흐마드의 마음을 사로잡고, 심장은 뛰어 오르며, 심금이 울리며 공포는 멈췄다. 교전과 공격의 날들과, 사상자들의 비명은 그의 등 뒤로 멀어져 있었다. 이 대기 중에, 그의 기억 속에 남은 것은, 수평선을 따라 푸르고 맑은, 너무나도 부드러운 운율이었다. 기도는 푸른색일까? 신은 푸른색일까? 사랑은 푸른색일까 아니면 붉은색일까? 신이 상상을 하게 된다면, 이런 것을 상상할까 아니면 메카를 상상할까? 메카는 사막인데. 우리의 조국은 올리브와 야생초와 회향과 백리향이 있는, 신의 땅이다. 가톨릭 신부가 말한 것과 같아. 하지만 모스크의 셰이크는 말하길, 메카가 신의 땅이라고 했다. 누구 말이 맞을까?

그녀가 가까이 다가왔다. 렌즈 너머로 그녀의 얼굴이 매우 크게 보였다. 하얀 피부 위의 주근깨와, 땅콩만 한 작은 코, 아네모네 색으로 자연스럽게 붉은 입술. 얼마나 아름다운가! 하지만 그녀는 야옹이를 훔쳤다.

그녀가 아흐마드의 어깨를 어루만지며 말했다. "아크메드." 아흐마드는 못 들은 척했다. 그는 그녀가 영어로 금발의 외국인 여자와 떠드는 것을 들었다. 그 외국인은 아흐마드에게 손을 뻗어, 렌즈를 가리고 말했다. "헤이! 너가 아크메드?"

아흐마드는 그 둘에게 고개를 돌려 쑥스러운 얼굴로 웃었다. 미라를 직접 쳐다보지는 않고, 다른 금발 여자에게만 관심을 쏟았다. 여자애는 미라처럼 매우 부드러운 금발 단발을 하고 있었다. 미라처럼 주근깨가 나 있었고, 미라처럼 작고 날씬하고 앙증맞았다. 어린 여자아이를 대하듯 위에서 내려다 볼 수 있었기에, 아흐마드는 편안함과 자신감이 들었다. 아흐마드는 그 여자애보다 키가 컸고, 미라보다 컸고, 모두보다도 키가 컸기 때문이다. 마지드보다도 컸다. 훨씬, 훨씬 더 컸다. 그의 아버지는 농담으로 말하기를 "거인처럼 크구나, 학교 전체에서 네가 제일 크겠어!" 아버지는 아흐마드에게 학교를 상기시키려는 의도였고, 아흐마드는 말했다. "난 지금 응급 구조대에서 일하고 있어요."

소녀는 자신이 하는 말을 이해하는지 물었다. 아흐마드는 중간 정도의 영어로 대답했다. "물론, 이해해."

미라가 물었다. "그러면 왜 대답하지 않는 건데?"

생각도 하지 않고 아흐마드가 바로 말했다. "너는 더러운 도둑이니까."

미라가 웃으며, 애교를 담아 말했다.

"내가 도둑이라고?"

아흐마드가 차갑게 대답했다.

"네가 야옹이를 훔쳤어."

소녀가 고개를 돌려 미라에게 물었다.

"야옹이가 누구야?"

미라는 아흐마드를 쳐다보면서 여전히 환한 웃음으로 말했다.

"야옹이는 고양이야."

"야옹이가 고양이라고?"

"얘 고양이야."

소녀는 아흐마드에게 고개를 돌려 궁금한 듯 물었다.

"너 고양이 기르니?"

아흐마드는 대답하지 않았다. 아흐마드는 소녀가 이게 대단한 일인 것처럼 여기고 있다고 보았다. 자신이, 아랍인이, 고양이나 개를 기른다는 것이 대단하다고 여기는 것 같았다. 아랍인은 감정도 없는 종자 아니었나? 테러범 아니면 빈라덴 아니었나?

그녀는 다정하고 따뜻하게 말했다.

"나는 샴 고양이를 길러. 너 고양이 좋아하니?"

아흐마드는 대답하지 않았다. 그녀가 그저 호기심에, 그 이상도 아닌 마음으로 다가온다는 것을 느꼈다. 또는 인권 때문에, 또는 자기네 가족과 정부 또는 사회 또는 부시, 블레어, 이라크 전쟁, 세계화와 교회의 원조와 가톨릭의 구호 활동, 또는 그 비슷한 것들에 대한 10대들의 저항 그런 것이라고 생각했다. 다시 말하자면, 자선인 것이다. 선행이다. 강한 자가 있고, 우리는 원주민이다, 미국과 아메리카 원주민처럼. 또는 뉴질랜드와 마오리족처럼. 무슨 뜻인가? 동정, 밀가루 포대, 분유, 바그다드에서 우리를 밀어버리는 군대와 유엔과 그 모든 곳에서…….

그녀는 아흐마드의 팔을 어루만지며, 그의 눈을 바로 쳐다봤다.

"날 이해해?"

아흐마드는 고개를 끄덕이며 무미건조하게 대답했다.

"이해해, 이해한다고."

그녀는 아흐마드의 카메라에 손을 대며 말했다. "와, 좋은 카메라다!"

아흐마드는 카메라를 그녀의 손에서 낚아챘다. 그러자 두 소녀가 웃으며 시선을 교환했다. 마치 그 둘이 무슨 꿍꿍이라도 꾸미는 것 같았다. 아흐마드의 얼굴이 붉어졌다.

소녀가 말했다.

"커피 마실래?"

그녀는 위스키 병같이 생긴 작은 보온병을 가리켰다. 하지만 아흐마드는 고개를 저었다. "뭐가 문제지?" 그녀가 미라에게 물었다. "화가 난 건가? 너한테 화가 났나? 사과하도록 해."

미라가 짓궂게 웃으며 말했다.

"아주 미안하게 됐네."

아흐마드는 그녀를 보았지만 대답하지 않았다. "아주 미안해?" 결국 우리가 종국에 얻은 결과물이 "아주 미안하다"라는 말 한 마디라니. 미라는 야옹이를 가져갔고, 아주 미안하다고. 마음을 찢어놓고, 아주 미안하다고. 무고한 모든 것을 짓밟고서, 아주 미안하다고. 모든 것을 가지고, 정신을 가져가고, 이성이 남았던가? 아버지는 말했었다. "학교에 다니지 않으면, 생각 없는 사람이 될 거야." 그리고 수아드가 말했었다. "학교에 다니지 않으면 무식해질 거야." 하지만 생각이 없는 게 더 낫다. 여기서 생각을 챙기고 있어봤자 뭐가 좋지?

소녀가 말했다. "내 이름은 레이첼이야."

그녀는 악수를 하려 손을 내밀었고, 아흐마드도 악수를 했다. 매우 차갑게. 레이첼이라는 이름은 히브리어처럼 들렸다. '라헬'이나 '사라'나 '제이콥'이나 '레아'처럼. 이 역사를 가지고 우리가 무엇을 해야 될까? 그 모든 역사를 묻어버리고, 우리도 묻어버리나? 하지만 우리의 기원은 어디일까? 그들이 사라에게서 왔다면 우리의 기원은 어디일까? 레이첼은 어디에서 왔을까? 런던이나 뉴욕이 아닐까? 그런 역사적 이름을 지닌 소녀는 역사가 남긴 것을 가지러, 우리에게 남은 정신을 가지러 나타났다.

아흐마드가 힘없이 물었다. "레이첼은 무슨 뜻이야?"

레이첼이 웃으며 말했다. "라헬이라는 뜻이야. 토라에 나온 고대 이름이지. 잘 모르겠어."

"유대인이라는 건가?"

두 소녀는 서로의 눈을 바라보며 손으로 입을 가리며 웃었다. 그러자 아흐마드가 소리쳤다.

"그만해!" 그러자 두 소녀의 깔깔거리는 웃음소리는 더 커졌다. 둘은 아흐마드를 쳐다봤다가 서로를 보았다. 마치 둘 사이에 비밀이 있는, 사전의 이야기나 더 할 말이 있는 것처럼.

아흐마드가 화가 나서 말했다.

"가봐야겠어."

소녀가 아흐마드를 붙잡고 애원하듯 말했다.

"아냐, 아냐, 가지마."

아흐마드는 화난 얼굴로 두 소녀를 바라보고 혼란스러워져 말했다.

"왜 웃어? 뭐가 웃기고 누가 웃긴데?"

갑자기 미라가 진지한 얼굴을 하고, 진심으로 말했다.

"왜냐면 네가 유대인, 이라고 마치 유대인들이 무서운 것처럼 말했잖아."

아흐마드는 그녀를 바라보고 놀라서 고개를 저었다. 여태까지도, 그 살상 이후에도, 그 모든 거짓말과 범죄 후에도, 그들은 유대인이 무서운 존재가 아니라고 말하는가? 무섭다. 정말 두렵다.

레이첼이 말했다.

"나는 기독교인이야, 기독교인이었지. 그러니까, 지금은 무교."

노려보는 아흐마드를 본 레이첼은 강조하려는 듯 미라를 가리켰다.

"그리고 미라도 무교야."

놀라서 아흐마드가 물었다. "그러면 네 아버지는 어떤데?"

미라는 입술을 앙다물고 어깨를 들썩였다. 레이첼이 비웃었다. "아버지가 뭔 상관이야?"

아흐마드는 대답하지 않았다. 신부와 학문이니, 그림이니, 예술이니, 오르간 연주니, 메카의 사막이니, 구약의 땅이니, 올리브 산이니 하는 이야기를 하고 난 뒤로, 혼란스러웠다. 메카, 아니면 예루살렘 중 무엇이 더 가까운지도 더 이상 알 수 없었다.

소녀가 바로 물었다.

"너는 신자니 아니면 무교니?"

아흐마드는 회피하듯 대답했다.

"내가 신자든 아니든 너한테 뭔 차이가 있지?"

"물론 있지." 명확하게 소녀가 대답했다. "서구의 젊은이들에겐 중심이랄 것이 없어. 유대교 회당이든 기독교의 교회든 중요하지 않지. 하지만 중동에 사는 너에겐 종교는 중요해. 큰 문제지. 내 의견을 들어볼래? 종교는 역사지만, 전부는 아니야."

미라는 고개를 끄덕이며 옹호했다.

"종교는 역사야."

"내가 역사를 지녔든 그렇지 않든?"

레이첼은 손을 저으며 지루한 듯 말했다.

"종교는 종교야. 우리랑 무슨 상관이야?!"

아흐마드가 반쯤은 설득된 채 말했다.

"종교는 중요해, 종교가 없는 사람들은 잃어버린 사람들과 같아."

소녀는 차분히 입장을 정리하려는 듯 말했다.

"종교는 논리야. 종교는 인류야. 사람의 권리. 동물의 권리. 교육의 권리, 공기와 물 심지어 오존의 권리까지. 종교는 역사야. 하지만 우리랑 무슨 상관이니? 역사는 학자에게 맡기고 책장에 넣어둬. 종교는 인류야."

아흐마드는 의심을 잔뜩 품은 눈으로 소녀를 바라보았다. 서양은 배터지게 먹고 난 뒤에 우리에게 와서 오존에 대해 설파하고 있다. 우리에겐 땅도, 하늘도, 권리도 없다. 우리는 환경도 없고 인류도 없다. 그런데 종교는 책장에 놔두자고? 그들이 종교를 가진다면, 무엇이 남을까? 오존이 남으려나?

아흐마드가 완강한 말투로 말했다.

"너는 무교라고? 나는 신자야. 내게 종교는 음식보다 중요해."

"음식보다 중요하다고?"

레이첼이 소리쳤다. "지금 네가 무슨 말을 하는지 아니?"

아흐마드가 말했다.

"종교는 믿음이야. 종교는 정체성이고, 국적이고 역사이기도 해. 종교가 없다면, 무엇이 남겠어?"

두 소녀는 한 목소리가 되어 말했다.

"양심이 남아."

아흐마드는 고개를 저으며 의심 섞인 웃음을 지었다. 이게 뭔가? 유대인 소녀가 '양심'이라고 말하고, 서양에서 온 소녀가 '양심'이라고 말하는 꼴이란! 배부른 것들이 굶주린 자들에게 다이어트를 권하는 소리!

"네 출신은 어디니?"

소녀가 놀라서 물었다.

"출신이라니, 무슨 의미야?"

"그러니까 내 말은, 어느 나라에서 왔냐고."

"영국."

아흐마드는 씁쓸한 조소를 보였다.

"아, 재앙의 출신이네."

"내가 재앙의 출신이라고?"

그는 미라를 가리키며 날카롭게 말했다. "너희들이 여기에 유대인을 데려왔어. 밸푸어 선언*과 기타 등등. 역사로 되돌아가시지."

그녀는 믿을 수 없다는 얼굴로 아흐마드를 바라보며 화가 나 말했다.

"그 사람들이랑 역사랑 밸푸어가 나랑 무슨 관계야? 아니면 너한테 말할까? 너는 역사라는 걸."

아흐마드는 손을 가슴에 얹었다.

"내가 역사라고?"

"그래. 너는 역사야."

"그렇다면 내가 미개하다는 뜻이니?"

---

* 1917년 영국의 외무장관 밸푸어가 유대인이 팔레스타인에 민족 국가를 수립하는 데 동의한 선언.

소녀는 대답하지 않았다. 오히려 아흐마드에게서 몸을 돌려 몇 걸음을 옮긴 뒤, 저 멀리 시위대를 바라보았다. 소녀는 미라를 잡아 끌며 말했다.

"가자. 벌써 저만치 갔어."

둘은 자리를 떴고, 아흐마드는 여전히 소녀가 무슨 의도였는지 생각하며 서 있었다. 자신이 역사라는 뜻이 뭔지, 오존은 다 뭐고, 무교는 무엇인지? 몇 발자국을 떼고 나서 소녀가 고개를 돌려 아흐마드를 부르며 외쳤다.

"우리랑 갈래?"

아흐마드는 어깨를 으쓱한 뒤, 무미건조하게 대답했다.

"나는 구급대원이야."

28

모범적인 시위였지만, 나중에 가선 대열이 흐트러지고 총알이 날아다녔으며 그 와중에 아흐마드는 사진을 찍었다. 나무 위아래로 청년들은 흩어졌고, 돌과 병을 던지는 청년과 사냥개처럼 그들을 뒤쫓는 군인의 모습을 찍었다. 한 청년은 울타리에서 뛰어내렸고, 다른 이는 타이어 아래를 기었으며, 또 다른 이는 탱크 맨 꼭대기로 올랐다. 여기엔 열 명, 저기엔 스무 명, 귀신같았다. 그들 중에는 초등학교도 졸업

하지 않았을 아이도 있었고, 어깨엔 책가방을 메고 있었다.

소작농 아낙네가 자신의 가슴을 내리치면서 소리쳤다. "올리브가! 올리브나무가! 이것 없이 어떻게 먹고 살란 말이냐!" 군인은 여성을 한쪽으로 밀쳤고, 불도저는 나무 한 그루를 뿌리째 뽑았다. 불도저는 공룡 같았다. 입은 고래처럼 커서, 나무와 돌과 바위와 땅 깊숙한 곳까지 모두 먹어 치울 기세였다. 헤집어 없애고, 파괴된 것들을 삼키고, 양쪽 가장자리에 남은 것은 방치한 채, 땅 깊숙한 곳으로 뛰어들어 사라졌다. 턱은 뛰어들고 머리는 미신 속 용처럼 돌아갔다. 타이어는 엄청난 균열을 만들었고, 남아있는 나뭇가지와 돌과 아름다운 바위들을 날려버렸다. 아름다운 바위! 임산부와 아기의 배 같은! 젖으로 불은 큰 가슴 같은 바위를!

소녀는 종교가 역사라고 말했다. 바그다드 박물관과 사람과 오존의 색을 파괴하던 선조들의 잃어버린 양심을 소녀가 보여주게끔 내버려두자. 그들은 종교가 무자비하다고, 우리의 종교에선 자비란 찾아볼 수 없다고 말한다. 하지만, 레이첼, 너희는 어떤데? 너희에게 종교가 있니? 레이첼이 말했지. "난 무교야."

아흐마드는 렌즈 너머로 아버지를 발견했다. 아버지는 시위대열 속에 있었고, 한사코 집을 지키려 했다. 아버지는 문턱에 책상다리를 하고 앉았다. 내 위를, 내 몸 위를 밟지 않고선 불도저가 지나갈 수 없다는 식이었다. 전에 아버지가 말하고는 물렀던 이야기와 같았다. 지금 아버지는 자신의 말을 행동으로 옮겼다. 돌격, 비명소리, 탱크, 총탄, 돌멩이, 이 모든 것이 아버지에게 힘을 실어주었고, 이성을 잃게 만들었다. 군인이 아버지의 목을 붙잡고, 마치 양을 다루듯 저항하는 아버지를 끌고 갔다. 아흐마드는 군인이 아버지를 구타하는 것을 보면서, 가스 트럭을 타고 나블루스로 갔던 일이 생각났다. 발로 차이는 건 정말 아팠다. 특히 위와 장이 아팠다. 토악질을 하고 있는 아버지를 보았다. 달려가 보려 했지만 군인들은 마치 장벽 같았다. 영국인 소녀가 자신의 아버지를 보호하려 집으로 달려가는 모습이 보였다. 소녀는 마치 십자가처럼 양팔을 벌리고, "Stop, Stop"이라고 외쳤다. 하지만 불도저는 다가왔다. "Stop, Stop." 지진이라도 난 듯, 땅이 요동쳤다. 불도저는 로크*처럼 행진했으며 구울**처럼 비틀거렸다. 소녀는 십자가처럼 팔을 넓게 벌리고 불도저를 향해 걸어갔다. 소녀의 금빛 머리카락은 여름날 섬광 아래 흩날렸다. 불도저는 느릿느릿하게 흔들거리며 다가왔다. 불도저 가장 높은 곳에는 운전수가 앉아 있었다. 햇빛에 반짝이는 유리 헤드를 쓰고 있어서 운전수도 같이 빛났다. 안경을 쓴 모습이 개구리나 잠수부 같았다. 운전수는 꼼짝도 하지 않았다. 대상을 이해하려는 그 어떤 자세도 보이지 않았다. 금속 조각, 기계 인간, 철로 만들어진 사람, 개구리 같은 안경.

　사람들이 소리쳤다. "멈춰!" 운전수는 멈추지 않았다. 사람들이 돌을 던졌지만 멈추지 않았다. 소작농 아낙네는 자신의 가슴을 내리쳤고, 청년들은 외쳤다. "신은 가장 위대하시다!" 하지만 신께서는 역사가 갈 길을 이미 정해놓으셨다. 역사는 빅벤 시계의 바늘처

---

*　신화에 나오는 괴조.
**　신화에 등장하는 괴물.

럼 사랑과 인간의 양심을 꿈꾸는 소녀에게로 향했다. 타이어 아래의 영국 소녀. 사진 찍어, 사진을 찍어. 영국 소녀에게는 종교가 없었다. 사진 찍어, 사진을 찍어. 영국 소녀는 우리의 일부가 되었다. 가톨릭 신부가 소녀의 죽음을 애도했고, 소녀는 성인이 되었다.

사람들은 소녀를 날라 앰뷸런스에 타려는 아흐마드의 등에 업혔다. 미라는 통곡했고, 아흐마드의 아버지는 소리쳤다. "안 된다, 아들아!" 계속해서 외쳤다. "안 된다, 아들아!" 그 모든 폭력과 경멸이 지나간 뒤, 집은 달걀껍질이나 빵부스러기처럼 가루가 되어 있었다. "안 된다, 아들아!" 미라는 울부짖으며 외쳤다. "Hurry up, Go on." 아흐마드는 울고 있는 미라를 보면서, 고양이 사건이 있고 난 뒤 사람들이 자기를 체포했을 때 자신이 얼마나 울었었는지 떠올렸다. 미라가 눈물 한 방울이 아니라 수천 방울을 흘리길 얼마나 바랐던가. 자신이 고문 받은 것처럼 미라가 고문 받는다면. 그녀가 그를 배신한 것처럼, 그가 그녀를 배신한다면. 군인과 야간 경호원들에게 자신을 먹이처럼 주었던 것처럼. 미라는 어렸을 적 많이 울었다. 고통 때문이 아니라 두려움 때문에 울었다. 아흐마드를 생각해서 울거나 아흐마드 때문에 울지 않았다. 그리고 지금은 군대를 생각하며 운다. 그녀의 군대. 그녀의 뒤에 있는 군대. 빌어먹을 계집애 같으니. 내가 널 얼마나 좋아했는데! 지금 눈물이 나와? 악어의 눈물이 따로 없다. 너는 아름다워. 널 얼마나 좋아했는지. 내 스웨터 안 가슴팍에 네 사진을 얼마나 품고 다녔는데. 한 마리 새와 같은, 살구꽃 같은 너를 바라보았지. 그네를 탄 너의 머리카락이 연처럼 부풀었다가 꺼지는 모습을 보았어. 종이 연처럼, 지평선을 나는 영혼으로 된 연처럼, 여름의 산들바람과 사랑을 꿈꾸는 한 사춘기 소년의 욕망은 그 머리카락을 간질였다. 그림을 꿈꾸고 고양이를 꿈꾸고 아름다운 머리카락을 꿈꾸는 소년. 너는 아름다워. 하지만 이런 곳에서 숨 쉬는 한, 환경도 아름다움도 인류도 존재할 수 없어.

여기, 군인들과 탱크가 있다. 아버지는 어린아이처럼 울면서 "안 된다"라고 말한다. 움무 수아드도 "안 된다"라고 말했고, 가자 청년의 엄마도 아들에게 그렇게 말했다. 안 된다. 하지만 현실은 정신을 쏙 빼놓는 충격으로 갑작스럽게 다가왔다. 아흐마드는 불도저를 운전하는, 개구리 같은 안경 너머로 눈빛을 보내는 운전수를 보았다. 보이지 않는 사람이다. 기계와 다름없다. 움직이지도 않고, 어떤 이해도 동정도 보여주지 않고, 그저 앞으로 향할 뿐이다. 괴물 같은 기계와 함께 그는 다가왔고, 젊은이들이 외쳤다. "돌아와, 돌아와, 돌아와." 사이드미러를 통해 군인들이 보였다. 다섯, 일곱, 열, 또는 그 이상이었다.

미라는 비명을 질렀다. "돌아와! 돌아와! 돌아오라고!" 그리고 불도저는 아흐마드에게 더 가까워졌다. 아흐마드가 자신이 몰던 앰뷸런스를 후진했고, 그 다음에는 자신과 마주한 군인들을 발견했다. 검문소를 향해 다가오는 아흐마드를 군인들이 보았다. 앰뷸런스를 향해 총탄이 발사되었다. 창문은 깨져 여기저기 흩어졌다. "가, 밟아 버려!" 청년들이 외쳤다. "가, 가!" 아흐마드는 미친 사람처럼 중얼거리며 가속 페달을 밟았다. "이 개자식들아!" 분노는 공포도 잊게 만들었다. 세상은 아흐마드의 눈물 속에서 물결쳤다. 아버지의 손사래와 미라가 "Hurry up, Hurry up"이라고 외치는 것만이 그가 본 전부였다. 두 번째 집중사격이 쏟아졌다. 아흐마드는 정신을 잃었다. 지난 일이 영화처럼 스쳐 지나갔다. 빠르게 지나가는 필름들은 모두 하얗게 타 있었다. 카메라가 아닌 정신으로, 마지막 남은 정신으로 사진을 찍었다. 온 힘을 다해 아흐마드는 군인들을 향해 돌진했다. 다섯, 일곱, 열, 또는 그 이상. 모르겠다. 아흐마드는 정신을 잃었고 좌우로 흔들렸다. 그의 영혼은 연처럼 공기처럼 날아올랐다. 아흐마드의 아버지가 울부짖었다. "내 아들이 순교자가 되었다!"

다음날 뉴스에서 그들은 말했다.

"테러."

감사의 말

자신들의 기억을 이야기해준 구 나블루스의 하우쉬 알아투트 마을 여성들에게 감사를 드린다. 그 기억 덕에 그녀들의 생생한 경험을 창문처럼 훤히 내다볼 수 있었다. 그녀들의 상세하고도 감정이 살아 있는 이야기가 없었다면, 본 소설 속의 분위기 조성을 비롯해, 비극을 그려내는 작업이 힘들었을 것이다.

또한 아라파트의 언론 수행원인 라쉬드 힐랄의 저술에도 깊은 감사를 드린다. 그 덕에 2002년 봄 아라파트 수반 집무실 봉쇄 장면을 그릴 수 있었다. 해당 부분의 모든 이야기는 쿠웨이트 신문 『알와탄』에 같은 해 실린 힐랄의 경험에서 영감을 받았고, 그 연장선상에 있다고도 할 수 있다. 힐랄의 기록 중, 본문과의 조화를 위해 약간의 수정을 가미하여 일부 인용한 부분도 있음을 밝힌다.

역자 후기

　인생을 계절로 나눈다면, 성장기와 청춘기를 모두 담은 계절은 봄이 될 것이다. 자신의 정체성을 찾아 방황하고, 의문을 가지고, 스스로 미숙하게나마 정답을 내려 보는 그런 계절.『뜨거웠던 봄』의 마지드와 아흐마드도 그런 봄을 살아가고 있는 젊은이들이다. 음악가로서의 끼를 타고난 활발한 첫째 마지드와 소극적이고 소녀 같아 보여도 그 누구보다도 강한 예술성을 지닌 소년 둘째 아흐마드. 이러한 두 사람이 팔레스타인과 이스라엘 문제라는 현실과 환경 속에서 자신들 인생의 봄을 보낸다. 인생과 개인의 의지는 주어진 환경과 역사를 극복하기보다는 그에 맞춰 변모하고 만다. 따뜻하고 온화해야만 할 것 같은 봄이 그들에게는 뜨겁게 타오르기만 하는 계절이다.

　마지드와 아흐마드, 두 인물 외에도 수아드, 로라, 미라, 이사 등 소설에 나오는 여러 인물들은 각자의 방식으로 뜨거운 봄을 맞이한다. 팔레스타인이 겪는 현실, 그러한 현실 안에서도 여성이 직면하는 어려움과 고통을 깨닫는 수아드. 팔레스타인과 이스라엘 관계를 역으로 이용하여 돈과 권력을 얻은 집안에서 태어나 아무런 걱정이 없어 보였으나, 팔레스타인 문제를 조명하는 언론인이 되는 로라. 아흐마드의 첫 이스라엘인 친구이자 아흐마드에겐 애증의 대상이 되어버린 첫사랑 미라. 영리하지도 못하고, 주어진 환경에 수긍하기 바쁜, 누구에게는 착취의 대상, 다른 이들에게는 비열함의 상징으로만 남아버린 이사. 모두들 가혹하다면 가혹할 봄을 보낸다.

소설은 관조하는 입장에서 차분하게 이야기를 서술하기도, 이따금은 인물들의 마음을 그대로 전달하기도 하면서 읽는 이의 몰입을 더욱 깊이 자아낸다. 작가의 펜을 따라 이리저리 시선을 오가면서 소설 속 세상을 바라보다 보면, 언론과 뉴스 속 팔레스타인의 단면이 아닌, 실제의 팔레스타인을 말 그대로 '살아나가는' 사람들의 인생을 엿볼 수 있다. 작가의 절묘한 감정 조절과 문장의 호흡 또한 놓칠 수 없는 매력이다.

카메라라는 소재의 역할도 눈여겨볼 만하다. 아흐마드의 예술성을 처음으로 표출시키는 수단이자, 미라를 알게 된 소재가 바로 카메라였다. 자신이 속한 팔레스타인만을 바라보던 시각에서, 이스라엘의 존재, 정착촌과 그곳의 소녀 미라를 인식하게 되는 것은 바로 카메라 렌즈를 통해서였던 것이다. 그렇게 자신의 감수성을 표출하고, 세상을 알아갈 수 있도록 이끌어 준 카메라. 하지만 아흐마드가 마지막으로 혼신의 힘을 담아 자신의 눈으로 찍은 사진은 본인 생의 마지막 순간이었다. 아이의 성장을 발돋움해주던 사진이 종국에는 아이의 마지막을 장식해버리는 씁쓸한 이야기는 팔레스타인의 더욱 씁쓸한 단면을 보여주는 것일지도 모른다.

아흐마드의 형인 마지드라는 인물의 변화 과정은 인간의 의지와 환경의 갈등, 그리고 이에 따른 순응을 여실히 보여준다. 예술혼이 넘치고, 군중을 하나로 만드는 재능을 말 그대로 타고난 마지드는 가수와 유학의 꿈을 꾸는 청년이었다. 하지만 본인의 의지와는 상관없는 사건들에 휘말리고, 자신을 둘러싼 세상의 가파른 굴곡과 거센 흐름 속에 어느새 저항 세력의 일원으로 변한다. 갈수록 직책을 탐하기만 하며 자신을 사랑해주던, 자신이 사랑하던 사람들에게선 시선을 거둬버린다. 팔레스타인이라는 곳에서 태어난 사람이 겪을 수밖에 없을 곡절, 또는 그 이상을 겪어버린 마지드의 변화에서 독자라는 제3자조차도 일정량의 슬픔을 나눌 수밖에 없다.

처음 '뜨거웠던 봄'이라는 제목을 접했을 때가 생각난다. 봄에는 어울리지 않는 '뜨거운'이라는 수식어. 어째서 봄이 뜨거웠어야 했는지 의문을 가졌다. 사하르 칼리파라는 작가의 풍부한 표현과 다채로운 인물 묘사 속에 담긴 이야기를 한 겹 한 겹 펼쳐내다 보면 깨달을 수 있다. 아직 팔레스타인은 봄을 보내고 있을지 모른다는 것. 그 누구보다도 뜨겁게 타오르며 봄이라는 계절을 살아내고 있다는 것. 그리고 이처럼 뜨겁게 살아가는, 혹은 그렇게 살 수 밖에 없는 모든 존재를 위로하고 대변하는 소설이 바로 『뜨거웠던 봄』이라는 것.